DONNA LEON

DES AMIS HAUT PLACÉS

Roman

Traduit de l'anglais (américain)
par William Olivier Desmond

LE GRAND LIVRE DU MOIS

Titre original anglais :
FRIENDS IN HIGH PLACES

(Première publication : William Heinemann UK, 2000)

ISBN 2-7028-8106-8

Pour Christine Donougher
et Roderick Conway-Morris

... Ah dove
Sconsigliato t'inoltri ?
In queste mura
Sai, che non è sicura
La tua vita.

« ... Où vas-tu donc, téméraire ?
Ne sais-tu pas
Qu'entre ces murs
Ta vie est en danger ? »

Lucio Silla, MOZART

1

Lorsque retentit la sonnette, Brunetti était allongé sur le canapé du séjour, un livre ouvert sur l'estomac. Il était seul dans l'appartement et savait donc qu'il devait aller répondre ; mais avant, il aurait bien aimé finir le dernier paragraphe du huitième chapitre de *L'Anabase*, et apprendre quels nouveaux désastres allaient frapper les Grecs pendant leur retraite. La sonnette retentit une deuxième fois, à petits coups pressés. Il posa le livre à l'envers et enleva ses lunettes qu'il laissa sur l'accoudoir. Puis il se leva et se dirigea d'un pas tranquille vers l'entrée, sans tenir compte de l'insistance de la sonnette. Il n'était pas de service à la questure, on était samedi matin, il avait l'appartement pour lui tout seul, Paola était allée chercher des crabes au marché du Rialto – et il fallait qu'on le dérange.

Sans doute un des amis des enfants, se dit-il, venu chercher Chiara ou Raffi ; ou pis encore, un de ces colporteurs de vérité religieuse qui se font une joie de troubler le repos du travailleur. Il ne demandait rien de plus à la vie, ce matin, que de rester allongé à lire Xénophon en attendant que sa femme revienne, chargée de ces crabes à carapace molle.

« Oui ? » dit-il dans l'interphone d'un ton peu amène destiné à décourager les gamins désœuvrés ou à refroidir le zèle des prosélytes de tous âges.

« Guido Brunetti ? demanda une voix masculine.

– Oui. Qu'est-ce que c'est ?

– Je viens de la part du bureau du Cadastre. À propos de votre appartement. »

Comme Brunetti ne répondait pas, l'homme reprit :

« Vous n'avez pas reçu notre lettre ? »

Du coup, le policier se souvint qu'il avait en effet reçu un document officiel bardé de jargon bureaucratique, environ un mois auparavant, concernant son titre de propriété, ou bien le permis de construire de l'immeuble rattaché à ce titre – il ne se rappelait pas très bien. Il n'avait fait qu'y jeter un coup d'œil, pris d'un syndrome de rejet devant les formules absconses, avant de le remettre dans son enveloppe et de l'abandonner sur le plateau en majolique, sur la table de l'entrée.

« Vous n'avez pas eu notre lettre ?

– Ah, si, répondit Brunetti.

– Je suis venu pour vous en parler.

– Me parler de quoi ? demanda Brunetti qui, coinçant le combiné sur son épaule, se pencha et tendit la main vers les lettres et les papiers empilés sur le plateau.

– De votre appartement. Des questions que nous soulevions dans notre lettre.

– Bien sûr, bien sûr, dit Brunetti tout en parcourant la pile.

– J'aimerais vous en parler, si c'était possible. »

Pris au dépourvu par la requête, le policier accepta à contrecœur et appuya sur le bouton qui commandait l'entrée du rez-de-chaussée, quatre étages plus bas.

« Dernier étage.

– Je sais », répondit l'homme.

Brunetti reposa le combiné et retira les documents placés au bas de la pile : une facture d'électricité, une carte postale des Maldives qu'il n'avait jamais vue et qu'il prit le temps de lire, et la fameuse enveloppe, avec le nom de l'organisme en bleu au coin gauche supérieur. Il retira la lettre, la déplia et la tint à bout de bras pour en distinguer les caractères, la parcourant rapidement.

Ce qu'il lisait était toujours aussi impénétrable : *Conformément au numéro de statut 1684-B de la Commission des Beaux-Arts... en référence à la Section 2784 de l'ar-*

ticle 127 du Code civil du 24 juin 1948, sous-section 3, paragraphe 5... non-présentation des documents requis au service concerné... Valeur calculée au prorata du sous-paragraphe 34-V-28 du décret du 21 mars 1947... Arrivé au bas de la première page, il passa à la deuxième, ne trouvant toujours que du jargon administratif et des chiffres. Sa longue expérience de la bureaucratie vénitienne lui fit soupçonner que quelque chose se cachait peut-être dans le dernier paragraphe, et il s'y rendit directement. Et, en effet, il vit qu'il aurait dû s'attendre à avoir d'autres nouvelles du service du Cadastre. Il retourna donc à la première page, mais ce qui se cachait sous la terminologie employée continuait à lui échapper.

D'où il était, Brunetti entendait les pas de son visiteur montant la dernière volée de marches, et il ouvrit sans attendre. L'homme qui posait le pied sur le palier levait déjà la main pour frapper, si bien que la première chose que remarqua le policier fut le contraste saisissant entre ce poing levé et le personnage effacé qui le brandissait. Surpris par l'ouverture soudaine de la porte, le jeune homme resta bouche bée, l'air stupide. Il avait le visage long et le nez fin en bec d'aigle si courant chez les Vénitiens, des yeux très sombres et des cheveux bruns qui paraissaient avoir été coupés récemment. Il portait un costume qui hésitait entre le bleu et le gris et une cravate d'une couleur indéterminée, ornée d'un motif aussi minuscule qu'indistinct. Le porte-documents en cuir brun qu'il tenait à la main complétait le tableau : un parfait bureaucrate, comme Brunetti en avait vu des dizaines, à croire qu'une partie de leur formation consistait à leur apprendre à se rendre invisibles.

« Franco Rossi », dit-il, faisant passer le porte-documents dans sa main gauche pour tendre la droite.

Brunetti lui serra brièvement la main et recula pour le laisser passer.

Rossi marmonna poliment le *permesso* rituel et entra, s'arrêtant aussitôt dans l'entrée en attendant qu'on lui dise où se rendre.

« Par ici, s'il vous plaît », dit Brunetti en le précédant vers la pièce où il lisait avant d'être dérangé.

Il se dirigea vers le canapé, glissa le vieux ticket de vaporetto qui lui servait de marque-page dans le livre et posa celui-ci sur la table. Puis il s'assit, faisant signe à Rossi de s'installer sur le fauteuil, en face de lui.

Le fonctionnaire obtempéra, restant bien droit sur le bord du siège, et mit le porte-documents sur ses genoux.

« Je suis tout à fait conscient que nous sommes samedi, dit-il, et j'essaierai de ne pas trop faire durer les choses... Vous avez bien reçu notre lettre, n'est-ce pas ? ajouta-t-il avec un sourire, tout en regardant autour de lui. J'espère que vous avez eu le temps de l'étudier, signore. »

Il eut encore un petit sourire puis baissa la tête et ouvrit son porte-documents, dont il retira un épais classeur bleu. Il le centra soigneusement sur le porte-documents refermé, allant jusqu'à remettre en place une feuille, dessous, qui tentait une timide escapade.

« Justement, répondit Brunetti, sortant la lettre en question de la poche où il l'avait fourrée, je viens de la relire à l'instant, et je dois dire que je trouve son contenu plutôt impénétrable. »

Rossi releva la tête ; son visage arborait une expression de surprise sincère.

« Vraiment ? Je croyais que c'était très clair.

– Je suis sûr, répondit Brunetti avec un sourire détendu, que c'est le cas pour ceux d'entre vous qui traitent quotidiennement de ces questions. Mais pour nous, pauvres mortels, qui sommes ignorants du jargon et de la terminologie de votre service, c'est un peu difficile à comprendre. »

Comme Rossi ne disait rien, il ajouta :

« Je suppose que nous connaissons le langage de notre propre bureaucratie et que ce n'est peut-être que lorsque nous passons à celui d'une autre que nous avons du mal. »

Il sourit de nouveau.

« Et quelle est la bureaucratie qui vous est familière ? » voulut savoir le fonctionnaire.

Brunetti n'aimait pas claironner sur les toits qu'il était policier.

« J'ai étudié le droit.

– Je vois. Je n'aurais pas cru que votre terminologie soit si différente de la nôtre.

– C'est peut-être ma méconnaissance des articles du Code civil auxquels votre lettre fait allusion », observa Brunetti d'un ton suave.

Rossi réfléchit quelques instants avant de répondre.

« Oui, c'est tout à fait possible. Et qu'est-ce que vous n'avez pas saisi, exactement ?

– Ce que cette lettre signifie », répondit Brunetti sans davantage tourner autour du pot.

Il ne voulait plus jouer à faire semblant d'avoir compris.

Rossi afficha une fois de plus son air étonné, avec tant de candeur qu'il avait presque l'air d'un petit garçon.

« Je vous demande pardon ?

– Ce qu'elle signifie. Je l'ai lue, mais n'ayant aucune idée, comme je vous l'ai dit, des règles, codes et décrets auxquels elle fait allusion, je n'ai pas compris ce qu'elle signifiait, ni à quoi elle s'appliquait.

– À votre appartement, répondit Rossi précipitamment.

– Oui. Ça, quand même, je l'ai compris. »

Le policier commençait à s'impatienter.

« Étant donné qu'elle provenait de votre service, ça me paraissait logique. Ce que je ne comprends pas, c'est l'intérêt que porte le bureau du Cadastre à mon appartement. »

Il aurait pu ajouter qu'il ne comprenait pas non plus pourquoi un employé de ce bureau choisissait un samedi pour lui rendre visite.

Rossi regarda le dossier calé sur ses genoux, puis releva les yeux ; Brunetti remarqua alors que l'homme avait de très longs cils, presque féminins.

« Je vois, je vois », acquiesça le fonctionnaire en replongeant dans son dossier.

Il l'ouvrit et en retira une chemise plus petite, vérifia l'étiquette, et la tendit à Brunetti.

« Cela vous aidera peut-être. »

Avant de replier le dossier, il réaligna soigneusement les différents feuillets.

Brunetti ouvrit la chemise et en retira les papiers. Arrêté par la typographie serrée, il se pencha pour prendre ses lunettes. Sur la première page figuraient l'adresse de l'immeuble et les plans des appartements situés en dessous du sien. La page suivante donnait la liste des propriétaires successifs de ces différents volumes, en commençant par les entrepôts du rez-de-chaussée. Les deux pages suivantes contenaient des résumés de tous les travaux de restauration effectués dans les appartements de l'immeuble depuis 1947, précisaient les dates auxquelles avaient été demandées et accordées des dérogations ou des autorisations, les dates de début et de fin des travaux, leur approbation. Il n'était fait aucune mention de l'appartement de Brunetti, ce qui laissait à penser que ces informations devaient se trouver dans le reste des documents apportés par Rossi.

D'après ce qu'il comprenait, l'appartement situé directement en dessous du sien avait été restauré pour la dernière fois en 1977, date à laquelle les actuels propriétaires s'y étaient installés. Du moins, officiellement. Guido et Paola Brunetti avaient plusieurs fois partagé la table des Calista et pu jouir d'une vue parfaitement dégagée, depuis les baies vitrées du séjour, alors que les fenêtres portées sur le plan paraissaient minuscules et n'être que quatre au lieu de six. De plus, les toilettes des invités donnant sur le vestibule des Calista n'apparaissaient nulle part. Il se demanda comment une chose pareille était possible, mais ce n'était certainement pas à Rossi qu'il irait poser la question. Moins le bureau du Cadastre en saurait sur les diverses modifications intervenues dans l'édifice, mieux cela vaudrait pour l'ensemble des occupants des lieux.

Il regarda le fonctionnaire.

« Ces archives remontent à longtemps. Avez-vous une idée de la date de construction de l'immeuble ? »

Rossi secoua la tête.

« Pas très précise. D'après l'emplacement des fenêtres du rez-de-chaussée, je dirais que la structure d'origine doit remonter à la fin du XVe siècle, pas avant. »

L'homme parut réfléchir à ce qu'il allait ajouter.

« Quant au dernier étage, je dirais qu'il a été ajouté au début du XIXe siècle. »

Brunetti releva la tête, surpris.

« Non, il est beaucoup plus récent ; il date d'après la guerre... la Deuxième Guerre mondiale », précisa-t-il.

Comme Rossi ne faisait aucun commentaire, il demanda :

« Ce n'est pas exact ? »

L'homme hésita.

« Je parlais du dernier étage.

– Moi aussi », répondit sèchement Brunetti, agacé qu'un représentant d'un organisme qui s'occupait justement des permis de construire ne comprenne pas quelque chose d'aussi élémentaire.

C'est d'une voix plus douce qu'il reprit :

« Quand nous l'avons acheté, j'ai cru comprendre qu'il avait été ajouté après la guerre, pas au XIXe siècle. »

Au lieu de répondre, Rossi eut un mouvement de tête en direction des papiers que Brunetti tenait toujours.

« Vous devriez peut-être étudier plus attentivement la dernière page, signor Brunetti. »

Intrigué, le policier relut les derniers paragraphes qui, pour autant qu'il pouvait en juger, ne concernaient que les appartements situés sous le sien.

« Je ne vois pas très bien ce que vous voulez me faire remarquer, signor Rossi, dit-il en relevant la tête et enlevant ses lunettes. Mon appartement n'est mentionné nulle part dans ce document. »

Il retourna la feuille qu'il tenait, pour vérifier qu'il n'avait rien oublié, mais le verso était vide.

« C'est pour cette raison que je suis venu », expliqua Rossi en se redressant sur son siège.

Il posa alors le porte-documents au sol, ne gardant que le dossier sur ses genoux.

« Ah bon ? » Brunetti lui tendit le reste des documents.

Rossi les prit et ouvrit le classeur, remit tous les papiers soigneusement en place et le referma.

« Je crains qu'il n'y ait quelques doutes sur le statut officiel de votre appartement.

– Le statut officiel ? répéta Brunetti en regardant autour de lui les murs et le plafond à l'aspect tout à fait solide. Je ne suis pas sûr de comprendre ce que vous voulez dire.

– Il y a des doutes sur l'appartement. »

L'homme eut un sourire que Brunetti jugea un peu nerveux, mais avant qu'il ait pu demander des éclaircissements, Rossi enchaînait :

« Ce que je veux dire, c'est qu'il n'y a aucune trace, au Cadastre, d'une demande de permis de construire pour tout cet étage, ni de preuve qu'une autorisation pour sa construction ait jamais été délivrée... En fait, il n'aurait jamais été construit. »

Il s'éclaircit la gorge avant d'ajouter :

« D'après nos archives, l'étage en dessous du vôtre est le dernier de l'immeuble. »

Brunetti crut un instant que le fonctionnaire plaisantait, mais son sourire avait disparu et il était clair qu'il était sérieux.

« Mais tous les plans figuraient en pièces jointes à l'acte notarié, quand nous l'avons acheté ! protesta Brunetti.

– Pourriez-vous me les montrer ?

– Bien entendu. »

Sans s'excuser, le policier se leva et se rendit jusque dans le bureau de Paola, où il resta un moment à étudier le dos des livres qui s'alignaient sur trois des murs de la pièce. Finalement il repéra, sur l'étagère la plus haute, l'enveloppe de papier bulle qu'il cherchait, l'attrapa et revint dans le séjour. Il s'arrêta dans l'entrée pour en retirer le classeur gris qu'ils avaient reçu du notaire au moment de l'achat, voilà bientôt vingt ans. Puis il s'approcha de Rossi et le lui tendit.

Le fonctionnaire ouvrit le classeur et commença à lire, suivant du doigt chaque ligne. Il tourna la page et continua ainsi jusqu'à la fin, sans en sauter une seule. Quand il eut fini, il referma le classeur et le garda sur ses genoux.

« Ce sont les seuls documents en votre possession ? demanda-t-il.

– Les seuls que nous ayons ici, oui.

– Pas de plans ? Pas de permis de construire ? »

Brunetti secoua la tête.

« Non, je ne me rappelle rien de tel. Nous n'avons reçu que ces papiers, à l'époque. Je ne crois pas les avoir regardés une seule fois depuis.

– Vous dites avoir fait des études de droit, signor Brunetti ?

– En effet.

– Exercez-vous en tant qu'avocat ou juriste ?

– Non, répondit Brunetti sans rien ajouter.

– Si tel était cependant le cas le jour où vous avez signé ces documents, je suis surpris que vous n'ayez pas remarqué, à la page trois de l'acte, le paragraphe qui stipule que vous achetez l'appartement dans l'état où vous l'avez trouvé le jour où vous en avez pris possession, tant sur le plan physique que légal.

– Il me semble que c'est la formule habituelle dans tout acte de mutation, observa Brunetti, faisant appel à un vague souvenir de l'un de ses cours de droit civil – et espérant ne pas se tromper.

– La mention sur l'état physique des lieux est effectivement habituelle, mais pas celle sur l'état légal. Pas plus que la phrase qui suit, ajouta Rossi, qui ouvrit le classeur et se mit à chercher la page concernée.

« En l'absence du permis de construire, l'acheteur accepte la pleine responsabilité d'obtenir ledit document dans les délais légaux et dégage le vendeur de toute responsabilité ou conséquence qui seraient liées au statut légal de l'appartement et/ou d'une impossibilité d'obtenir ce permis. »

Rossi releva la tête, et Brunetti crut lire dans son regard une profonde déception à l'idée que quelqu'un ait pu signer une chose pareille.

Brunetti n'avait aucun souvenir de ce paragraphe. En fait, à l'époque, lui et Paola avaient été tellement pressés d'acheter cet appartement qu'ils avaient fait ce que leur avait dit le notaire, signé ce qu'on leur avait demandé de signer.

Rossi revint à la couverture du dossier, sur laquelle figurait le nom du notaire.

« Est-ce vous qui l'aviez choisi ? »

Brunetti ne se souvenait même pas du nom de l'officier ministériel et dut se pencher pour le lire.

« Non. C'est l'acheteur qui nous l'a proposé, et nous avons accepté. Pourquoi ?

– Oh, pour rien, dit Rossi un peu trop rapidement.

– Pourquoi ? Savez-vous quelque chose sur lui ?

– Je crois qu'il n'exerce plus comme notaire », répondit Rossi d'une voix douce.

Ayant définitivement perdu patience, c'est d'un ton très sec que Brunetti demanda :

« J'aimerais enfin savoir ce que tout cela signifie, signor Rossi. Est-ce qu'il existe une contestation sur le fait que nous sommes propriétaires de cet appartement ? »

Le fonctionnaire eut de nouveau son sourire nerveux.

« J'ai bien peur que ce ne soit légèrement plus compliqué, signor Brunetti. »

Le policier se demanda ce qui pouvait bien être plus sérieux, en l'occurrence, qu'un titre de propriété contesté.

« Quoi, alors ?

– Je crains que cet appartement n'existe pas. »

2

« QUOI ? » S'EXCLAMA BRUNETTI, incapable de se contrôler.

Il ne chercha même pas à modifier le ton outragé qu'il entendait dans sa voix.

« Qu'est-ce que vous voulez dire, qu'il n'existe pas ? »

Rossi s'enfonça dans son fauteuil, sans doute pour s'éloigner des parages immédiats de son vis-à-vis et de son irritation. Il le regardait, comme intrigué de voir quelqu'un réagir avec autant de vigueur à la remise en question d'une réalité matérielle qui crevait pourtant les yeux. Il se détendit légèrement lorsqu'il estima que Brunetti n'avait pas d'intentions violentes, ajusta les papiers sur ses genoux et répondit :

« Je veux dire qu'il n'a pas d'existence pour nous, signor Brunetti.

– Et qu'est-ce que cela veut dire, pas d'existence pour vous ?

– Que nous n'avons aucun document le concernant dans nos archives. Ni demande de permis de construire, ni plans, ni approbation en fin de chantier. Autrement dit, il n'existe aucune preuve administrative que cet appartement ait jamais été construit. »

Et avant que son interlocuteur ait pu parler, il ajouta, la main sur le dossier que Brunetti venait de lui donner :

« Et malheureusement, vous ne pouvez nous en fournir aucune. »

Brunetti se souvint d'une histoire que Paola lui avait

racontée un jour : celle d'un écrivain anglais, qui, confronté à un philosophe prétendant que la réalité n'existait pas, avait donné un coup de pied dans un caillou en disant au philosophe de « prendre ça ». Il revint bien vite à des soucis plus immédiats. Il n'avait qu'une connaissance assez vague des mécanismes des autres administrations de la ville, mais il ne lui semblait pas qu'il appartînt au bureau du Cadastre, où apparemment seuls les titres de propriété étaient conservés, d'archiver ce genre d'informations.

« Est-ce une procédure normale, que votre service s'intéresse à cela ?

– Elle ne l'était pas par le passé, répondit Rossi avec un sourire timide, comme s'il trouvait satisfaisant que Brunetti fût assez bien informé pour poser la question. Du fait d'une nouvelle directive, il revient à notre bureau de constituer les archives informatisées les plus complètes possibles sur tous les bâtiments de la ville classés à l'inventaire des monuments historiques par la commission des Beaux-Arts. Cet immeuble en fait partie. Si bien que nous rassemblons actuellement les documents et archives des différents services concernés de la ville. De cette manière, un seul service, le nôtre, détiendra des copies de la documentation complète concernant chacun des appartements sur la liste. À la fin, ce système centralisé permettra d'économiser énormément de temps. »

Deux semaines auparavant, comme Brunetti s'en fit la réflexion en observant le sourire satisfait de Rossi, *Il Gazzettino* avait publié un article annonçant que, du fait d'un manque de fonds, on avait arrêté de curer les canaux de la ville.

« Combien d'appartements sont-ils concernés ? demanda-t-il.

– Oh, nous n'en avons aucune idée. C'est une des raisons qui ont poussé à faire cette enquête.

– Depuis quand a-t-elle commencé ?

– Onze mois, répondit Rossi, et Brunetti ne douta pas qu'il aurait même pu lui donner la date exacte.

– Et combien de ces dossiers composites avez-vous constitués, jusqu'ici ?

– Eh bien, certains d'entre nous ayant accepté de travailler le samedi, un peu plus de cent, dit Rossi, incapable de dissimuler sa fierté.

– Et combien êtes-vous à travailler sur ce projet ? »

Rossi baissa les yeux sur sa main et se mit à compter sur ses doigts.

« Huit, je crois.

– Huit... » répéta Brunetti.

Il renonça à poursuivre le calcul qu'il avait entrepris, préférant demander :

« Mais qu'est-ce que tout ceci signifie pour moi, concrètement ? »

Rossi ne répondit pas tout de suite.

« Quand nous ne disposons pas des papiers d'un appartement, nous commençons par demander à son propriétaire de nous les fournir, mais votre dossier ne contient rien de conforme. Vous ne possédez que l'acte de mutation, et nous devons donc supposer qu'on ne vous a pas remis les documents que le précédent propriétaire aurait pu détenir sur la construction d'origine. »

Il ne laissa pas à Brunetti le temps d'objecter quelque chose.

« Ce qui signifie que soit ces documents sont perdus, et dans ce cas-là ils ont existé, soit qu'ils n'ont au contraire jamais existé. »

Il regarda Brunetti, mais celui-ci préféra se taire.

« S'ils sont perdus et si vous dites ne jamais les avoir eus en votre possession, ils ont alors peut-être été égarés dans l'un des bureaux de la ville.

– Dans ce cas, qu'allez-vous faire pour les retrouver ?

– Ah, ce n'est pas si simple que ça. Nous n'avons aucune obligation légale de conserver des copies de ces documents. D'après le Code civil, il est clair que c'est la responsabilité de celui qui possède le bien. Sans vos propres copies, vous ne pouvez nous reprocher d'avoir perdu les nôtres, si vous voyez ce que je veux dire, continua-t-il avec un autre de ses petits sourires. Et il est impossible pour nous de lancer une recherche, car nous ne pouvons nous permettre d'y affecter du personnel alors qu'il est possible qu'elle ne donne rien. »

Devant l'expression de Brunetti, il ajouta :

« Parce que ces documents peuvent tout aussi bien n'avoir jamais existé, voyez-vous. »

Brunetti se mordit la lèvre et demanda :

« Et dans ce cas-là ? »

Rossi étudia son poignet et recentra sa montre dessus.

« Dans ce cas, signore, expliqua-t-il finalement en relevant la tête, cela signifie que le permis de construire n'a jamais été accordé et que les travaux n'ont jamais été approuvés.

– Chose tout à fait possible, n'est-ce pas ? On a énormément construit, juste après la guerre.

– Oui, en effet, répondit Rossi avec la modestie feinte de celui qui passerait son existence à traiter de tels problèmes. Mais la plupart de ces projets, restaurations mineures ou rénovations de grande ampleur, ont reçu le *condono edilizio* et ont donc un statut légal, au moins aux yeux de notre service. Le problème, ici, est qu'il n'existe aucun *condono.* »

Il eut un geste qui englobait murs, sol et plafond délictueux.

« Si je puis me permettre de répéter ma question, signor Rossi, dit Brunetti en déployant de grands efforts pour conserver un ton raisonnable et un calme olympien, qu'est-ce que cela signifie pour moi et mon appartement, d'un point de vue concret ?

– J'ai bien peur de ne pas avoir autorité pour vous répondre là-dessus, signore. »

Rossi rendit le mince dossier à Brunetti et se pencha pour reprendre son porte-documents, puis se leva.

« Mon rôle est seulement de rendre visite aux propriétaires et de vérifier si les documents manquants ne seraient pas en leur possession. »

Il prit un air soucieux et Brunetti cru déceler une authentique déception chez le fonctionnaire.

« Je suis désolé d'apprendre que vous ne les avez pas. »

Brunetti se leva à son tour.

« Et qu'est-ce qui va se passer, maintenant ?

– Tout dépend de la commission du bureau du Cadastre », répondit Rossi en faisant un pas en direction de la porte.

Brunetti se déplaça de manière à ne pas bloquer carrément le passage au fonctionnaire, mais en créant tout de même un obstacle entre lui et la porte.

« Vous m'avez dit que l'étage en dessous datait du XIXe siècle. Mais s'il avait été ajouté plus tard ? C'est-à-dire, s'il avait été édifié en même temps, cela changerait-il quelque chose ? »

En dépit de ses efforts, Brunetti avait du mal à cacher l'espoir qu'il mettait dans cette question.

Rossi réfléchit longtemps avant de répondre, d'une manière qui était un cas d'école en matière de prudence et de réserve.

« Peut-être. L'étage en dessous dispose de tous les documents officiels, et si on pouvait démontrer que le vôtre a été construit en même temps, ce serait un argument en faveur de l'hypothèse d'un permis également accordé pour celui-ci. »

Il médita une fois de plus, en bon bureaucrate confronté à un problème inédit.

« Oui, cela pourrait changer les choses, bien que je ne sois absolument pas en position d'en juger. »

Momentanément soulagé à cette perspective, Brunetti se dirigea vers la porte-fenêtre qui donnait sur la terrasse et l'ouvrit.

« Permettez-moi de vous montrer quelque chose, dit-il, se tournant vers Rossi et lui faisant signe de le suivre. J'ai toujours eu l'impression que les fenêtres de l'étage en dessous étaient identiques aux nôtres. Si vous voulez bien vous donner la peine de regarder en contrebas à gauche, poursuivit-il, tournant le dos au fonctionnaire, vous verrez ce que je veux dire. »

Avec l'aisance due à l'habitude, Brunetti se pencha sur l'appui du balcon, se retenant solidement des deux mains, pour regarder les fenêtres de ses voisins. Mais à présent qu'il les étudiait plus en détail, il se rendait compte qu'elles n'étaient nullement identiques : elles présentaient un linteau sculpté en marbre blanc d'Istrie, alors que ses propres fenêtres se réduisaient à de simples rectangles ouverts dans le mur de brique.

Il se redressa et se tourna vers Rossi. Le jeune homme se tenait sur place, pétrifié, la main gauche levée dans la direction de Brunetti, paume ouverte, comme s'il essayait de repousser des esprits mauvais. Il regardait le policier d'un œil exorbité, bouche ouverte.

Brunetti fit un pas vers lui, mais l'homme battit vivement en retraite, main toujours tendue.

« Vous vous sentez bien ? » lui demanda Brunetti en s'arrêtant à la porte-fenêtre.

Rossi essaya de parler, sans qu'un son ne sorte de sa bouche. Il baissa alors le bras et marmonna quelque chose, mais d'un ton tellement bas que Brunetti ne comprit pas ce qu'il disait.

Voulant dissiper l'impression de malaise née de l'incident, le policier expliqua alors qu'il s'était sans doute trompé pour les fenêtres, et qu'il n'y avait rien de spécial à remarquer.

Le visage du représentant du Cadastre se détendit et il essaya de sourire, mais sa nervosité avait eu un effet contagieux sur Brunetti, qui dut faire un gros effort pour oublier l'épisode de la terrasse.

« Pouvez-vous me donner au moins une idée des conséquences de tout ça ?

– Je vous demande pardon ?

– Qu'est-ce qui va se passer, à présent ? » demanda patiemment Brunetti.

Rossi recula encore d'un pas et se mit à répondre sur le rythme étrange et quasi incantatoire de celui qui a déjà répété cent fois la même chose.

« Au cas où les demandes de permis auraient été faites mais l'autorisation définitive jamais accordée, vous aurez une amende calculée en fonction de la gravité de la violation du règlement alors en vigueur. »

Brunetti ne bougea pas, et le jeune homme continua.

« Dans le cas où il n'y aurait pas eu de demande de permis, et donc aucune autorisation de construire, l'affaire passera devant la commission des Biens culturels, laquelle émettra un jugement qui tient compte des dommages que la structure illégale fait subir à la ville.

– Et?

– Et parfois, on est condamné à une amende.

– C'est tout?

– Parfois aussi, la structure illicite doit être démolie.

– Quoi? explosa Brunetti, son apparence de calme ayant volé en éclats.

– Parfois, la structure illicite doit être démolie. »

Rossi esquissa un sourire qui avait l'air de dire qu'il n'était en rien responsable de cette éventualité.

« Mais c'est mon domicile, mon foyer! C'est ma maison que vous voulez démolir!

– On en arrive rarement à une telle extrémité », dit Rossi, s'efforçant de paraître rassurant.

Brunetti se trouva incapable de parler. Voyant cela, Rossi fit demi-tour et prit la direction de la porte d'entrée. À l'instant même où il l'atteignait, une clef tourna dans la serrure et le battant s'ouvrit. Paola entra dans l'appartement, toute son attention concentrée sur deux grands sacs en plastique, sa clef, et les trois journaux coincés sous son bras qui commençaient à glisser. Elle ne remarqua la présence de Rossi que lorsque celui-ci se précipita instinctivement pour rattraper ces derniers. Elle eut un hoquet de surprise, laissa tomber ses sacs et recula vivement, heurtant la porte du coude. Elle ouvrit la bouche, sous l'effet de l'inquiétude ou de la douleur, et se mit à se frotter le coude.

Brunetti entra alors en scène, l'appelant par son nom et lui disant de ne pas s'alarmer, qu'ils avaient un visiteur. Il contourna le fonctionnaire et posa la main sur le bras de sa femme.

« Tu nous as surpris, dit-il pour la calmer.

– Vous aussi, vous m'avez surpris », répondit-elle en s'arrachant un sourire.

Brunetti entendit du bruit derrière eux et, se retournant, vit Rossi agenouillé, son porte-documents appuyé au mur, qui avait entrepris de remettre dans l'un des sacs les oranges qui en avaient roulé.

« Signor Rossi », l'interpella Brunetti.

Le jeune homme lui jeta un coup d'œil, finit de rassembler les oranges, se leva et posa le sac sur la table de l'entrée.

« Je vous présente ma femme. »

Paola dégagea son bras et tendit la main à l'inconnu. Ils se saluèrent et se dirent les choses convenues dans ce cas-là, Rossi s'excusant de lui avoir fait peur et Paola se récriant que ce n'était rien.

« Le signor Rossi est du bureau du Cadastre, dit enfin Brunetti.

– Du bureau du Cadastre ?

– Oui, signora, intervint Rossi. Je suis venu parler de l'appartement avec votre époux. »

Paola jeta un coup d'œil à Guido et ce qu'elle lut sur son visage la fit se tourner vers le visiteur avec son sourire le plus enjôleur.

« Je vois que vous étiez sur le point de partir, signor Rossi. Je ne voudrais pas vous retarder. Je suis sûre que mon mari pourra tout m'expliquer. Vous n'avez aucune raison de perdre davantage votre temps, d'autant que nous sommes samedi.

– C'est très aimable de votre part, signora », répondit chaleureusement Rossi.

Puis il se tourna vers Brunetti, le remercia du temps qu'il lui avait accordé, s'excusa de nouveau auprès de Paola, mais se garda de leur tendre la main, à l'un comme à l'autre. Lorsque Paola eut refermé le battant sur lui, elle demanda :

« Le bureau du Cadastre ?

– Si j'ai bien compris, ils veulent démolir l'appartement », dit Brunetti en guise d'explication.

3

« LE DÉMOLIR ? répéta Paola, sans trop savoir si elle devait réagir par des rires ou par de l'étonnement. Qu'est-ce que tu racontes, Guido ?

– Il vient de me déballer toute une histoire selon laquelle il n'y aurait, dans les dossiers du bureau du Cadastre, aucun papier concernant notre appartement. Ils ont lancé je ne sais quel nouveau programme pour informatiser toutes leurs archives, mais ils ne trouvent pas la moindre trace d'un permis de construire accordé – ou même demandé, d'ailleurs.

– C'est absurde », dit Paola en se penchant.

Elle lui tendit les journaux, ramassa le dernier sac et s'engagea dans le couloir, prenant la direction de la cuisine. Là, elle posa les sacs sur la table et entreprit de les vider. Tandis que Brunetti poursuivait ses explications, elle sortit des tomates, des oignons et des fleurs de courgette pas plus grandes que son doigt.

Lorsque Brunetti vit les fleurs, il s'interrompit dans son récit pour lui demander ce qu'elle comptait en faire.

« Un risotto, je pense, répondit-elle en plaçant un paquet enveloppé de papier blanc dans le réfrigérateur. Tu te souviens de celui qu'avait préparé Roberta, la semaine dernière, avec du gingembre ? Il était délicieux. »

Brunetti eut un marmonnement d'assentiment, trop content de passer au sujet beaucoup plus agréable du déjeuner.

« Il y avait du monde, au Rialto ?

– Pas à mon arrivée, mais c'était la bousculade quand j'en suis repartie. Des touristes, pour la plupart, venus prendre des photos. Des photos d'autres touristes, pour autant que je pouvais en juger. Dans quelques années, il faudra s'y rendre à l'aube si on veut avoir une chance de se déplacer.

– Mais qu'est-ce qu'ils vont fabriquer au Rialto ?

– Voir le marché, sans doute. Pourquoi ?

– Ils n'ont pas de marchés, dans leur pays ? On n'y vend pas de quoi se nourrir ?

– Dieu seul sait ce qu'ils ont dans leur pays, répondit Paola, une minuscule pointe d'irritation dans la voix. Et qu'est-ce qu'il t'a raconté d'autre, le signor Rossi ? »

Brunetti s'appuya au comptoir.

« Que, dans certains cas, ils se contentent de vous infliger une amende.

– C'est classique, dit-elle, lui faisant face à présent qu'elle avait tout rangé. C'est ce qui est arrivé à Gigi Guerriero, quand il a ajouté une deuxième salle de bains chez lui. Son voisin a vu arriver le plombier avec une cuvette de W.-C. sous le bras et n'a rien trouvé de mieux que de le signaler à la police. Gigi a dû payer une amende.

– C'était il y a dix ans.

– Douze », le corrigea machinalement Paola.

Elle vit les lèvres de Guido se pincer.

« Peu importe, de toute façon. Qu'est-ce qui peut arriver d'autre ?

– Il a dit que dans certains cas, quand il n'y a jamais eu de demande de permis et que la construction a tout de même été faite, on est obligé de tout démolir.

– Il plaisantait, j'imagine.

– Tu as eu le temps de lui jeter un coup d'œil, Paola. Comment croire qu'il est homme à plaisanter sur ce genre de question ?

– Je soupçonne même le signor Rossi d'être incapable de plaisanter sur quoi que ce soit. »

Sans se presser, elle passa dans le séjour, où elle remit de l'ordre dans les revues abandonnées sur le bras d'un fauteuil, puis se rendit sur la terrasse. Brunetti la suivit.

Lorsqu'ils furent côte à côte, la ville s'étendant à leurs pieds, elle eut un geste qui embrassait les toits, les terrasses, les jardins suspendus, les tabatières.

« J'aimerais bien savoir ce qui est légal, dans tout ça. J'aimerais savoir combien de ces constructions ont eu des permis de construire en bonne et due forme, combien ont reçu le *condono.* »

Ils avaient l'un et l'autre passé l'essentiel de leur vie à Venise et entendu raconter d'innombrables histoires d'inspecteurs des bâtiments soudoyés, ou de cloisons montées en Placoplâtre et abattues le lendemain de l'inspection.

« C'est la moitié de la ville qui est comme ça, Paola. Mais voilà, nous, on s'est fait prendre.

– Pas du tout, protesta-t-elle en se tournant vers lui. Nous n'avons rien fait de mal. Nous avons acheté ce logement de bonne foi. C'est Battistini – c'est bien son nom, n'est-ce pas ? – qui aurait dû demander les permis et le *condono edilizio.*

– Et nous, nous aurions dû nous assurer qu'il les avait avant de signer, observa Brunetti, tentant de la raisonner. Mais nous ne l'avons pas fait. Il nous a suffi de voir ça (il eut un grand geste de la main qui englobait tout le paysage), et nous étions cuits.

– Ce n'est pas comme ça que je m'en souviens, dit Paola en retournant s'asseoir dans le séjour.

– Moi, si. Et peu importe la manière dont nous nous en souvenons, Paola, ajouta-t-il avant qu'elle ait le temps de se rebiffer. Ou que nous ayons été imprudents à l'époque. Ce qui compte, c'est que nous avons ce problème sur les bras aujourd'hui.

– Battistini ?

– Il est mort il y a une dizaine d'années, répondit Brunetti, réduisant à néant le plan qu'elle aurait pu concevoir pour contacter leur vendeur.

Je l'ignorais.

– C'est son neveu, celui qui travaille à Murano, qui me l'a dit. Une tumeur.

– Je suis désolée de l'apprendre. Il était sympathique.

– Oui, tout à fait. Et il nous a fait un bon prix.

– Je crois qu'il est tombé amoureux des nouveaux mariés, dit-elle avec un sourire à l'évocation de ce souvenir. En particulier des nouveaux mariés avec un bébé en route.

– Tu crois que ça a pu jouer sur le prix ?

– C'est ce qu'il m'a toujours semblé. Une curiosité chez un Vénitien mais, n'empêche, c'était un geste bien agréable pour nous – sauf s'il faut tout raser, ajouta-t-elle vivement.

– C'est parfaitement ridicule, tu ne trouves pas? demanda Brunetti.

– Voyons, Guido ! Cela fait vingt ans que tu travailles pour la ville ; tu devrais tout de même savoir que le fait qu'une chose soit ridicule n'y change rien. »

C'est à contrecœur que Brunetti dut en convenir. Il se rappela ce commerçant du marché lui expliquant que si un client touchait les fruits ou les légumes de l'étalage, il risquait une amende d'un demi-million de lires – pas le client, le marchand. L'absurdité d'un règlement, semblait-il, n'empêchait nullement les édiles de la ville de le publier, si la fantaisie leur en prenait.

Paola se laissa aller dans son fauteuil et posa les pieds sur la table basse, entre eux.

« Qu'allons-nous faire ? Veux-tu que j'appelle mon père ? »

Brunetti s'était attendu à la question et était soulagé qu'elle ait été posée rapidement. Le comte Orazio Falier, l'un des hommes les plus riches de la ville, aurait pu accomplir ce miracle d'un seul coup de téléphone ou d'une simple remarque au cours d'un dîner.

« Non. Je tiens à m'en occuper moi-même », répondit-il en soulignant bien le *moi-même.*

À aucun moment il ne leur vint à l'esprit, pas plus à lui qu'à Paola, de s'attaquer au problème de manière légale, en recherchant les noms des services concernés, en suivant les étapes juridiques qu'il convenait de suivre. Il ne leur traversa pas non plus l'esprit, d'ailleurs, qu'il pouvait exister une procédure administrative clairement définie, susceptible de leur permettre de résoudre le problème. Même si elle existait, même si on pouvait l'exhumer, les Vénitiens préféraient l'ignorer, sachant que la seule manière de régler ce genre de question passait par les *conoscienze*, les relations, les amis, les contacts et les dettes morales contractées au cours d'une vie passée à ferrailler avec un système considéré par à peu près tout le monde, y compris ceux qui y étaient employés – surtout par ceux-là, peut-être –, comme étant d'une inefficacité confinant à la paralysie, porté sur les abus d'autorité découlant de siècles de prévarication, et imprégné d'un goût byzantin pour le secret et la léthargie.

Paola ignora le ton définitif de son mari.

« Je suis sûre qu'il pourrait régler ça. »

Sans prendre le temps de réfléchir, Brunetti s'exclama :

« Ah, où sont les neiges d'antan ? Où sont les idéaux de 68 ? »

Tout de suite sur ses gardes, Paola répliqua sèchement par un :

« Qu'est-ce que cela est supposé vouloir dire ? »

Guido la regarda. Elle se tenait la tête redressée, prête à affronter n'importe quoi et à en découdre, et il prit conscience qu'elle devait fichtrement intimider ses étudiants, à la fac.

« Cela signifie que nous avions tous les deux foi dans la politique de gauche et dans la justice sociale, et dans l'idée de l'égalité de tous devant la loi.

– Et puis ?

– Et à présent, notre premier mouvement est de chercher à resquiller.

– Ne dis pas *nous*, Guido, puisque c'est moi qui ai fait cette suggestion... Tes principes ne sont pas ébranlés.

– Autrement dit ? demanda-t-il d'un ton où le sarcasme n'avait pas encore laissé place à la colère.

– Que les miens le sont. Ébranlés. Nous avons été les dindons d'une farce qui a duré des dizaines d'années, oui, nous tous, avec notre espoir d'une société meilleure et notre conviction idiote que ce système politique écœurant et ces politiciens écœurants réussiraient à transformer ce pays en un paradis doré, dirigé par toute une ribambelle de rois philosophes. »

Elle chercha les yeux de Guido et le fixa un instant.

« Eh bien, je n'y crois plus, plus du tout. Je n'ai plus foi en rien, je n'ai aucun espoir. »

Bien qu'il ait pu lire une fatigue authentique dans son regard tandis qu'elle faisait cette déclaration, un reste de ressentiment subsistait dans sa voix lorsqu'il répondit :

« Et est-ce que cela signifie qu'à chaque fois qu'on aura un problème, tu iras demander à ton père de le régler pour toi, avec son argent, ses relations et la puissance qu'il trimballe avec lui comme nous trimballons de la petite monnaie dans nos poches ?

– Tout ce que je cherche, dit-elle avec un brusque changement de ton, comme si elle voulait désamorcer les choses avant qu'elles n'atteignent un stade critique, c'est un moyen de ne pas gaspiller notre temps et notre énergie. Si nous essayons de régler ça par les voies légales, nous allons mettre les pieds dans l'univers de Kafka ; on n'aura plus un moment de paix, nous passerons notre vie à chercher les bons papiers, tout ça pour nous casser encore le nez sur un bureaucrate genre Rossi, qui nous dira qu'en fait ce ne sont pas les bons, qu'il en faut d'autres, et encore d'autres, jusqu'à ce qu'on devienne tous les deux fous à lier. »

Sentant fondre l'irritation de Guido, elle poursuivit dans la même veine.

« Et en effet, si je peux nous épargner tout cela en demandant un coup de main à mon père, j'aimerais autant le faire, pour la simple raison que je n'ai plus la patience ni l'énergie de m'y prendre autrement.

– Et si je te dis que moi, je préfère me débrouiller tout seul, sans son aide ? C'est notre appartement, Paola, pas le sien, ajouta-t-il avant qu'elle ait le temps de répondre.

– Veux-tu dire que tu t'y prendrais par les voies légales, ou bien (sa voix se fit encore plus chaleureuse) en faisant appel à tes relations et à tes amis ? »

Brunetti sourit, signe certain que la paix venait d'être rétablie.

« La deuxième solution, bien entendu.

– Ah, dit-elle, souriant aussi, c'est tout à fait différent, dans ce cas. »

Son sourire s'élargit encore tandis qu'elle dirigeait ses pensées vers la stratégie à adopter.

« Qui ? demanda-t-elle, ayant complètement oublié son père.

– Rallo, par exemple, de la commission des Beaux-Arts.

– Celui dont le fils vend de la drogue ?

– *Vendait*, la corrigea Brunetti.

– Qu'est-ce qui s'est passé ?

– Disons que je lui ai fait une fleur », fut la seule explication que donna Guido.

Paola n'en demanda pas davantage.

« Mais qu'est-ce que cette commission a à voir avec notre problème ? L'appartement n'a-t-il pas été construit après la guerre ?

– C'est ce que Battistini nous a raconté. Mais la partie inférieure de l'immeuble est classée à l'inventaire du patrimoine, si bien qu'elle peut être affectée par ce qui se passe au-dessus. »

Paola émit un petit grognement d'approbation.

« Quelqu'un d'autre ?

– Il y a ce cousin de Vianello, l'architecte, celui qui travaille à la *Comune* ; je crois qu'il opère au bureau qui délivre les permis de construire. Je vais demander à Vianello de voir ce qu'il peut apprendre. »

Ils restèrent un moment sans rien dire, dressant la liste des faveurs faites aux uns et aux autres au cours des années et dont ils pourraient toucher les dividendes. Il était presque midi lorsqu'ils eurent établi l'inventaire de tous leurs alliés potentiels et se furent mis d'accord sur leur capacité à les aider. Ce n'est qu'à ce moment-là que Brunetti demanda :

« As-tu trouvé des *moeche* ? »

Se tournant, comme elle le faisait depuis maintenant plusieurs dizaines d'années, vers le témoin des pires excès de son mari, témoin aussi invisible que fictif, elle demanda :

« T'entends ça ? On est sur le point de perdre notre toit, mais il n'y a qu'une chose qui intéresse monsieur, les crabes à carapace molle.

– Ce n'est pas la seule chose qui m'intéresse, protesta Guido.

– Et quoi d'autre, alors ?

– Le risotto. »

Les enfants étaient revenus pour le déjeuner, mais ce ne fut qu'une fois le dernier crabe avalé qu'ils furent mis au courant de la situation. Sur le moment, ils refusèrent de prendre la chose au sérieux. Et lorsque leurs parents eurent réussi à leur faire comprendre que l'appartement était réellement en danger, ils se mirent aussitôt à dresser des plans pour déménager.

« J'aimerais bien une maison avec un jardin, dit Chiara. Comme ça, on pourrait avoir un chien. »

Lorsqu'elle vit la tête que faisaient ses parents, elle réduisit ses ambitions :

« Ou un chat ? »

Raffi ne manifesta aucun intérêt pour les animaux, mais il aurait souhaité, pour sa part, un logement avec deux salles de bains.

« Si jamais on a une deuxième salle de bains, sûr et certain que t'en sortiras jamais, tellement tu seras occupé à te faire pousser cette moustache ridicule », lui lança Chiara.

Première reconnaissance officielle et publique qu'une ombre légère, depuis quelques semaines, commençait à s'étendre sous le nez de son grand frère.

Avec des sentiments qui devaient être assez proches de ceux d'un Casque bleu en mission, Paola intervint :

« Ça suffit, tous les deux. Ce n'est pas une plaisanterie, et je ne veux pas vous entendre en parler comme si c'en était une. »

Les deux adolescents la regardèrent et, tels deux bébés

chouettes perchés sur leur branche se demandant lequel des deux prédateurs qui leur tournaient autour allait frapper le premier, tournèrent simultanément la tête vers leur père.

« Vous avez entendu ce qu'a dit votre mère, dit Brunetti – signe que les choses étaient sérieuses.

– On va faire la vaisselle », proposa alors une Chiara conciliante (mais sachant parfaitement, toutefois, que c'était son tour).

Raffi repoussa sa chaise et se leva. Il empila les assiettes sales sur la sienne et porta le tout dans l'évier. Chose plus remarquable encore, il fit couler l'eau chaude et se retroussa les manches.

Tels deux paysans superstitieux en présence d'une manifestation surnaturelle, Paola et Guido coururent se réfugier dans le séjour, sans oublier néanmoins de prendre au passage la bouteille de grappa et deux petits verres.

Brunetti versa le liquide clair et tendit un des verres à Paola.

« Que vas-tu faire, cet après-midi ? lui demanda-t-elle après une première et apaisante gorgée.

– Retourner en Perse. »

Il se débarrassa de ses chaussures et s'allongea sur le canapé.

« Réaction excessive aux nouvelles apportées par le signor Rossi, je dirais. »

Elle prit une autre gorgée.

« C'est la bouteille que nous avons rapportée de Belluno, n'est-ce pas ? »

Ils avaient un ami là-haut, dans la montagne, qui avait été le collaborateur de Brunetti pendant une dizaine d'années ; mais, blessé au cours d'un échange de coups de feu et contraint d'abandonner la police, il avait fini par reprendre la ferme de son père. Tous les automnes, il montait un alambic et fabriquait une cinquantaine de litres de grappa, dans l'illégalité la plus totale. Il donnait les bouteilles à sa famille et à ses amis.

Brunetti prit lui aussi une deuxième gorgée et soupira.

« La Perse ? » demanda-t-elle finalement.

Il posa son verre sur la table et prit le livre qu'il avait abandonné à l'arrivée du fonctionnaire du Cadastre.

« Xénophon », expliqua-t-il, ouvrant l'ouvrage sur le ticket de vaporetto, déjà de retour dans l'autre partie de sa vie.

« Ils ont réussi à s'en tirer, les Grecs, pas vrai ? Et par rentrer chez eux.

– Je n'en suis pas encore là. »

Il y eut une pointe d'agacement dans la voix de Paola.

« Cela fait au moins deux fois que tu lis Xénophon depuis que nous sommes mariés, Guido. Si tu ignores s'ils ont réussi ou non à revenir, c'est que tu n'as pas fait attention ou, pire encore, que tu es atteint des premiers symptômes de l'Alzheimer.

– Je fais semblant de croire que je ne sais pas ce qui est arrivé pour avoir plus de plaisir à le découvrir », expliqua-t-il en chaussant ses lunettes.

Il écarta bien les pages du livre et se mit à lire.

Paola continua à le regarder pendant un bon moment, puis se servit une petite rallonge de grappa qu'elle emporta avec elle dans son bureau, abandonnant son mari aux charmes austères de *L'Anabase*.

4

COMME CELA se produit souvent dans ces cas-là, rien ne se passa. Le bureau du Cadastre n'entra pas en communication avec eux, et ils n'entendirent plus parler du signor Rossi. Devant un tel silence, et peut-être poussé par la superstition, Brunetti ne chercha pas à contacter ceux de ses amis qui auraient pu l'aider à clarifier le statut légal de son domicile. Le printemps s'écoulait, le temps devint plus chaud, et les Brunetti se mirent à passer de plus en plus de temps sur leur terrasse. Ils y déjeunèrent pour la première fois de l'année le 15 avril ; mais il faisait encore trop frais, le soir, pour dîner dehors. Les jours s'allongeaient et ils ne savaient toujours pas s'ils occupaient leur logement en toute légalité ou non. Comme des fermiers vivant sur les pentes d'un volcan, ils étaient retournés bêcher leurs champs dès que la terre avait cessé de trembler, en espérant que les dieux responsables de ces manifestations les auraient oubliés.

Avec le changement de saison, les touristes se mirent à affluer de plus en plus dans la ville. Avec, dans leur sillage, des bataillons de bohémiens. Ceux-ci, déjà soupçonnés de cambriolages dans d'innombrables lieux, ne tardèrent pas à se tailler une réputation de voleurs à la tire et d'auteurs de délits mineurs dans les endroits publics. Ces comportements étant fort ennuyeux, non seulement pour les habitants mais aussi pour les touristes, principale source de revenus de la ville, Brunetti se vit confier la tâche de voir ce qu'on pouvait faire pour endiguer le phénomène. Les pickpockets, hélas, étaient trop jeunes pour être poursuivis ; ils étaient pris, amenés à la questure où on leur demandait de s'identifier, relâchés, repris. Les rares à posséder des papiers étaient mineurs ; ils avaient droit à une semonce et on les relâchait dans la nature. La plupart étaient de nouveau dans la rue la semaine suivante, sinon le lendemain. Étant donné que la seule solution, aux yeux de Brunetti, était de changer la loi concernant les délits commis par des mineurs ou l'expulsion hors des frontières du pays, il eut du mal à rédiger son rapport.

Il était donc à son bureau, se creusant la tête pour trouver comment éviter d'aligner des évidences, lorsque son téléphone sonna.

« Brunetti », dit-il en attaquant la troisième page de la liste de tous ceux qui avaient été arrêtés pour vol à la tire au cours des deux derniers mois.

« Commissaire ? fit une voix masculine.

– Oui.

– Franco Rossi à l'appareil. »

Un nom des plus courants, à Venise, et il fallut un moment à Brunetti pour faire le tour des différents endroits où il aurait pu connaître un Franco Rossi ; c'est ainsi qu'il finit par penser au bureau du Cadastre.

« Ah, j'espérais bien avoir de vos nouvelles, signor Rossi », dit-il, n'ayant aucun mal à mentir.

Car ce qu'il avait espéré, en réalité, était que le signor Rossi disparaisse corps et biens, avec toutes les archives de son service, tant qu'à faire.

« Avez-vous des nouvelles à m'annoncer ?

– À quel propos ?

– De l'appartement, évidemment, répondit Brunetti, se demandant ce qu'il aurait bien pu attendre d'autre de la part du fonctionnaire du Cadastre.

– Non, rien. J'ai remis mon rapport au bureau qui doit en prendre connaissance.

– Savez-vous quand cela sera fait ? demanda un Brunetti quelque peu méfiant.

– Non, je suis désolé. Il n'y a aucun moyen de savoir quand une décision sera prise. »

Rossi avait répondu rapidement, comme si la question ne l'intéressait pas.

Un instant, Brunetti fut frappé par le fait que cette phrase aurait pu servir de mot d'ordre à la plupart des services de la ville auxquels il avait eu affaire, comme citoyen autant que comme policier.

« Souhaitez-vous d'autres informations ? » demanda-t-il, restant poli, car il était conscient qu'il risquait peut-être d'avoir besoin, dans un avenir plus ou moins proche, d'un Franco Rossi conciliant, peut-être même de solliciter son aide matérielle.

« C'est à propos d'une autre affaire, dit le fonctionnaire. J'ai parlé de vous à quelqu'un, et on m'a dit où vous travailliez.

– Oui. Et en quoi puis-je vous aider ?

– Ça concerne quelque chose qui s'est passé ici, au bureau. Enfin, se reprit-il, pas ici même, parce que je ne suis pas au bureau. Si vous voyez ce que je veux dire.

– Où vous trouvez-vous, signor Rossi ?

– Dans la rue. Je me sers de mon portable. Je ne tenais pas à vous appeler du travail. »

La réception se brouilla, puis la voix de Rossi revint :

« ... à cause de ce que je voulais vous dire. »

Si le fonctionnaire avait quelque chose de confidentiel à lui communiquer, il aurait été mieux inspiré de ne pas se servir de son portable, moyen de communication aussi public qu'un journal déployé.

« Est-ce que ce que vous avez à me dire est si important, signor Rossi ?

– Oui, je crois, répondit l'homme un ton plus bas.

– Dans ce cas, je pense que vous devriez plutôt m'appeler depuis un téléphone public, lui suggéra Brunetti.

– Quoi ? »

Rossi paraissait mal à l'aise.

« Depuis un téléphone public, signore. Je ne bougerai pas d'ici et j'attendrai votre appel.

– Vous voulez dire que le portable n'est pas sûr ? » demanda Rossi. Brunetti reconnut, dans son timbre, le même symptôme que celui qui avait paralysé sur place le jeune fonctionnaire quand il avait refusé de s'avancer sur la terrasse de l'appartement.

« Ce serait très exagéré, dit le commissaire, s'efforçant de parler d'un ton calme et rassurant. Mais vous ne risquerez rien en m'appelant d'une cabine publique, en particulier si vous utilisez ma ligne directe. »

Il lui donna le numéro, prenant la précaution de le répéter, car il eut l'impression que le jeune homme le notait.

« Il faut que je fasse de la monnaie ou que j'achète une carte de téléphone », reprit Rossi.

Il y eut un silence, et Brunetti pensa un instant que l'homme avait raccroché, mais sa voix revint, lointaine, et le commissaire crut l'entendre dire qu'il le rappelait.

« Bien, je ne bouge pas d'ici », dit-il, mais la communication était déjà coupée.

Qu'est-ce que le signor Rossi avait bien pu découvrir au bureau du Cadastre ? Des paiements faits en sous-main, de manière que des plans accusateurs puissent disparaître d'un dossier pour être remplacés par d'autres, plus inventifs ? Des pots-de-vin versés à un inspecteur des bâtiments ? L'idée qu'un fonctionnaire puisse être scandalisé par de telles pratiques, scandalisé au point même d'appeler la police, faillit le faire éclater de rire. Qu'est-ce qui était allé de travers, au Cadastre, pour qu'ils engagent un type aussi naïf ?

Brunetti attendit pendant quelques minutes, essayant de déterminer quel bénéfice il pourrait retirer d'un coup de main donné aujourd'hui au signor Rossi. Pris d'un sentiment de remords (qui ne dura pas), il se rendit compte qu'il avait la ferme intention d'utiliser le jeune homme et de donner à son problème, quel qu'il soit, toute l'attention nécessaire ; ce serait en faire son débiteur. De cette façon, toute faveur qu'il demanderait serait créditée au compte ainsi ouvert, sans devenir une dette de plus contractée auprès de son beau-père.

Il attendit dix minutes, mais le téléphone ne sonnait toujours pas. Lorsqu'il retentit enfin, une demi-heure plus tard, c'était la signorina Elettra, la secrétaire de son supérieur hiérarchique, qui lui demandait s'il n'avait pas besoin des photos et de la liste des bijoux qu'on avait trouvés dans l'une des caravanes, sur le continent, où logeaient les petits bohémiens arrêtés deux semaines auparavant. La mère prétendait que ces bijoux lui appartenaient, qu'ils étaient dans sa famille depuis des générations. Étant donné leur valeur, voilà qui paraissait assez peu vraisemblable. L'un d'eux, comme le savait Brunetti, avait été identifié par une journaliste allemande dont l'appartement avait été cambriolé un peu plus d'un mois auparavant.

Il consulta sa montre et vit qu'il était plus de dix-sept heures.

« Non, signorina, ne prenez pas cette peine. Ça peut attendre lundi.

– Très bien, commissaire. Vous n'aurez qu'à les prendre en passant. »

Elle se tut, et il entendit un bruit de papiers déplacés à l'autre bout du fil.

« S'il n'y a rien d'autre, je vais rentrer chez moi.

– Le vice-questeur ? demanda Brunetti, se demandant comment elle osait partir avec plus d'une heure d'avance.

– Il est sorti déjeuner avec le questeur, répondit-elle d'un ton de voix parfaitement uni. J'ai cru comprendre qu'ils se rendraient ensuite à la questure. »

Brunetti se demanda ce que Patta pouvait bien mijoter avec son propre supérieur. Les incursions du patron dans les allées du pouvoir ne présageaient jamais rien de bon pour les gens qui travaillaient à la vice-questure : en général, ses initiatives, avant tout destinées à mettre en valeur son énergie et son esprit de décision, se traduisaient par de nouvelles directives imposées sans discussion, vigoureusement mises en œuvre puis en fin de compte abandonnées, lorsqu'elles se révélaient inutiles ou redondantes.

Il souhaita une bonne soirée à la signorina Elettra et raccrocha. Il attendit encore deux heures que le téléphone sonne. Finalement, un peu après dix-neuf heures, il quitta son bureau et descendit à la salle des officiers de police.

Pucetti était au bureau de service, un livre ouvert devant lui, les poings sous le menton, plongé dans sa lecture.

« Pucetti ? »

Le jeune policier leva les yeux et, voyant Brunetti, se leva sur-le-champ. Brunetti constata avec plaisir que, pour la première fois depuis qu'il était entré dans les effectifs de la vice-questure, l'homme venait de réussir à résister à son besoin impulsif de saluer.

« Je rentre chez moi, Pucetti. Si jamais quelqu'un m'appelle, un homme, donne-lui le numéro de mon domicile et dis-lui de m'appeler là-bas, d'accord ?

– Bien entendu, monsieur, répondit Pucetti qui, cette fois, ne put se retenir de saluer.

– Qu'est-ce que tu lis ?

– Je ne lis pas, monsieur, pas vraiment ; j'étudie. C'est un livre de grammaire.

– De grammaire ?

– Oui, monsieur. De grammaire russe. »

Brunetti examina la page ouverte. C'était effectivement des caractères cyrilliques qu'on y voyait.

« Et pourquoi étudies-tu la grammaire russe, Pucetti – si tu me permets de te poser la question ?

– Bien sûr, monsieur, répondit Pucetti avec un petit sourire. Ma petite amie est russe, et j'aimerais pouvoir lui parler dans sa propre langue.

– J'ignorais que tu avais une petite amie », dit Brunetti, pensant aux milliers de prostituées venues des pays de l'Est qui envahissaient l'Europe occidentale.

Il dut faire un effort pour garder un ton neutre.

Le sourire du jeune policier s'élargit.

« Eh si, monsieur. »

Brunetti risqua la question.

« Et qu'est-ce qu'elle fait ici, en Italie ? Elle travaille ?

– Oui. Elle est professeur de russe et de mathématiques au lycée où va mon petit frère, monsieur.

– Depuis combien de temps la connais-tu ?

– Six mois.

– Ça a l'air sérieux. »

Pucetti sourit de nouveau et Brunetti fut frappé par la douceur qu'on lisait sur ce visage juvénile.

« Je crois que c'est sérieux, monsieur. Sa famille doit venir ici, cet été, et elle veut me présenter à ses parents.

– Et c'est pour cela que tu étudies ? » demanda Brunetti avec un mouvement de tête vers le livre.

Pucetti se passa la main dans les cheveux.

« Elle m'a dit qu'ils n'aimaient pas l'idée qu'elle épouse un policier. Ses parents sont tous les deux chirurgiens, vous comprenez. Alors je me suis dit que ça pouvait aider si j'arrivais à leur parler, même juste un peu. Et comme je ne parle ni l'anglais ni le français, je me suis dit aussi qu'ils ne me prendraient peut-être pas pour un crétin de flic si j'arrivais à le faire en russe.

– Voilà qui me paraît très judicieux. Bon, je te laisse à ta grammaire. »

Il se tourna pour partir et, dans son dos, Pucetti lui lança : *« Da svidaniya. »*

Ne connaissant pas un mot de russe, Brunetti ne put lui répondre dans cette langue ; il lui souhaita donc le bonsoir et quitta le bâtiment. Cette femme enseignait les mathématiques, et Pucetti étudiait le russe pour impressionner les parents de sa petite amie. En chemin, Brunetti médita là-dessus, se demandant si, en fin de compte, il n'était pas lui-même un crétin de flic.

Paola n'allait pas à l'université les vendredis, si bien qu'elle consacrait en général son après-midi à préparer un repas particulièrement élaboré. Tous attendaient ce festin, et ce soir-là ils ne furent pas déçus. Elle avait trouvé un gigot d'agneau chez le boucher qui se trouvait derrière le marché aux légumes, pièce qu'elle avait servie accompagnée de minuscules pommes de terre nouvelles parfumées au romarin, de potiron *trifolati* et de carottes naines mijotées dans une sauce si suave que Brunetti aurait pu continuer à les manger comme dessert si Paola n'avait pas préparé des poires cuites dans du vin blanc.

Il alla s'allonger ensuite sur le canapé, à son emplacement habituel, avec quelque chose d'une baleine échouée, s'autorisant un verre d'armagnac minuscule – un dé à coudre.

Lorsque Paola le rejoignit après avoir envoyé les enfants faire leurs devoirs, assortissant son ordre des menaces aussi diverses qu'effroyables auxquelles ils avaient fini par s'habituer, elle se servit, beaucoup moins hypocrite en cela que Guido, une dose d'armagnac des plus généreuses.

« Seigneur, c'est fameux », soupira-t-elle après la première gorgée.

D'un ton presque rêveur, Brunetti lui dit :

« Tu ne devineras jamais qui m'a appelé, aujourd'hui.

– Et qui donc ?

– Franco Rossi. Le type du Cadastre. »

Elle ferma les yeux et s'enfonça dans son fauteuil.

« Oh, bon Dieu ! Et moi qui pensais que c'était fini et qu'on n'en entendrait plus parler... Qu'est-ce qu'il a dit ?

– Il n'appelait pas à propos de l'appartement.

– Et que diable voulait-il ? »

Mais avant qu'il ait pu répondre, elle lui posa une autre question :

« Il t'a appelé à la vice-questure ?

– Oui. C'est justement ce qu'il y a de bizarre. Quand il est venu, je ne lui ai pas dit que j'étais commissaire de police. Il m'a demandé ce que je faisais, enfin, plus ou moins, et je lui ai répondu que j'avais fait des études de droit.

– C'est ce que tu dis, de manière générale ?

– Oui. »

Il n'offrit pas davantage d'explications et Paola n'en demanda pas.

« Il a donc trouvé ça tout seul ?

– Quelqu'un qu'il connaît le lui aurait dit.

– Qu'est-ce qu'il voulait ?

– Je ne sais pas. Il m'appelait de son portable, et étant donné qu'il avait l'air de vouloir me confier le genre de choses qu'on ne crie pas sur les toits, je lui ai suggéré de me rappeler d'une cabine publique.

– Et ?

– Et il n'a pas rappelé.

– Il a peut-être changé d'avis. »

Dans la mesure où l'on peut être capable de hausser les épaules quand on est repu de gigot d'agneau et effondré sur un canapé, Guido haussa les épaules.

« Si c'est si important, il rappellera, observa Paola.

– Probablement. »

Brunetti envisagea un instant de se resservir une goutte d'armagnac, mais sombra finalement dans une sieste d'une demi-heure. À son réveil, le coup de fil de Rossi lui était complètement sorti de l'esprit et, tandis qu'il empruntait le couloir qui conduisait à sa chambre et à son lit, ce n'est qu'à cette goutte d'armagnac qu'il pensait avec regret.

5

Comme l'avait redouté Brunetti, il eut droit, le lundi matin, à une convocation pour un compte rendu de la conversation que le vice-questeur Patta avait eue avec le questeur lors de leur déjeuner. Convocation qui lui parvint à onze heures, c'est-à-dire peu de temps après l'arrivée de Patta à la questure.

« Dottore ? » l'interpella la signorina Elettra depuis la porte de son bureau.

Il leva les yeux et la vit qui se tenait dans l'encadrement, un classeur bleu à la main. Il se demanda un instant si elle n'avait pas choisi la couleur du classeur en fonction de celle de sa robe.

« Ah, bonjour, signorina, dit-il en lui faisant signe de s'approcher du bureau. La liste des bijoux volés, je suppose ?

– Oui, avec les photos, répondit-elle en lui tendant le dossier. Le vice-questeur m'a priée de vous dire qu'il souhaiterait vous parler ce matin. »

Son intonation ne laissant sous-entendre aucun péril particulier, Brunetti se contenta de hocher la tête. La jeune femme resta où elle était, et il ouvrit le dossier. Il comportait quatre photos en couleur agrafées à une page ; chacune d'un bijou différent, trois bagues et un bracelet en or très travaillé et comportant ce qui paraissait être une rangée de petites émeraudes.

« C'est à croire qu'elle s'attendait à être volée, observa Brunetti, étonné que l'on puisse aller jusqu'à faire prendre des photos de ses bijoux par ce qui semblait bien être un photographe professionnel, et songeant aussitôt à une escroquerie aux assurances.

– Ce n'est pas le cas de tout le monde ? »

Brunetti leva les yeux sans chercher à cacher sa surprise.

« Vous ne pouvez pas parler sérieusement, signorina.

– Je ne devrais peut-être pas le *penser*, en particulier à cause du fait que je travaille ici, mais je peux tout de même le *dire* sérieusement. Les gens ne parlent que de ça, ajouta-t-elle avant qu'il ait pu présenter une objection.

– Il y a moins de crimes et délits à Venise que dans toute autre ville d'Italie. Regardez donc les statistiques », se rebiffa-t-il.

Elle ne roula pas les yeux au ciel, se contentant de lui faire remarquer :

« Et vous, vous ne pensez pas sérieusement que ces statistiques représentent ce qui se passe en réalité, dottore ?

– Que voulez-vous dire ?

– D'après vous, quelle est la proportion des cambriolages qui nous est signalée ?

– Je vous l'ai dit : j'ai vu les statistiques. Ils y figurent tous.

– Ces chiffres n'ont rien à voir avec la réalité, monsieur. Vous devez bien vous en douter. »

Comme Brunetti refusait de mordre à l'hameçon, elle enchaîna :

« Les gens prennent de moins en moins la peine de déposer plainte, vous le savez certainement.

– D'accord, il y en a quelques-uns qui ne le font pas, mais je suis sûr que c'est une petite minorité.

– Et moi, je suis sûre que c'est exactement le contraire », répondit-elle avec un haussement d'épaules qui adoucit son attitude, mais nullement le ton de sa voix.

Brunetti reposa le dossier sur son bureau.

« Pouvez-vous m'expliquer ce qui vous fait croire ça ?

– Je connais trois personnes qui ont été cambriolées au cours des derniers mois et qui n'ont pas porté plainte. »

Elle attendit une réaction de Brunetti. Comme rien ne venait, elle ajouta :

« Non, en fait, l'une d'elles a fait la démarche. Elle est allée au poste des carabiniers, près de San Zaccaria, et leur a dit que son appartement avait été dévalisé ; le sergent de service lui a répondu de revenir le lendemain, parce que le lieutenant n'était pas là ce jour-là et qu'il était le seul habilité à traiter les affaires de cambriolage.

– Et elle y est retournée ?

– Bien sûr que non. Pourquoi prendre cette peine ?

– N'est-ce pas une attitude négative, signorina ?

– Évidemment, répliqua-t-elle avec un degré d'impudence plus élevé que celui qu'elle employait d'ordinaire avec lui. Quelle attitude voudriez-vous que j'aie ? »

Vu la chaleur avec laquelle elle avait répliqué, tout ce que sa présence conférait la plupart du temps d'agréable à la pièce s'évapora, et Brunetti éprouva la même tristesse fatiguée qu'il ressentait à chaque fois qu'il se disputait avec Paola. Pour se débarrasser de cette sensation, il se mit à regarder les photos.

« Quel est celui qu'on a trouvé chez la bohémienne ? »

La signorina Elettra, elle aussi soulagée du changement d'atmosphère, se pencha sur les documents et lui montra le bracelet.

« La propriétaire l'a identifié. Et elle possède la facture d'origine, dans laquelle il est décrit. Je suppose que ça n'y changera rien, mais elle a déclaré avoir aperçu trois bohémiennes Campo San Fantin l'après-midi même du vol.

– En effet, ça ne changera rien.

– C'est-à-dire ? »

En d'autres circonstances, Brunetti aurait proféré quelque remarque légère sur le fait que les lois étaient les mêmes pour tout le monde, bohémiens compris, mais il ne tenait pas à mettre en péril l'ambiance agréable qui s'était recréée entre eux.

« Quel âge a le garçon ? préféra-t-il demander.

– Quinze ans, d'après sa mère, mais ils n'ont évidemment aucun papier, pas de certificat de naissance, pas de carnet scolaire, rien, et il pourrait tout aussi bien en avoir dix-sept ou dix-huit. Tant qu'elle affirme qu'il n'en a que quinze, on ne peut pas le poursuivre, et il pourra faire n'importe quoi en toute tranquillité pendant trois ou quatre ans, s'il le veut. »

Brunetti sentit de nouveau brûler en elle la flamme de la colère et fit de son mieux pour s'en écarter.

Il referma le dossier avec un grommellement.

« De quoi le vice-questeur veut-il me parler ? En avez-vous une idée ?

– Sans doute de quelque chose qui est sorti de son déjeuner avec le questeur », répondit-elle, sa voix ne révélant rien.

Brunetti soupira et se leva ; bien que la question des bohémiens n'ait pas été résolue entre eux, ce soupir suffit à la faire sourire.

« Vraiment, dottore, je n'en ai aucune idée. Il m'a simplement chargée de vous dire qu'il voulait vous voir.

– Alors je n'ai plus qu'à y aller. »

Il s'arrêta à hauteur de la porte pour la laisser passer la première et ils descendirent côte à côte l'escalier, jusqu'au bureau de Patta et à la petite antichambre où officiait la signorina Elettra.

Le téléphone sonnait au moment où elle entra et elle tendit le bras au-dessus du bureau pour décrocher.

« Secrétariat du vice-questeur Patta... Oui, dottore, il est ici. Je vous le passe. »

Elle appuya sur l'un des boutons de son appareil et raccrocha. Regardant Brunetti, elle montra la porte de Patta.

« Le maire. Vous allez devoir attendre jusqu'à... »

Le téléphone l'interrompit de nouveau. Au rapide coup d'œil qu'elle lui lança, Brunetti comprit que c'était une communication personnelle, et il prit donc l'édition du matin du *Gazzettino* qui traînait sur le bureau, puis alla auprès de la fenêtre pour la parcourir. Il releva un instant la tête et leurs yeux se croisèrent. Elle sourit, fit pivoter sa chaise, rapprocha le combiné de sa bouche et se mit à parler. Brunetti passa dans le couloir.

Il était allé directement à la deuxième section du journal, qu'il n'avait pas encore eu le temps de lire ce matin.

Sur la moitié supérieure de la première page, il était question de l'examen – poursuivi avec une si évidente mauvaise volonté qu'il aurait été fort exagéré de parler d'enquête – de la façon dont avaient été attribués les contrats pour la reconstruction de la Fenice. Après des années de discussions, d'accusations, de contre-attaques, même les personnes ayant gardé à l'esprit la chronologie exacte des faits avaient perdu tout intérêt pour l'affaire et tout espoir que la reconstruction promise ait lieu un jour. Brunetti replia le journal pour s'intéresser plutôt aux articles du bas de la page.

Sur la gauche, il y avait une photo ; le visage lui disait quelque chose, mais il ne put l'identifier qu'en lisant la légende qui figurait en dessous : *Francesco Rossi, inspecteur des bâtiments de la ville, dans le coma après être tombé d'un échafaudage.*

Les mains du policier se crispèrent sur le journal. Il jeta un coup d'œil autour de lui puis revint à l'article qui accompagnait la photo.

> Francesco Rossi, inspecteur des bâtiments au bureau du Cadastre, est tombé samedi après-midi d'un échafaudage alors qu'il procédait à l'inspection des travaux de restauration effectués sur un bâtiment de Santa Croce. Rossi a été conduit au service d'urgence de l'Ospedale Civile, où son état est décrit comme stationnaire ; le pronostic, selon les médecins, est « réservé ».

Bien avant de devenir policier, Brunetti avait renoncé à croire – s'il y avait jamais cru – aux coïncidences. Il ne savait que trop bien que les choses n'arrivaient que parce que d'autres s'étaient produites avant. Et depuis qu'il était dans la police, s'était ajoutée la conviction que les liens qu'il soupçonnait entre les événements, au moins ceux qu'il était de son devoir d'examiner, étaient rarement innocents. Franco Rossi ne lui avait guère fait d'impression, sauf lorsqu'il avait été pris de panique ou presque devant l'invitation de Brunetti à regarder la fenêtre de son voisin par-dessus le balcon, et avait levé les mains en un geste défensif. À cet instant, et seulement à cet instant, il avait cessé d'être le fonctionnaire zélé couleur de muraille ne sachant que réciter les articles du règlement d'urbanisme pour devenir, aux yeux du policier, un homme comme lui-même, avec toute la faiblesse qui fait de nous des êtres humains.

Il ne crut pas une seule seconde que Rossi était *tombé* de l'échafaudage. Il ne perdit pas davantage de temps à envisager la possibilité que l'appel téléphonique inachevé de Rossi ait concerné un problème mineur de son service, par exemple quelqu'un essayant de faire approuver un permis de construire obtenu illégalement.

Ces certitudes à l'esprit, Brunetti retourna dans le petit bureau de la signorina Elettra et posa le journal sur son bureau. Elle lui tournait toujours le dos et riait doucement à ce qu'on lui disait à l'autre bout du fil. Sans prendre la peine d'attirer son attention et sans une seule pensée pour la convocation de Patta, il quitta la vice-questure et prit la direction de l'hôpital.

6

BRUNETTI SE SURPRIT à penser, alors qu'il approchait de l'hôpital, au nombre de fois où son travail l'avait conduit ici ; il songeait non pas tant à telle ou telle personne qu'il aurait été appelé à voir pour des raisons de service qu'à ces moments précis où, Dante moderne, il avait franchi les portes béantes derrière lesquelles s'embusquaient la douleur, les souffrances et la mort. Avec le temps, il avait fini par soupçonner que, aussi effroyables que fussent les souffrances physiques, les souffrances psychologiques qu'engendrait la douleur étaient souvent bien pires. Il secoua la tête pour chasser ces pensées, n'ayant pas envie d'entrer dans ces lieux en proie à des réflexions affligeantes.

À l'accueil, il demanda à l'employé où il pourrait trouver Franco Rossi, le fonctionnaire du Cadastre qui était dans le coma après avoir dégringolé d'un échafaudage, pendant le week-end. L'homme, un barbu au poil noir que Brunetti avait l'impression d'avoir déjà rencontré, répondit par une autre question : le visiteur savait-il dans quel service avait été hospitalisé le signor Rossi ? Brunetti n'en avait aucune idée, mais il supposa qu'il devait se trouver en soins intensifs. L'employé passa un coup de fil, parla quelques instants, appela quelqu'un d'autre. Après ces deux échanges, il expliqua à Brunetti que le signor Rossi ne se trouvait ni aux urgences, ni en soins intensifs.

« En neurologie, peut-être ? »

Avec l'efficacité paisible d'une longue expérience,

l'homme composa de tête un autre numéro, mais obtint le même résultat qu'avec les précédents.

« Mais alors, où peut-il bien être ? demanda Brunetti.

– Vous êtes sûr que c'est ici qu'il a été transporté ?

– C'est ce que j'ai lu dans le *Gazzettino*. »

Si l'accent de l'employé ne l'avait pas déjà trahi, le regard qu'il adressa au policier aurait suffi à lui faire comprendre que l'homme était vénitien. Il se contenta cependant de dire :

« Il s'est blessé en faisant une chute, n'est-ce pas ? »

Et comme Brunetti acquiesçait, il ajouta :

« Essayons en orthopédie. »

Il composa un nouveau numéro, donna le nom de Rossi. Le coup d'œil qu'il jeta à Brunetti fit que celui-ci se demanda ce qu'on avait bien pu lui répondre.

« Vous êtes un parent ?

– Non.

– Quoi, alors, un ami ?

– Oui », répondit Brunetti sans hésitation.

L'employé dit encore quelques mots au téléphone, écouta la réponse, raccrocha. Il garda un moment les yeux sur l'appareil, puis releva la tête.

« Je suis désolé d'avoir à vous donner cette nouvelle, mais votre ami est décédé ce matin. »

Brunetti éprouva un choc, puis quelque chose qui n'était pas sans rappeler la souffrance qu'il aurait ressentie en apprenant la mort d'un véritable ami. Mais tout ce qu'il réussit à dire fut :

« En orthopédie ? »

L'employé barbu eut un petit haussement d'épaules, comme pour signifier qu'il n'était pas responsable des informations qu'il transmettait.

« Ils m'ont dit qu'on l'avait mis là-bas parce qu'il avait les deux bras cassés.

– Mais de quoi est-il décédé ? »

L'homme ne répondit pas tout de suite, donnant à la mort les quelques secondes de silence qui lui étaient dues.

« L'infirmière ne m'en a pas parlé. Ils vous en diront

peut-être un peu plus si vous y allez. Vous connaissez le chemin ? »

Oui, il le connaissait. Tandis qu'il s'éloignait, l'employé dit :

« Je suis désolé pour votre ami, signore. »

Brunetti le remercia d'un hochement de tête et s'engagea sous l'arche surélevée du hall d'entrée, indifférent à sa beauté. Par un effort de volonté tout à fait conscient, il s'empêcha d'égrener, comme les perles d'un chapelet mythique, les histoires qui couraient sur la légendaire inefficacité de l'hôpital public. On avait conduit Rossi en orthopédie, et c'était là qu'il était mort. Il ne devait se préoccuper que de ça, pour le moment.

À Londres et à New York, comme il le savait, on donnait des comédies musicales qui restaient des années à l'affiche. Leur distribution changeait, de nouveaux acteurs remplaçaient ceux qui prenaient leur retraite ou partaient jouer autre chose, mais les intrigues, les costumes et la mise en scène restaient les mêmes, année après année. Brunetti avait l'impression que c'était quelque chose de tout à fait semblable qui se passait ici : les patients changeaient, mais les costumes et l'ambiance misérable qui les entouraient restaient les mêmes. Hommes et femmes avançaient d'un pas traînant dans les couloirs, accrochés à la barre, en robe de chambre ou en pyjama, un membre dans le plâtre, appuyés sur des béquilles ou un déambulateur, tandis que se rejouait éternellement la même histoire ; certains des acteurs partaient tenir un autre rôle mais quelques-uns, comme Rossi, quittaient définitivement la scène.

Une fois dans le service, il trouva, devant l'entrée, une infirmière venue sur le palier pour fumer une cigarette. Au moment où il approchait, elle éteignit le mégot dans le gobelet de carton qu'elle tenait dans son autre main et ouvrit la porte pour retourner au travail.

« Excusez-moi », dit Brunetti, accélérant le pas pour passer entre les doubles battants qui se refermaient derrière elle.

Elle jeta le gobelet dans une poubelle en métal et se tourna vers lui.

« Oui ? dit-elle après lui avoir jeté un bref coup d'œil.

– Je suis venu pour Franco Rossi, dit-il. On m'a dit que je le trouverais ici. »

Elle l'étudia un peu plus attentivement et son masque professionnel se desserra un peu, comme si la proximité de la mort rendait l'ami du défunt digne d'un meilleur traitement.

« Vous êtes un de ses parents ?

– Non, un ami.

– Je suis désolée pour vous », dit-elle d'un ton qui n'était plus que la sincère prise en compte du chagrin humain.

Brunetti la remercia et lui demanda ce qui s'était passé.

Elle repartit à pas lents, et il l'accompagna, supposant qu'elle le conduisait à Franco Rossi, à son ami Franco Rossi.

« Il a été admis samedi après-midi, expliqua-t-elle. Lorsqu'ils l'ont examiné, en bas, ils ont vu qu'il avait les deux bras cassés, et ils nous l'ont donc envoyé ici.

– Mais dans le journal, on disait qu'il était dans le coma. »

Elle hésita, puis se mit soudain à marcher plus vite vers les portes battantes qui s'ouvraient à l'autre bout du corridor.

« Là-dessus, je ne peux rien vous dire. Mais il était inconscient lorsqu'il est arrivé dans le service.

– Inconscient à cause de quoi ? »

Elle ne répondit pas tout de suite, comme si elle supputait ce qu'elle pouvait ou non lui dire.

« Il avait dû se cogner la tête en tombant.

– De quelle hauteur était-il tombé ? Le savez-vous ? »

Elle secoua la tête et poussa l'un des battants qu'elle tint pour permettre au visiteur de pénétrer dans un espace plus grand où trônait un bureau que personne n'occupait pour le moment.

Quand il comprit qu'elle n'allait pas répondre à sa question, il en posa une autre :

« Était-il gravement blessé ? »

Elle faillit répondre, mais se reprit :

« Il faudra demander à l'un des médecins.

– Cette blessure à la tête ne serait-elle pas la cause de sa mort ? »

Était-ce son imagination ? Toujours est-il qu'elle lui paraissait se redresser un peu plus à chacune de ses questions, adopter un ton de plus en plus professionnel et froid.

« C'est encore une chose qu'il faudra demander aux médecins.

– N'empêche, je ne comprends toujours pas pourquoi on l'a envoyé dans ce service, observa Brunetti.

– À cause de ses bras.

– Mais si sa tête... »

L'infirmière n'attendit pas la suite pour faire demi-tour et s'avancer vers un nouveau jeu de portes battantes, à la gauche du bureau.

Juste avant de disparaître, elle se retourna pour lui lancer, par-dessus l'épaule :

« Ils pourront peut-être vous expliquer ce qui s'est passé en bas, aux urgences. Demandez le docteur Carraro. »

Il suivit ce conseil et retourna donc rapidement au rez-de-chaussée. Une fois aux urgences, il expliqua à l'infirmière de garde qu'il était un ami de Franco Rossi, un homme qui était mort après être passé par son service, et demanda à parler au docteur Carraro. Elle lui demanda son nom et le pria d'attendre pendant qu'elle allait s'informer. Il alla s'asseoir sur l'une des chaises en plastique qui s'alignaient contre l'un des murs, se sentant soudain très fatigué.

Au bout d'environ dix minutes, un homme en blouse blanche sortit des salles de soins et fit quelques pas en direction de Brunetti. Planté debout, les mains dans les poches de sa blouse, il attendait de toute évidence que le visiteur se dirige vers lui. De petite taille, il avait cette démarche chaloupée et agressive qu'adoptent souvent les hommes ayant son gabarit. Il avait des cheveux blancs dont il contenait la tendance à la rébellion en les collant à son crâne avec quelque pommade huileuse, et des joues empourprées qui trahissaient davantage l'abus de boissons fortes qu'une bonne santé. Brunetti se leva poliment et s'avança vers l'homme, qu'il dépassait d'une bonne tête.

« Qui êtes-vous ? demanda Carraro, contraint de lever les yeux et d'un ton qui trahissait tout le ressentiment qu'il en éprouvait.

– Comme l'infirmière vous l'a peut-être dit, dottore, je suis un ami du signor Rossi, se contenta de répondre Brunetti.

– Et sa famille ? Où est-elle passée ?

– Je l'ignore. Ont-ils été prévenus ? »

Le ressentiment du médecin se transforma en irritation, sans doute à l'idée qu'il pouvait exister des gens ignorants au point de croire qu'il n'avait rien de mieux à faire que donner des coups de téléphone aux parents des défunts. Au lieu de répondre, il posa une autre question :

« Qu'est-ce que vous voulez ?

– Connaître les causes du décès du signor Rossi, répondit Brunetti d'une voix égale.

– En quoi cela vous regarde ? »

Bon, d'accord : on manquait de personnel, à l'hôpital, comme le rappelait souvent le *Gazzettino* à ses lecteurs. Les médecins étaient surchargés de travail et faisaient des heures supplémentaires plus souvent qu'à leur tour.

« Étiez-vous de service lorsqu'on l'a amené, dottore ? demanda Brunetti en guise de réponse, poursuivant ce dialogue de sourds.

– J'exige de savoir qui vous êtes », dit le médecin, haussant le ton d'un cran.

Celui du policier resta calme.

« Guido Brunetti. J'ai appris par les journaux que le signor Rossi était à l'hôpital, et je suis venu voir comment il allait. L'homme à la réception m'a annoncé son décès, et je suis donc venu ici.

– Pourquoi ?

– Pour apprendre les raisons de ce décès – entre autres choses, ajouta-t-il.

– Quelles autres choses ? demanda le petit homme d'un ton encore plus impérieux, le visage empourpré au point que même un non-médecin aurait estimé son état très malsain.

– Au risque de me répéter, dottore, dit Brunetti avec son sourire le plus onctueux, j'aimerais connaître les raisons de son décès.

– Vous avez dit que vous étiez un de ses amis ? »

Brunetti acquiesça.

« Alors vous n'avez aucun droit de le savoir. C'est une information qu'on ne doit qu'aux parents les plus proches. »

Comme si le médecin n'avait pas été parfaitement clair, Brunetti demanda :

« Et quand l'autopsie doit-elle avoir lieu, dottore ?

– La *quoi* ? » demanda Carraro, soulignant l'absurdité de la question qui lui était posée.

Brunetti ne réagissant pas, le médecin fit volte-face et commença à s'éloigner, bombant le torse comme pour mieux marquer tout le mépris professionnel qu'il éprouvait pour ce pékin et sa stupidité.

« Quand l'autopsie doit-elle avoir lieu ? » répéta Brunetti, omettant cette fois le titre du médecin.

Carraro exécuta un autre demi-tour, d'une manière quelque peu théâtrale, et revint d'un pas vif vers Brunetti.

« On procédera à ce que décidera la direction de l'hôpital, signore. Et je doute fort qu'on vous consulte auparavant sur la question. »

Brunetti se moquait pas mal de l'intensité de la colère manifestée par Carraro ; en revanche, ce qui avait pu la provoquer l'intéressait beaucoup.

Il prit son portefeuille et en tira sa carte de fonction. Il la tendit à Carraro en la tenant volontairement assez haut pour que l'autre soit obligé de lever la tête pour la voir. Le médecin la prit, la mit à portée de ses yeux et l'étudia avec une attention certaine.

« Quand l'autopsie aura-t-elle lieu, dottore ? »

Carraro restait penché sur la carte barrée de vert-blanc-rouge comme si le fait de relire ce qui y était écrit pouvait en changer le sens. Il la retourna, examina le revers qu'il trouva aussi vide d'informations que son esprit sur la manière dont il devait réagir. Finalement, il leva les yeux sur Brunetti et demanda, d'un ton où la méfiance avait remplacé l'arrogance :

« Qui vous a appelé ?

– Peu importe pour quelle raison nous sommes ici, répliqua Brunetti, utilisant volontairement le pluriel pour laisser entendre que l'hôpital grouillait de policiers saisissant des archives, des radiographies, des dossiers, interrogeant les infirmières et les autres patients, et tous bien décidés à découvrir la cause du décès de Franco Rossi. Il vous suffit de savoir que nous y sommes. »

Carraro rendit sa carte à Brunetti.

« Nous n'avons pas de quoi faire de radiographies, ici, et lorsque nous avons vu ses bras, nous l'avons envoyé au service de radiologie, puis en orthopédie. C'était la procédure évidente à suivre. N'importe lequel de mes collègues aurait adopté la même. »

N'importe quel médecin de l'Ospedale Civile, pensa Brunetti à part lui.

« Avait-il les bras cassés ?

– Évidemment, les deux, le droit à deux endroits. On l'a envoyé en haut pour qu'on réduise les fractures et qu'on lui fasse un plâtre. On ne pouvait rien faire d'autre. Procédure normale. Après quoi, ils pouvaient l'envoyer ailleurs.

– En neurologie, par exemple ? »

En guise de réponse Carraro se contenta de hausser les épaules.

« Je suis désolé, dottore, dit Brunetti avec une note pateline de sarcasme dans la voix, mais je n'ai pas entendu votre réponse.

– Oui, par exemple.

– Avez-vous observé, chez le patient, des blessures qui auraient pu justifier qu'on l'envoie en neurologie ? En avez-vous parlé dans votre compte rendu ?

– Je crois, répondit évasivement le médecin.

– Vous le croyez, ou vous le savez ?

– J'en suis sûr, finit par admettre Carraro.

– Avez-vous décrit les dégâts que vous avez constatés sur le crâne de Rossi ? Dégâts qui auraient pu être provoqués par sa chute ? »

Carraro acquiesça.

« C'est dans le dossier.

– Mais vous l'avez néanmoins envoyé en orthopédie ? »

De nouveau la colère empourpra brusquement le visage du médecin. Brunetti songea qu'il n'aurait pas tellement aimé s'en remettre à ce toubib s'il avait été malade.

« Il avait les bras cassés. Il fallait réduire les fractures avant qu'il soit en état de choc complet, et je l'ai donc envoyé en orthopédie. Il était de leur responsabilité de le confier ensuite au service de neurologie.

– Et ? »

Sous les yeux de Brunetti, le fonctionnaire vint remplacer le médecin, lequel battait en retraite à l'idée qu'un soupçon de négligence risquait de tomber sur ses épaules plutôt que sur celles des collègues qui avaient en réalité soigné Rossi.

« Si le service d'orthopédie n'a pas dirigé le patient vers le bon service pour la suite de son traitement, ce n'est pas de ma responsabilité. C'est à eux qu'il faut vous adresser.

– La blessure à la tête était-elle sérieuse ?

– Je ne suis pas neurologue, répondit aussitôt Carraro, comme Brunetti s'y était attendu.

– Il y a un instant, vous m'avez dit avoir signalé cette blessure dans votre compte rendu.

– Oui, je l'ai fait. »

Brunetti fut tenté de dire à Carraro que sa présence à l'hôpital n'avait aucun rapport avec une possible accusation de faute professionnelle, mais il doutait que Carraro le croie ou que, même dans ce cas, cela change quelque chose. Il avait eu affaire à bien des bureaucrates, au cours de sa carrière, et des expériences aussi nombreuses qu'amères lui avaient appris que seuls les militaires, les mafieux et peut-être les membres du clergé étaient aussi aptes que la profession médicale à faire bloc pour défendre coûte que coûte l'un des leurs, quel que soit le prix à payer sur le plan judiciaire, sur celui de la vérité, ou même sur celui de la vie.

« Merci, dottore, dit Brunetti avec un accent de sincérité qui surprit manifestement Carraro. J'aimerais le voir, cependant.

– Rossi ?

– Oui.

– Il est à la morgue, expliqua le médecin d'une voix aussi froide que l'endroit. Vous connaissez le chemin ?

– Oui. »

7

L'ITINÉRAIRE QU'AVAIT à suivre Brunetti passait par bonheur par la grande cour centrale de l'hôpital, et il put apercevoir brièvement un bout de ciel et des arbres en fleurs ; il aurait aimé pouvoir emmagasiner et emporter avec lui la beauté des nuages rebondis et de ces pans de bleu entrevus entre les branches roses. Puis il s'engagea dans l'étroit passage qui conduisait à la morgue, vaguement troublé à l'idée d'être à ce point devenu familier des chemins de la mort.

L'employé de service à l'entrée le reconnut et le salua d'un signe de tête ; c'était un homme qui, au bout de dizaines d'années de fréquentation des défunts, avait fini par adopter leur silence.

« Franco Rossi », dit Brunetti en manière d'explication.

Après un nouveau hochement de tête, l'homme précéda le visiteur dans une salle où, sur des tables surélevées, étaient allongées un certain nombre de formes cachées par des draps blancs. À l'autre bout de la salle, l'homme s'arrêta à côté d'une de ces tables, mais ne fit pas mine de retirer le drap. Brunetti baissa les yeux : il vit la pyramide du nez, la tombée du menton, puis une surface inégale, mamelonnée horizontalement par ce qui devait être les plâtres des bras ; et enfin, deux tubes horizontaux qui se terminaient à la même hauteur que les pieds, légèrement écartés et dépassant du drap.

« C'était mon ami », dit Brunetti, peut-être pour lui-même, en découvrant le visage de Rossi.

L'enfoncement, au-dessus de l'œil droit, avait pris une nuance bleuâtre et détruisait la symétrie du front, lui-même étrangement aplati comme s'il avait subi la pression d'une paume gigantesque. Pour le reste, c'était le même visage ordinaire, sans traits distinctifs. Paola lui avait dit une fois que son héros, l'écrivain Henry James, aurait parlé de la mort comme de « la chose distinguée », mais il n'y avait rien de distingué dans le spectacle offert au policier : tout était plat, anonyme, froid.

Il remonta le drap sur le visage de Rossi, se demandant ce qui subsistait ici du fonctionnaire ; se demandant, s'il ne restait plus rien de Rossi dans cette dépouille, pourquoi celle-ci méritait autant de respect.

« Merci », dit-il à l'employé de la morgue avant de quitter les lieux.

Devant la chaleur qui l'accueillit dans la cour, sa réaction fut épidermique, animale : ce fut tout juste s'il ne sentit pas les poils hérissés de sa nuque reprendre leur position normale. Il envisagea un instant de remonter au service d'orthopédie pour voir quelles justifications on allait lui avancer, mais le souvenir du visage tuméfié de Rossi était encore trop présent, s'attardait en lui, et il n'avait qu'une envie, quitter l'enceinte de l'hôpital. Il céda à ce désir et partit donc, s'arrêtant auparavant à l'accueil, où il exhiba sa carte de fonction pour demander l'adresse de Rossi.

Le barbu la trouva rapidement et y ajouta un numéro de téléphone. Rossi avait habité du côté de Castello, et lorsque Brunetti demanda au réceptionniste s'il savait où c'était, l'homme lui répondit que, au vu de ce numéro, l'immeuble devait se trouver près de San Giustina, pas loin de la boutique où l'on réparait autrefois les poupées.

« Est-ce que quelqu'un est déjà venu le demander ?

– Non, pas pendant mon service, en tout cas, commissaire. Mais sa famille a dû être prévenue par l'hôpital, et elle savait donc où le trouver. »

Brunetti consulta sa montre. Il était presque treize heures, mais il doutait qu'il y eût un déjeuner normal, aujourd'hui, dans la famille de Rossi – s'il en avait une.

Il savait seulement que le défunt travaillait au bureau du Cadastre et était mort des suites d'une chute. Sinon, il ignorait à peu près tout de lui, en dehors de ce qu'il avait pu déduire de leur brève rencontre chez lui et du coup de fil, encore plus bref, qu'ils avaient échangé. Rossi était un personnage timide, consciencieux, le type même, presque caricatural, du petit fonctionnaire vétilleux. Et, tel la femme de Loth, il s'était pétrifié lorsque Brunetti lui avait suggéré de s'avancer sur la terrasse.

Il passa par Barbaria delle Tolle, et prit la direction de San Francesco della Vigna. À sa droite, le marchand de fruits, celui qui portait une perruque, fermait boutique en disposant une bâche verte sur les cageots de fruits et de légumes d'un geste qui rappela désagréablement à Brunetti la façon dont lui-même avait remonté le drap sur le visage de Rossi. Autour de lui, les choses suivaient leur cours habituel, les gens se hâtaient de rentrer chez eux pour déjeuner, la vie continuait.

Il n'eut pas de mal à trouver l'adresse, sur le côté droit de la place, à deux portes d'un magasin devenu une agence immobilière – une de plus. Sur l'étroite plaque de cuivre correspondant au deuxième étage, on lisait : ROSSI, FRANCO. Il appuya sur la sonnette, attendit, sonna de nouveau. Il n'y eut pas de réponse. Il appuya sur la sonnette du dessus sans obtenir de meilleurs résultats, puis sur celle du dessous.

Au bout d'un moment, une voix d'homme lui parvint par l'interphone.

« Oui, qu'est-ce que c'est ?

– Police. »

Il y eut l'instant de silence habituel, puis la voix dit :

« Très bien. »

Brunetti attendit le clic qui signalait l'ouverture de la porte cochère, mais au lieu de cela il entendit un bruit de pas, et le battant fut tiré vers l'intérieur. Un homme se tenait devant lui, sa petite taille peu apparente car il était juché sur le haut rebord qui ceinturait le hall d'entrée, sans doute installé par les résidents dans l'espoir qu'il contiendrait les eaux de l'*acqua alta*. L'homme tenait encore sa serviette à la main et regardait le visiteur avec cette suspicion à laquelle Brunetti était habitué depuis longtemps. Il portait des verres épais et Brunetti remarqua une tache rouge, sans doute de sauce tomate, sur sa cravate.

« Oui ? demanda-t-il sans sourire.

– Je suis venu à propos du signor Rossi », dit Brunetti.

À ce nom, l'expression de l'homme s'adoucit, et il se pencha pour ouvrir un peu plus le battant.

« Excusez-moi. J'aurais dû vous dire d'entrer. Je vous en prie, je vous en prie. »

Il se mit de côté pour faire de la place à Brunetti et lui tendit la main. Lorsqu'il s'aperçut qu'il tenait encore sa serviette de table, il la cacha vivement dans son dos, puis se pencha pour refermer la porte.

« Je vous en prie, suivez-moi », dit-il en se dirigeant vers une porte, restée entrouverte, qui était située en face de l'escalier donnant accès aux étages.

Brunetti laissa l'homme le précéder avant de se retrouver dans une petite entrée qui ne devait guère faire plus d'un mètre de large et où deux marches supplémentaires témoignaient de l'éternel espoir qu'ont les Vénitiens d'être plus malins que les marées qui rongent, de toute éternité, les soubassements de la ville. La pièce à laquelle conduisaient les marches était propre, en ordre et étonnamment bien éclairée, pour un appartement situé en rez-de-chaussée. Au fond de celle-ci, une rangée de quatre fenêtres hautes donnait sur un grand jardin, de l'autre côté d'un canal assez large.

« Je suis désolé. J'étais à table, dit l'homme en se débarrassant de sa serviette.

– Je vous en prie, continuez votre repas.

– Non, j'avais terminé. »

Une belle portion de pâtes se trouvait encore dans son assiette et un journal ouvert s'étalait à côté.

« Ça n'a pas d'importance, insista-t-il avec un geste en direction d'un canapé installé au milieu de la pièce, face aux fenêtres. Puis-je vous offrir quelque chose ? Un *ombra* ? »

Rien n'aurait fait autant plaisir à Brunetti qu'un petit

verre de vin, mais il refusa. Au lieu de cela il tendit la main à l'homme et se présenta.

« Marco Caberlotto », répondit l'homme en lui serrant la main.

Brunetti s'assit sur le canapé et Caberlotto prit place en face de lui.

« Comment va Franco ?

– Vous savez qu'il a été hospitalisé ? demanda Brunetti en guise de réponse.

– Oui. J'ai lu l'article du *Gazzettino*, ce matin. Je compte aller le voir dès que j'aurai fini, dit l'homme avec un geste vers la table sur laquelle refroidissait lentement son repas. Comment va-t-il ?

– J'ai bien peur d'avoir de mauvaises nouvelles à vous donner », dit Brunetti, employant la formule qui ne lui était devenue que trop familière avec les années.

Lorsqu'il vit que Caberlotto avait compris, il ajouta :

« Il n'est jamais sorti du coma. Il est mort ce matin. »

Caberlotto murmura quelque chose et porta la main à sa bouche, la pressant contre ses lèvres.

« Je ne savais pas... ah, le pauvre garçon. »

Brunetti garda quelques instants le silence, puis demanda doucement :

« Vous le connaissiez bien ? »

L'homme fit comme Brunetti auparavant et ignora la question.

« C'est vrai qu'il est tombé ? Qu'il est tombé sur la tête ? »

Brunetti acquiesça.

« Il est tombé ? insista Caberlotto.

– Oui. Vous paraissez étonné. »

Une fois de plus, Caberlotto ne répondit pas directement.

« Ah, le pauvre garçon, répéta-t-il, avec des mouvements de dénégation. Je n'aurais jamais cru qu'une chose pareille puisse lui arriver. Il était tellement prudent...

– Dans son travail, vous voulez dire ? »

Caberlotto releva la tête et regarda Brunetti.

« Non, d'une manière générale. Il était... il était simplement comme ça : prudent. Il travaillait au Cadastre, et une partie de ce travail consistait à aller voir comment avançaient les chantiers ; mais lui préférait rester au bureau et s'occuper des plans et des projets, étudier la manière dont les bâtiments s'imbriquaient, ou comment ils seraient une fois la restauration terminée. C'était cette partie-là de son travail qu'il préférait. C'était ce qu'il disait. »

Se souvenant de la visite de Rossi à son propre domicile, Brunetti observa :

« Je pensais que se rendre sur les sites et inspecter les bâtiments soupçonnés de violer les règlements faisait partie de son travail. »

Caberlotto haussa les épaules.

« Je sais qu'il allait parfois sur le terrain, mais j'ai gardé l'impression que c'était pour expliquer certaines choses aux propriétaires, pour qu'ils comprennent ce qui se passait. »

L'homme se tut un instant, s'efforçant peut-être de se rappeler les conversations qu'il avait eues avec son ami, puis reprit la parole.

« Je ne le connaissais pas si bien que ça, en fait. Nous étions voisins, on se rencontrait parfois dans la rue, et il nous est arrivé de prendre un verre ensemble. C'est dans un de ces moments-là qu'il m'a dit qu'il préférait travailler sur les plans.

– Vous avez aussi remarqué qu'il était toujours très prudent, l'encouragea Brunetti.

– Pour tout, confirma Caberlotto, donnant presque l'impression de sourire à ce souvenir. Je le taquinais à ce sujet. Il n'aurait jamais descendu une caisse dans l'escalier ; il disait qu'il avait besoin de voir ses pieds quand il marchait. »

Il se tut à nouveau, comme s'il se demandait s'il devait ou non continuer.

« Une fois, comme une ampoule électrique avait éclaté chez lui, il m'avait demandé si je ne connaissais pas un électricien. Quand il m'a dit de quoi il s'agissait, j'ai voulu savoir pourquoi il ne changeait pas l'ampoule lui-même ; pour ça, il suffit de faire un rouleau avec un bout de carton en le maintenant par de l'adhésif, puis de l'enfoncer dans le culot de l'ampoule et de la dévisser. Mais il avait peur d'y toucher. »

Caberlotto s'arrêta.

« Et qu'est-ce qui s'est passé ?

– On était dimanche, et il aurait eu du mal à trouver un électricien. Je suis donc monté le faire à sa place. J'ai coupé le courant et enlevé le culot et les débris de l'ampoule. »

Caberlotto fit le geste de dévisser quelque chose en regardant Brunetti.

« Je m'y suis pris comme je le lui avais dit, avec du carton et de l'adhésif, et tout est sorti sans problème. Ça ne m'a pas pris plus de cinq secondes, mais jamais il ne l'aurait fait lui-même. Il n'aurait même pas utilisé la pièce tant qu'un électricien n'y serait pas venu, ou il serait resté dans le noir. »

Il sourit et regarda à nouveau Brunetti.

« Ce n'est pas exactement qu'il avait peur, voyez-vous. C'était sa manière d'être.

– Était-il marié ? »

Caberlotto secoua la tête.

« Une petite amie ?

– Non, même pas. »

S'il avait mieux connu son interlocuteur, Brunetti lui aurait demandé si Rossi n'aurait pas eu plutôt *un* petit ami.

« Des parents ?

– Je ne sais pas. S'ils sont encore vivants, ils n'habitent pas Venise, à mon avis. Il n'en parlait jamais, et il ne partait jamais nulle part pendant les vacances.

– Des amis, au moins ? »

Caberlotto réfléchit quelques instants avant de répondre.

« Il m'est arrivé de le croiser en compagnie d'autres personnes, dans la rue, ou de le voir attablé dans un bar avec quelqu'un. Vous savez comment c'est. Mais je ne me souviens de personne en particulier, ni de l'avoir vu plusieurs fois avec la même personne. »

Comme Brunetti ne réagissait pas, Caberlotto essaya de mieux s'expliquer :

« Nous n'étions pas réellement amis, vous comprenez, juste de bons voisins, je le voyais et je le reconnaissais, c'est tout.

– Lui rendait-on visite ?

– Je suppose. Je ne surveille pas les allées et venues des gens. J'en entends qui montent ou descendent, mais je ne sais pas de qui il s'agit. Mais au fait, demanda-t-il soudain, pourquoi êtes-vous venu ici ?

– Moi aussi, je le connaissais un peu, répondit Brunetti. Si bien que lorsque j'ai appris qu'il était mort, je suis venu dans l'intention de parler avec sa famille, mais c'est en ami que je suis passé, c'est tout. »

Caberlotto ne pensa pas à demander à Brunetti comment il se faisait qu'il en connaissait aussi peu sur lui, s'il était un de ses amis.

Le commissaire se leva.

« Je vais vous laisser finir votre repas, signor Caberlotto », dit-il en lui tendant la main.

Les deux hommes échangèrent une poignée de mains, et Caberlotto raccompagna son visiteur jusqu'à la porte de l'immeuble, qu'il ouvrit pour lui. Là, debout sur la digue miniature, abaissant les yeux sur Brunetti, il ajouta :

« C'était un brave garçon. Je ne l'ai pas très bien connu, mais je l'aimais bien. Il ne disait jamais de mal de personne. »

Il se pencha pour poser la main sur la manche de Brunetti, comme pour souligner l'importance de ce qu'il venait de déclarer, puis il referma la porte.

8

Sur le chemin de la vice-questure, Brunetti s'arrêta pour téléphoner à Paola et l'avertir qu'il ne rentrerait pas déjeuner, puis il entra dans une petite trattoria où il mangea des pâtes et quelques morceaux de poulet auxquels il ne trouva aucun goût : simple carburant pour le faire tenir pendant l'après-midi. Il trouva sur son bureau, en arrivant, une note du vice-questeur qui le convoquait pour seize heures.

Il appela l'hôpital et laissa un message à la secrétaire du dottor Rizzardi ; Brunetti voulait savoir s'il n'aurait pas procédé à l'autopsie d'un certain Franco Rossi. Puis il donna un autre coup de fil qui mit en branle le processus bureaucratique qui dans le cas contraire entraînerait l'autopsie en question. Après quoi il descendit dans la salle commune des officiers de police pour voir si son assistant, le sergent Vianello, ne s'y trouvait pas. L'homme était effectivement à son bureau, un dossier épais ouvert devant lui. Bien qu'à peine plus grand que son supérieur, le sergent paraissait cependant prendre beaucoup plus de place.

Vianello aperçut Brunetti et commença à se lever, mais le commissaire lui fit signe de se rasseoir. Puis, remarquant la présence de trois autres policiers, il changea d'avis, adressa un bref coup de menton à Vianello, avec un geste en direction de la porte. Le sergent referma son dossier et suivit Brunetti jusque dans le bureau de ce dernier.

Lorsqu'ils furent assis l'un en face de l'autre, Brunetti demanda :

« As-tu entendu parler de cet homme qui est tombé d'un échafaudage du côté de Santa Croce ?

– Le type du bureau du Cadastre ? »

La question n'en était pas vraiment une, mais Brunetti confirma tout de même d'un hochement de tête.

« Qu'est-ce qui lui est arrivé ?

– Il m'avait appelé, vendredi dernier », dit Brunetti, marquant un temps d'arrêt pour laisser à Vianello le temps de lui poser une question.

Comme le sergent restait muet, il enchaîna :

« Il voulait me parler de quelque chose qui se passait dans son service, mais comme il m'appelait de son portable, je lui ai fait remarquer que ce n'était pas très sûr, et il m'a dit qu'il me recontacterait plus tard.

– Et il ne l'a pas fait ?

– Non, répondit Brunetti en secouant la tête. J'ai attendu jusqu'à dix-neuf heures, et j'ai même demandé qu'on lui laisse mon numéro personnel au cas où, mais je n'ai eu aucune nouvelle de lui. Et puis, ce matin, j'ai vu sa photo dans le journal. Je suis aussitôt allé à l'hôpital, mais c'était trop tard. »

Brunetti, cette fois-ci, attendit le commentaire du sergent.

« Pourquoi êtes-vous allé à l'hôpital, monsieur ?

– Il avait le vertige.

– Je vous demande pardon ?

– Quand il est venu dans mon appartement, il...

– Il est venu chez vous ? le coupa Vianello, manifestement désorienté. Quand ?

– C'était il y a plusieurs mois. À propos des plans de l'appartement qu'ils avaient dans leurs archives. Ou plutôt qu'ils n'avaient pas. Ça n'a pas vraiment d'importance. Bref, il voulait voir certains papiers. Son service m'avait envoyé une lettre. Mais les raisons pour lesquelles il est venu sont sans importance ; ce qui compte, c'est ce qui s'est passé quand il était sur place. »

Vianello ne dit rien, mais son large visage exprimait la plus grande curiosité.

« Figure-toi que je lui ai demandé, pendant que nous parlions de l'immeuble, de passer sur la terrasse pour regarder les fenêtres du voisin, en dessous. Je pensais que les deux étages avaient été bâtis en même temps et que si c'était le cas, ça pourrait influencer leur décision à propos de l'appartement. »

Tout en parlant, Brunetti se rendit compte qu'il n'avait aucune idée de la décision à laquelle était parvenu le bureau du Cadastre – si tant est qu'il en eût pris une.

« J'étais là dehors, penché sur la balustrade pour regarder en contrebas, et quand je me suis retourné vers lui, il faisait une tête comme si j'avais brandi une vipère sous son nez. Il était paralysé. »

Quand il vit l'expression de scepticisme qui accueillait cette remarque, Brunetti l'atténua.

« En tout cas, c'est l'impression qu'il m'a faite. Il était pour le moins effrayé. »

Il s'arrêta et regarda Vianello, qui resta muet.

« Si tu l'avais vu, tu comprendrais ce que je veux dire. Il était évident que l'idée de se pencher par-dessus le balcon de la terrasse le terrifiait.

– Et alors ? demanda Vianello.

– Et alors, jamais de la vie il ne serait monté sur un échafaudage, et encore moins seul.

– A-t-il fait une remarque ?

– À propos de quoi ?

– Du fait qu'il avait le vertige ?

– Je viens de te le dire, Vianello. Il n'a pas eu besoin de dire quoi que ce soit. C'était écrit sur sa figure. Il était mort de frousse. Quand on est à ce point terrifié par l'idée de faire quelque chose, on ne le fera jamais. C'est impossible. »

Vianello tenta une autre approche.

« N'empêche, il ne vous a rien dit, monsieur. C'est ce que j'essaie de vous faire comprendre. Ou envisager, si vous voulez. Vous ne savez pas avec certitude si c'était l'idée de regarder par-dessus le balcon qui le terrifiait. C'était peut-être autre chose.

– D'accord, ça pouvait être autre chose, admit Brunetti,

gagné par l'exaspération. Mais je suis sûr que non. Je l'ai vu. Je lui ai parlé. »

Plein de bonne volonté, Vianello demanda :

« Et alors ?

– Et alors, je suis sûr qu'il n'est pas monté de lui-même sur cet échafaudage et donc qu'il n'en est pas tombé par accident.

– Vous pensez qu'on l'a tué ?

– À dire vrai, je l'ignore, admit Brunetti. Mais je crois qu'il n'est pas monté volontairement là-haut, ou que, s'il s'est rendu volontairement sur les lieux, il n'a pas escaladé cet échafaudage de son propre chef.

– L'avez-vous vu ?

– L'échafaudage ? »

Vianello acquiesça.

« Non, je n'ai pas eu le temps. »

Vianello repoussa sa manche et consulta sa montre.

« On l'a maintenant, monsieur.

– Le vice-questeur veut me voir à seize heures dans son bureau », répondit Brunetti, regardant lui aussi sa montre.

Il lui restait vingt minutes. Il croisa le regard du sergent.

« D'accord, allons-y. »

Ils s'arrêtèrent dans la salle de service des officiers et prirent, sur le bureau de Vianello, son exemplaire du *Gazzettino* où figurait l'adresse du bâtiment de Santa Croce. Ils réquisitionnèrent aussi Bonsuan, le chef pilote des vedettes de la questure, pour les conduire sur place. En chemin, debout sur le pont, les deux policiers étudièrent l'annuaire des rues de la ville : l'immeuble se trouvait dans une petite *calle* qui conduisait au Campo Angelo Raffaele. La vedette les conduisit jusque vers la fin du Zattere ; non loin, dans les eaux plus profondes, se profilait la silhouette d'un énorme bateau à quai ; tout paraissait minuscule à côté de lui.

« Mon Dieu, qu'est-ce que c'est que cet engin ? demanda Vianello, tandis que s'approchait la vedette.

– Le bateau de croisière qu'on a construit ici. Il passe pour être le plus grand du monde.

– Il est monstrueux, murmura le sergent, tête renversée pour examiner les ponts supérieurs, qui se dressaient à près de vingt mètres au-dessus d'eux. Qu'est-ce qu'il fiche ici ?

– Il est là pour rapporter de l'argent à la ville, pardi », observa cyniquement Brunetti.

Vianello baissa les yeux vers l'eau, puis les tourna vers la ville.

« Quelle bande de putes nous faisons », marmonna-t-il.

Brunetti n'éprouva pas le besoin de protester.

Bonsuan alla s'arrêter non loin de l'énorme navire ; il sauta à quai et amarra la vedette à une énorme bitte de métal, manifestement conçue pour des unités bien plus grandes. Tandis qu'il débarquait, Brunetti lui lança :

« Bonsuan ? Pas la peine de nous attendre. Je ne sais pas combien de temps nous mettrons.

– Je préfère attendre, monsieur. Si vous n'y voyez pas d'inconvénient. Je suis mieux ici que là-bas. »

Le pilote n'était plus qu'à quelques années de la retraite, et la date avait beau se profiler sur un horizon encore relativement lointain, il avait tendance à dire de plus en plus ce qu'il pensait au fur et à mesure qu'elle se rapprochait.

Le silence des deux autres était loin de trahir un désaccord avec les sentiments exprimés par Bonsuan. Brunetti et Vianello s'éloignèrent du quai pour rejoindre la place, pénétrant dans une partie de la ville où le commissaire ne se rendait que rarement. Il y était venu autrefois avec Paola pour dîner dans un restaurant de poissons, mais la qualité de la cuisine s'était rapidement dégradée lorsque l'établissement avait changé de main, et ils avaient cessé de le fréquenter. Brunetti avait eu aussi une petite amie qui était de ce quartier, mais c'était à l'époque où il était encore étudiant, et celle-ci était morte quelques années auparavant.

Ils franchirent le pont, traversèrent le Campo San Sebastiano en direction du plus vaste Campo Angelo Raffaele. Vianello, qui ouvrait la marche, tourna tout de suite dans une ruelle sur la gauche. Devant eux s'élevait un échafaudage, à hauteur du dernier bâtiment de la rangée, un édifice de quatre étages qui paraissait abandonné depuis des années. Plusieurs indices trahissaient le fait qu'il n'était pas occupé : les murs lépreux, la peinture qui pelait sur les volets vert foncé, les trous dans les gouttières de marbre qui laissaient l'eau tomber directement dans la rue et probablement aussi à l'intérieur, les restes d'une antenne de télé qui pendaient à un mètre du bord du toit. L'immeuble dégageait, au moins pour un Vénitien natif (c'est-à-dire quelqu'un né avec la passion des transactions immobilières), un sentiment d'abandon qui l'aurait frappé sans même qu'il y prête véritablement attention.

L'échafaudage paraissait lui aussi dans le même état d'abandon, et tous les volets semblaient soigneusement bouclés. Rien ne montrait que des travaux s'y poursuivaient, et aucune trace n'aurait pu laisser supposer qu'un homme y avait été mortellement blessé – même si Brunetti ne savait pas très bien quels indices il aurait dû s'attendre à trouver.

Il recula jusqu'au mur de l'immeuble d'en face pour étudier l'ensemble de la façade ; aucun signe de vie. Il retraversa l'étroite ruelle pour regarder, cette fois, le bâtiment situé en face de l'échafaudage. Il trahissait les mêmes signes d'abandon. À sa gauche, la ruelle se terminait sur un canal au-delà duquel s'étendait un grand jardin.

À son propre rythme, Vianello avait fait la même chose que son patron et étudié les deux bâtiments, puis le jardin. Il s'approcha de Brunetti.

« C'est possible, monsieur, non ? »

Brunetti acquiesça.

« Personne pour remarquer quoi que ce soit. Pas un chat dans le bâtiment qui fait face à l'échafaudage, et le jardin a l'air abandonné. Donc, personne pour le voir tomber.

– S'il est tombé », ajouta Vianello.

Il y eut un long silence, puis Brunetti demanda :

« Dispose-t-on d'autres éléments ?

– Pas que je sache. D'après le *Gazzettino*, l'affaire a été classée comme accident, et on peut donc imaginer que les types de la police municipale, à San Polo, sont venus y jeter un coup d'œil. Et s'ils ont décidé que c'en était un – un accident –, ils n'ont pas été chercher plus loin.

– Je crois qu'il vaudrait mieux aller leur parler. »

Brunetti, qui s'était adossé au mur, se redressa et alla examiner la porte de la maison. Une chaîne fermée d'un cadenas était reliée à un anneau pris dans le linteau.

« Comment a-t-il fait pour entrer et monter sur cet échafaudage ?

– Les municipaux pourront peut-être nous l'expliquer. »

Ils en furent incapables. Bonsuan, avec la vedette, leur fit remonter le Rio di San Agostino jusqu'au poste de police, près du Campo San Stin. L'homme de service les reconnut tous les deux et les conduisit sur-le-champ auprès du lieutenant Turcati, le responsable du poste. Il avait des cheveux couleur aile-de-corbeau, et son uniforme paraissait avoir été coupé sur mesure par un bon faiseur. Ce détail suffit à Brunetti pour le traiter en y mettant les formes et en l'appelant par son titre.

Une fois assis et les premières explications données, Turcati fit venir le dossier Rossi. L'homme qui avait appelé pour signaler la chute du malheureux avait également téléphoné pour demander une ambulance. L'hôpital Giustiniani, pourtant bien plus proche, n'ayant pas d'ambulance disponible, le blessé avait été transporté à l'Ospedale Civile.

« Il est ici ? L'officier Franchi ? demanda Brunetti après avoir lu le nom du signataire du rapport.

– Pourquoi ? voulut savoir Turcati.

– J'aimerais lui poser quelques questions.

– Comme quoi, par exemple ?

– Par exemple, qu'est-ce qui lui a fait juger qu'il s'agissait d'un accident ? Rossi avait-il les clefs du bâtiment dans la poche ? Y avait-il du sang sur l'échafaudage ?

– Je vois », dit le lieutenant en décrochant son téléphone.

Pendant qu'ils attendaient Franchi, Turcati leur demanda

s'ils désiraient prendre un café, mais les deux hommes déclinèrent cette offre.

Au bout de quelques minutes d'échanges à bâtons rompus, un jeune policier entra. Ses cheveux blonds étaient coupés tellement court qu'il donnait presque l'impression de ne pas en avoir, et il paraissait tout juste en âge de se raser. Il salua et se tint au garde-à-vous, sans regarder ni Brunetti ni Vianello. Ah, c'est donc ainsi que le lieutenant Turcati mène sa boutique, pensa Brunetti.

« Ces messieurs ont quelques questions à te poser, Franchi », dit Turcati.

Le policier se fit moins rigide dans son attitude, mais il n'en paraissait pas plus détendu pour autant.

« Oui, monsieur, dit-il toujours sans regarder vers les deux visiteurs.

– Officier Franchi, commença Brunetti, votre rapport sur l'homme que l'on a découvert blessé près d'Angelo Raffaele est tout à fait clair, néanmoins j'aimerais vous poser quelques questions. »

Faisant toujours face au lieutenant, Franchi répondit :

« Oui, monsieur ?

– Avez-vous fouillé les poches de cet homme ?

– Non, monsieur. Je suis arrivé en même temps que les ambulanciers. Ils l'ont placé sur une civière et l'ont transporté jusqu'à leur bateau. »

Brunetti ne demanda pas au policier pour quelle raison il avait mis autant de temps à parcourir la courte distance depuis le poste de police que l'ambulance pour traverser toute la ville.

« Dans votre rapport, vous avez écrit qu'il était tombé de l'échafaudage. Je me demandais si vous aviez examiné cet échafaudage pour voir si vous ne trouveriez pas des indices confirmant votre impression, comme une planche cassée, ou un morceau de tissu arraché aux vêtements de la victime de l'accident. Ou peut-être une tache de sang.

– Non, monsieur. »

Brunetti attendit une explication qui ne vint pas.

« Pourquoi ne l'avez-vous pas fait, officier ?

– Je l'ai vu sur le sol à côté de l'échafaudage. La

porte de la maison était ouverte, et quand j'ai fouillé son portefeuille, j'ai vu qu'il travaillait pour le bureau du Cadastre, et j'ai donc pensé qu'il était là pour raison de service. »

Il se tut mais, comme Brunetti gardait le silence, il ajouta :

« Si vous voyez ce que je veux dire, monsieur.

– Mais vous venez de me dire que les ambulanciers l'ont tout de suite mis sur une civière quand vous êtes arrivé ?

– Oui, monsieur.

– Alors comment avez-vous récupéré son portefeuille ?

– Il était par terre, plus ou moins caché par un sac de ciment vide.

– Et où se trouvait le corps ?

– Par terre aussi. »

Sans élever la voix, Brunetti demanda patiemment :

« Où se trouvait-il, par rapport à l'échafaudage ? »

Franchi réfléchit à la question avant de répondre.

« À gauche de la porte d'entrée, monsieur, à environ un mètre du mur.

– Et le portefeuille ?

– Sous le sac de ciment, comme je vous l'ai dit.

– Et quand l'avez-vous trouvé ?

– Après le départ de l'ambulance pour l'hôpital. J'ai pensé que je devais jeter un coup d'œil dans le secteur. La porte était ouverte à mon arrivée, comme je l'ai écrit dans le rapport, et j'avais déjà remarqué que les volets étaient aussi ouverts juste au-dessus de l'endroit d'où il était tombé, et je n'ai donc pas pris la peine de monter. C'est quand je suis ressorti que j'ai aperçu le portefeuille. Je l'ai ramassé et j'ai trouvé sa carte du bureau du Cadastre ; c'est à ce moment-là que j'ai supposé qu'il était venu vérifier quelque chose dans le bâtiment.

– Y avait-il autre chose dans son portefeuille ?

– Oui, monsieur. Un peu d'argent et plusieurs cartes.

J'ai tout rapporté ici et on l'a mis sous scellés. Je crois que c'est signalé dans le rapport. »

Brunetti tourna la page du document et vit, en effet, que le portefeuille était classé comme pièce à conviction. Levant les yeux, il demanda au jeune policier :

« N'avez-vous rien remarqué d'autre, pendant que vous étiez sur place ?

– Quel genre de chose, monsieur ?

– N'importe quoi qui aurait pu vous paraître inhabituel ou déplacé, d'une manière ou d'une autre.

– Non, monsieur. Rien de spécial.

– Je vois... Merci, officier Franchi. Pouvez-vous aller me chercher ce portefeuille ? » ajouta-t-il avant que quiconque ait pu intervenir.

Franchi regarda son lieutenant, qui acquiesça d'un signe de tête.

« Oui, monsieur. »

Franchi fit un demi-tour réglementaire et quitta le bureau.

« Ce jeune homme paraît très désireux de bien faire, remarqua Brunetti.

– Oui, répondit le lieutenant, c'est l'un de mes meilleurs hommes. »

Il commença à parler des excellentes notes obtenues par Franchi pendant sa formation mais, avant qu'il ait pu finir, le jeune policier était de retour, tenant à la main une poche en plastique dans laquelle se trouvait un portefeuille en cuir marron.

Franchi paraissait hésiter sur la personne à qui le confier.

« Donnez-le au commissaire », dit le lieutenant Turcati.

Franchi ne put cacher son étonnement en apprenant le grade de l'homme qui venait de l'interroger. Il se dirigea vers Brunetti, lui donna le sac et salua.

« Merci, officier », lui dit Brunetti en prenant le sac par un coin. Il sortit son mouchoir et l'en enveloppa soigneusement. Puis il se tourna vers Turcati.

« Je vais vous signer un reçu pour cette pièce à conviction, si vous le souhaitez, lieutenant. »

Turcati fit glisser une feuille de papier sur son bureau et Brunetti y inscrivit la date, son nom et une courte description de l'objet. Il signa et rendit la feuille à Turcati avant de quitter le bureau en compagnie de Vianello.

Lorsqu'ils émergèrent dans la rue, il avait commencé à pleuvoir.

9

ILS RETOURNÈRENT au bateau sous une pluie de plus en plus forte, bien contents que Bonsuan ait insisté pour les attendre. Une fois à bord, Brunetti consulta sa montre et constata qu'il était plus de dix-sept heures, donc grand temps de revenir à la vice-questure. La vedette déboucha sur le Grand Canal et Bonsuan s'élança dans le grand S qui allait les conduire jusqu'au-delà de la place Saint-Marc ; après quoi, ils passeraient sous le Ponte della Pietà et arriveraient à la vice-questure.

Dans la cabine, Brunetti sortit de sa poche le mouchoir contenant le portefeuille et tendit le tout à Vianello.

« Pourras-tu descendre ça au labo et faire rechercher des empreintes, quand on arrivera ? »

Vianello acquiesça, et Brunetti poursuivit :

« Celles qui sont sur le plastique doivent appartenir à Franchi, et on peut donc les éliminer. Et envoie quelqu'un à l'hôpital prendre les empreintes de Rossi.

– Autre chose, monsieur ?

– Quand ce sera fini, qu'on me rapporte le portefeuille. J'aimerais voir ce qu'il contient. Dis-leur aussi que c'est urgent. »

Le sergent le regarda, l'air patelin.

« Parce qu'il arrive que ça ne le soit pas ?

– En tout cas, dis à Bocchese qu'il y a un mort, dans cette affaire. Ça le poussera peut-être à se bouger un peu.

– Bocchese serait le premier à vous faire remarquer

que si le type est mort, il n'y a plus aucune raison de se presser », remarqua Vianello.

Brunetti préféra ne pas relever.

« Encore autre chose, monsieur ? demanda le sergent en glissant le mouchoir et son contenu dans sa poche.

– Je voudrais que la signorina Elettra vérifie que nous n'avons rien sur Rossi aux archives. »

Il doutait fort qu'elle y trouve quelque chose, incapable qu'il était d'imaginer un instant Rossi mêlé à quelque affaire criminelle ou même délictueuse, mais la vie lui avait déjà réservé des surprises bien plus grandes, et il valait donc mieux vérifier.

Au bout d'un moment, Vianello leva la main.

« Pardonnez-moi, monsieur, mais est-ce que cela signifie que nous devons traiter cette affaire comme un meurtre ? »

L'un et l'autre savaient que c'était une question délicate. Tant qu'aucun magistrat instructeur n'avait été désigné, il leur était impossible de lancer une enquête officielle ; or, pour qu'un magistrat prenne sur lui de déclencher une procédure officielle, il fallait lui apporter des preuves suffisamment solides sur la nature criminelle de l'affaire. Brunetti doutait fort que le fait (non avéré) que Rossi ait été sujet au vertige puisse être hissé au rang de preuve convaincante de quoi que ce soit, acte criminel mineur ou encore moins assassinat.

« Je vais devoir essayer de persuader le vice-questeur, dit Brunetti.

– Ouais.

– Tu m'as l'air sceptique. »

Vianello souleva un sourcil, ce qui fut suffisant.

« Ça ne va pas lui plaire, c'est ça ? » proposa obligeamment Brunetti.

Vianello ne réagit pas davantage. Patta permettait à ses services d'accepter la réalité d'un crime lorsque, si l'on peut dire, il leur était imposé et ne pouvait être ignoré. Il y avait peu de chances pour qu'il autorise une enquête sur une affaire qui avait, sans conteste, toutes les apparences d'un accident. Jusqu'au moment où l'on ne pourrait plus l'ignorer, c'est-à-dire jusqu'au moment où l'on pourrait présenter des preuves assez solides pour convaincre les plus sceptiques que Rossi n'était pas tombé par hasard de son échafaudage, l'affaire resterait un accident aux yeux des autorités.

Brunetti possédait le don, à la fois précieux et calamiteux, de double vision psychologique : il ne pouvait faire autrement, devant une situation donnée, que de la voir d'au moins deux points de vue différents. Il savait donc pertinemment que ses soupçons pouvaient sembler tout à fait absurdes, et que quiconque ne les partageant pas pourrait les faire paraître plus absurdes encore. Le bon sens lui commandait de renoncer et d'accepter l'évidence : Franco Rossi était mort des suites d'une chute accidentelle d'un échafaudage.

« Va récupérer ses clefs à l'hôpital, demain matin, et va ensuite jeter un coup d'œil dans son appartement.

– Qu'est-ce que je dois chercher ?

– Aucune idée. Essaie de trouver un carnet d'adresses, des lettres, des noms d'amis ou de parents. »

Brunetti était tellement plongé dans ses spéculations qu'il n'avait pas remarqué que Bonsuan s'était engagé dans le canal, et ce ne fut que lorsque la vedette heurta doucement l'appontement de la vice-questure qu'il se rendit compte qu'ils étaient arrivés.

Les deux hommes remontèrent sur le pont ; d'un geste de la main, Brunetti remercia Bonsuan, qui amarrait le bateau au quai. Puis, sous la pluie, ils foncèrent vers l'entrée principale du bâtiment ; un policier en civil ouvrit en les voyant arriver. Avant que Brunetti ait eu le temps de le remercier, le jeune homme lui dit :

« Le vice-questeur désire vous voir, commissaire.

– Il est encore ici ? dit-il, surpris.

– Oui, monsieur. Il m'a demandé de vous avertir dès votre arrivée.

– Bien, merci. J'ai intérêt à y aller tout de suite », ajouta-t-il à l'intention de Vianello.

Ils montèrent ensemble la première volée de marches, se refusant l'un et l'autre à spéculer sur ce que Patta pouvait bien vouloir. Au premier, Vianello prit le couloir qui conduisait à l'escalier menant au laboratoire sur lequel régnait sans partage Bocchese, technicien jamais pressé et peu respectueux de la hiérarchie.

Brunetti se dirigea en silence vers le bureau de Patta. La signorina Elettra était à sa place et leva la tête lorsqu'il entra. Elle lui fit signe de s'approcher tout en appuyant sur le bouton de l'interphone.

« Le commissaire Brunetti est ici, dottore », dit-elle au bout d'un instant.

Elle écouta Patta, répondit : « Bien sûr, dottore », et reposa le combiné.

« Il faut croire qu'il a une faveur à vous demander, reprit-elle à l'intention de Brunetti. C'est la seule chose qui a pu l'empêcher de réclamer votre tête, depuis ce matin », eut-elle le temps de dire avant que la porte ne s'ouvre et qu'apparaisse Patta.

Son costume gris, nota Brunetti, devait être en cachemire, et il avait noué autour du cou ce qui passait, en Italie, pour une cravate aux couleurs d'un club anglais. Le printemps avait beau avoir été frais et pluvieux, le visage aux traits ciselés et dépourvu de rides du *cavaliere* était bronzé. Il portait une paire de lunettes à verres ovales et monture fine. C'était la cinquième que Brunetti lui voyait, depuis le jour où le vice-questeur était entré en fonction à Venise ; à chaque fois, elles étaient d'un style en avance de quelques mois sur ce que tout le monde allait bientôt porter. Un jour que Brunetti avait oublié ses lunettes de lecture, il avait emprunté en douce celles de Patta pour étudier une photo de plus près – et avait découvert qu'elles étaient équipées de verres neutres.

« Je venais juste de dire au commissaire d'entrer, dottore », dit la signorina Elettra.

Brunetti remarqua que deux dossiers et trois feuilles de papier encombraient le bureau de la jeune secrétaire, désert un instant auparavant – il en était sûr.

« Oui, entrez, dottor Brunetti, entrez », dit Patta en lui tendant la main avec quelque chose, dans le geste, qui lui rappela désagréablement celui de Clytemnestre accueillant Agamemnon à son retour de la guerre de Troie.

Il n'eut que le temps d'adresser un dernier coup d'œil à la signorina Elettra : Patta s'était emparé de son bras et l'entraînait doucement mais fermement dans son bureau.

Il referma la porte derrière eux, se dirigea vers les deux fauteuils qu'il avait fait placer devant les fenêtres et attendit que Brunetti l'eût rejoint. Une fois là, Patta lui fit signe de s'asseoir, puis s'assit à son tour; un architecte d'intérieur aurait décrit la disposition des fauteuils comme « propice à la conversation ».

« Ravi de voir que vous avez un peu de temps à me consacrer », dit Patta.

La pointe de colère qui affleurait sous le sarcasme fit que Brunetti se sentit en terrain plus familier.

« Je me suis vu dans l'obligation de sortir, expliqua-t-il.

– Je croyais que c'était ce matin, observa Patta – qui se souvint soudain qu'il fallait sourire.

– Oui, mais il a fallu que je ressorte cet après-midi de manière inattendue, et je n'ai pas eu le temps de vous prévenir.

– Vous n'avez pas de portable, dottore ? »

Brunetti, qui détestait ces appareils et refusait d'en trimballer un, tout en admettant lui-même que c'était un préjugé stupide et réactionnaire, se contenta de répondre qu'il avait oublié de l'emporter.

Il aurait bien voulu demander à Patta les raisons de cette convocation, mais l'avertissement de la signorina Elettra suffisait à lui faire garder et le silence et une expression neutre, comme s'ils étaient deux étrangers attendant un train sur un quai de gare.

« Je voulais vous parler, commissaire, commença Patta, qui s'éclaircit la gorge avant de continuer. C'est à propos de quelque chose... heu... quelque chose de personnel. »

Brunetti dut faire un effort pour conserver une expression d'intérêt poli sur ses traits.

Patta s'enfonça dans son fauteuil, étendit les jambes et croisa les chevilles. Un instant, il contempla le bout impeccablement ciré de ses richelieux, puis il décroisa les chevilles, reprit une position plus droite et se pencha en avant. Pendant les quelques secondes que lui prit ce manège, se rendit compte Brunetti avec stupéfaction, le vice-questeur parut avoir vieilli de plusieurs années.

« C'est à propos de mon fils. »

Brunetti savait qu'il en avait deux, Roberto et Salvatore.

« Lequel, monsieur ?

– Roberto, le petit. »

Le Roberto en question, calcula Brunetti, devait avoir au moins vingt-trois ans. Cela dit, Chiara, sa propre fille, n'avait que quinze ans, mais elle aussi était « sa petite », et le resterait certainement toujours.

« Est-ce qu'il ne poursuit pas des études à l'université, monsieur ?

– Si, en économie commerciale », répondit Patta.

Il se tut et se remit à contempler le bout de ses chaussures.

« Depuis plusieurs années », reprit-il en relevant la tête pour regarder Brunetti.

Le commissaire dut une fois de plus faire un effort pour conserver le masque le plus neutre possible. Il ne voulait pas avoir l'air trop ouvertement curieux de ce qui semblait être un problème de famille, ni donner l'impression qu'il se désintéressait de ce que Patta avait décidé de lui confier. Il acquiesça d'une manière qui lui semblait être un encouragement à poursuivre – le même geste qu'il employait avec des témoins nerveux.

« Connaîtriez-vous quelqu'un à Jesolo ? demanda soudain Patta, prenant Brunetti de court.

– Je vous demande pardon, monsieur ?

– À Jesolo. Dans la police locale. Y connaissez-vous quelqu'un ? »

Brunetti réfléchit quelques instants. Il avait en effet des contacts dans la police, sur le continent, mais rien du côté des plages de l'Adriatique – avec leurs night-clubs, leurs hôtels, leurs boîtes et leurs bataillons de touristes qui, tous les matins, débarquaient des bateaux pour passer la journée à Venise. Il y avait bien cette femme avec laquelle il avait fait ses études de droit et qui était entrée dans la police à Grado, mais il ne connaissait aucun des gradés de Jesolo.

« Non, monsieur, personne. »

Patta fut incapable de cacher sa déception.

« J'avais espéré que, peut-être...

– Désolé, monsieur. »

Brunetti réfléchit à la meilleure tactique à employer tout en observant Patta qui, immobile, s'était une fois de plus mis à contempler ses richelieux. Il décida de se lancer.

« Pourquoi me posez-vous cette question, monsieur ? »

Patta releva la tête, le regarda, détourna les yeux, revint sur lui.

« La police de Jesolo m'a appelé hier soir, dit-il finalement. Ils ont quelqu'un qui travaille pour eux, vous savez comment c'est. »

Il devait sans doute s'agir d'un informateur quelconque.

« Cet individu leur a dit, il y a quelques semaines, que Roberto vendait de la drogue. »

Patta s'interrompit.

Quand il fut évident que le vice-questeur bloquait, Brunetti demanda :

« Et pour quelle raison vous ont-ils appelé, monsieur ? »

Patta poursuivit comme s'il n'avait pas entendu la question.

« J'avais pensé que vous connaîtriez peut-être quelqu'un, là-bas, qui pourrait nous donner une idée plus précise de ce qui s'est passé, de qui est cet individu, du stade où en sont exactement les investigations. »

Une fois de plus, le terme *informateur* vint à l'esprit de Brunetti, mais il le garda pour lui. Réagissant au silence de son vis-à-vis, Patta ajouta :

« Des choses dans ce genre.

– Non, monsieur. Je suis désolé d'avoir à vous le dire, mais je ne connais vraiment personne là-bas... Je pourrais poser la question à Vianello », proposa-t-il après une brève hésitation.

Et avant que Patta ne réagisse, il ajouta :

« Il est discret, monsieur. De ce côté-là, il n'y a pas à s'inquiéter. »

Patta, cependant, restait immobile, fuyant le regard de Brunetti. Puis il secoua la tête – une dénégation ferme : pas question pour lui d'accepter l'aide d'un policier en uniforme.

« Est-ce que ce sera tout, monsieur ? » demanda Brunetti, qui posa les mains sur les bras du fauteuil pour montrer qu'il était prêt à partir.

Voyant le geste, Patta reprit alors la parole, un ton plus bas :

« Ils l'ont arrêté. »

Il jeta un coup d'œil à Brunetti, vit que celui-ci ne s'apprêtait pas à lui poser de question, et reprit :

« Hier soir. Ils m'ont appelé vers une heure. Il y a eu une bagarre dans une des boîtes et quand ils y sont allés pour rétablir l'ordre, ils ont arrêté deux ou trois personnes et les ont fouillées. C'est sans doute à cause de ce que leur avait dit cet individu qu'ils ont fouillé Roberto. »

Brunetti garda le silence. Une fois qu'un témoin avait atteint ce stade, savait-il par expérience – une longue expérience –, il n'y avait plus moyen de l'arrêter : il lui fallait vider son sac.

« Dans la poche de son veston, ils ont trouvé un sachet en plastique contenant de l'ecstasy. Vous savez ce que c'est commissaire, n'est-ce pas ? » demanda-t-il en se penchant vers Brunetti.

Celui-ci acquiesça, stupéfait que Patta puisse seulement envisager qu'il l'eusse ignoré – lui, un policier ! Il savait que toute parole qu'il prononcerait à cet instant risquait de briser le contact fragile qui s'était noué entre eux. Il prit une attitude aussi détendue qu'il put, et fit passer sur sa cuisse une des mains qu'il avait posées sur le bras du fauteuil, dans une position qui paraîtrait, espérait-il, plus confortable.

« Roberto leur a dit que quelqu'un avait dû glisser le sachet dans sa poche en voyant la police arriver. C'est une chose qui se produit souvent. »

Brunetti le savait bien ; il savait aussi que, plus souvent encore, c'était un pur mensonge.

« Ils m'ont appelé, et je m'y suis donc rendu. Ils

savaient qui était Roberto, et c'est eux qui m'ont proposé de venir. Ils l'ont remis entre mes mains et m'en ont confié la garde. Sur le chemin du retour, il m'a parlé du sachet. »

Patta se tut. Pour de bon, crut comprendre Brunetti.

« Est-ce qu'ils l'ont gardé comme pièce à conviction ?

– Oui. Et ils ont relevé ses empreintes pour les comparer avec celles qu'ils trouveraient éventuellement dessus.

– Si c'est lui qui a sorti le sachet de sa poche et qui le leur a donné, ses empreintes se retrouveront forcément dessus, observa Brunetti.

– Oui, je sais. C'est pourquoi ça ne m'inquiétait pas trop. Je n'ai même pas pris la peine d'appeler mon avocat. Il n'y avait aucune preuve, même avec des empreintes. Roberto avait très bien pu dire la vérité. »

Brunetti se contenta de hocher la tête en silence, attendant d'apprendre pourquoi Patta en parlait comme d'une simple possibilité.

Le vice-questeur s'enfonça dans son fauteuil et se mit à étudier le paysage, par la fenêtre.

« Ils m'ont rappelé ce matin, après votre départ.

– C'est pour cette raison que vous vouliez me voir, monsieur ?

– Non. À ce moment-là, je voulais vous demander autre chose. Ce n'est plus très important, à présent.

– Et qu'est-ce qu'ils vous ont dit, monsieur ? » risqua finalement Brunetti.

Patta cessa de contempler ce qu'il y avait au-delà de la fenêtre, mais il évita le regard de Brunetti.

« Qu'à l'intérieur du sachet il s'en trouvait quarante-sept plus petits, contenant chacun une dose d'ecstasy. »

Brunetti essaya de calculer le poids et la valeur marchande de la drogue afin d'évaluer l'importance qu'un juge accorderait à ce délit de possession de stupéfiants. Ça ne lui paraissait pas être une quantité bien considérable, à vrai dire, et si Roberto ne démordait pas de sa version des faits, il ne courait aucun risque sérieux sur le plan judiciaire.

« Ses empreintes étaient aussi sur les petits sachets... Sur tous », ajouta-t-il après un instant de silence.

Brunetti dut résister à l'envie de poser une main compatissante sur le bras de Patta. Au lieu de cela, il attendit quelques instants avant de dire finalement :

« Je suis désolé, monsieur. »

Toujours sans le regarder, Patta acquiesça, pour le remercier ou simplement lui dire qu'il avait entendu.

Une bonne minute passa, et c'est finalement Brunetti qui relança l'échange.

« C'était à Jesolo même, ou du côté du Lido ? »

Patta regarda Brunetti, et secoua la tête comme un boxeur qui s'ébroue après avoir pris un coup.

« Quoi ?

– Où les choses se sont-elles passées ? À Jesolo même, ou au Lido di Jesolo ?

– Au Lido.

– Et où se trouvait-il lorsqu'il a été... (Brunetti s'interrompit, hésitant à employer le terme *arrêté*.) ... lorsqu'il a été contrôlé ?

– Je viens juste de vous le dire, au Lido di Jesolo.

– Je me suis mal fait comprendre, monsieur. Dans quel endroit ? Un bar ? Une boîte ? »

Patta ferma les yeux, et Brunetti se demanda combien de temps l'homme avait passé à remâcher tous ces détails dans sa tête, ou peut-être à évoquer les divers événements de la vie de son fils.

« Dans une boîte. Le Luxor, répondit finalement le vice-questeur.

– Ah, laissa simplement échapper Brunetti ; mais cela suffit à obliger Patta à ouvrir les yeux.

– Quoi donc ? »

Brunetti esquiva la question.

« J'ai connu quelqu'un qui y avait ses habitudes. »

Cette petite lueur d'espoir éteinte, Patta détourna une fois de plus son attention de la conversation.

« Avez-vous contacté un avocat, monsieur ?

– Oui. Donatini. »

Brunetti dissimula sa surprise par un bref acquiescement, comme si l'avocat spécialiste des affaires d'association mafieuse était un choix évident pour son supérieur.

« Je vous serais reconnaissant, commissaire... »

Patta n'alla pas plus loin, se demandant comment dire ce qu'il avait à dire.

« Je vais y réfléchir encore, dit obligeamment Brunetti. Et bien entendu, je n'en parlerai à personne. »

Il avait beau mépriser bien des choses que faisait Patta, il n'était pas question pour lui de le mettre dans l'embarras en le laissant lui demander de garder le silence.

Patta réagit à ce qui semblait conclure l'entretien en se levant. Il raccompagna Brunetti jusqu'à la porte, qu'il lui ouvrit. Il ne lui tendit pas la main, mais il émit un sec « merci » avant de refermer le battant.

La signorina Elettra était toujours à son bureau, à ceci près que les dossiers et les documents avaient laissé la place à un objet épais comme un annuaire, mais qui devait être le numéro spécial « Mode de Printemps » de *Vogue*, au vu du papier glacé.

« Le fiston ? » demanda-t-elle en levant les yeux de sa revue.

Sa réaction lui échappa avant qu'il ait pu la contrôler :

« Vous avez mis son bureau sur écoute, ma parole ? ! »

Il avait seulement eu l'intention de faire une plaisanterie, mais en entendant la question sortir de sa bouche, il ne fut plus aussi sûr que c'en était une.

« Non. Le garçon l'a appelé, ce matin, l'air très nerveux, puis il a reçu un coup de fil de la police de Jesolo. Et aussitôt après il m'a demandé de lui donner le numéro de Donatini. »

Brunetti se demanda s'il ne devait pas lui conseiller de renoncer au secrétariat pour s'engager dans la police. Mais il savait qu'elle préférerait la mort plutôt que de porter l'uniforme.

« Vous le connaissez ? demanda Brunetti.

– Qui ? Le garçon, ou Donatini ?

– L'un et l'autre.

– Je les connais tous les deux, répondit-elle, ajoutant

d'un ton léger : deux bâtons merdeux, l'un comme l'autre, mais Donatini s'habille mieux.

– Vous a-t-il expliqué de quoi il s'agissait ? dit-il avec un petit mouvement de tête en direction de la porte de Patta.

– Non. »

Nulle trace de déception dans sa voix.

« S'il s'était agi d'un viol, on en aurait parlé dans les journaux. Je suppose donc que c'est une histoire de drogue. Donatini est fort ; il devrait pouvoir le sortir de là.

– Vous le croyez capable de viol ?

– Qui, Roberto ?

– Oui. »

Elle réfléchit une seconde ou deux avant de répondre.

« Non, je ne pense pas. Il est arrogant et se prend au sérieux, mais je ne le crois pas entièrement mauvais. »

Quelque chose poussa Brunetti à demander :

« Et Donatini ?

– Il est capable de tout, celui-là, répondit-elle sans hésitation.

– J'ignorais que vous le connaissiez. »

Elle baissa les yeux sur sa revue et tourna une page, mais d'un geste machinal.

« Eh si. »

Elle tourna une autre page.

« Il m'a demandé de l'aider.

– Le vice-questeur ? s'étonna-t-elle.

– Oui.

– Et vous allez le faire ?

– Si je peux, oui. »

Elle regarda Brunetti longuement, puis retourna à sa revue.

« J'ai l'impression que le gris est définitivement passé de mode, dit-elle. Tout le monde en a assez d'en porter. »

Elle-même était habillée d'une blouse en soie pêche et d'une veste noire à col montant qui paraissait elle-même être en soie sauvage.

« Vous avez probablement raison », dit-il.

Il lui souhaita le bonsoir et remonta dans son bureau.

10

IL DUT FAIRE appel aux Renseignements pour avoir le numéro du Luxor ; mais quand il le composa, on lui dit que le signor Bertocco n'était pas là et on refusa de lui communiquer son numéro personnel. Brunetti ne mentionna pas qu'il était de la police. Il rappela les Renseignements et on lui donna le numéro du domicile de Luca sans la moindre difficulté.

« Encore un imbécile qui se croit important », marmonna Brunetti en composant le nouveau numéro.

On décrocha à la troisième sonnerie, et une voix grave et enrouée dit :

« Bertocco.

– Ciao, Luca. C'est Guido Brunetti. Comment vas-tu ? »

L'homme, qui avait répondu d'un ton neutre, en adopta aussitôt un autre, beaucoup plus chaleureux.

« Très bien, Guido. Ça fait longtemps ! Comment vas-tu ? Et Paola ? Et les enfants ?

– Tout le monde va très bien, merci.

– Aurais-tu fini par accepter ma proposition de venir danser dans unc dc mcs boîtes jusqu'à ce que tu roules par terre ? »

Brunetti se mit à rire de cette plaisanterie, qui durait depuis plus de dix ans.

« Non, j'ai bien peur de te décevoir une fois de plus, Luca. Je ne doute pas que tu me croies si je te dis que j'adorerais danser jusqu'à l'aube au milieu de gosses ayant l'âge des miens, mais Paola me l'interdit formellement.

– À cause de la fumée ? demanda Luca. Elle pense que c'est mauvais pour ta santé ?

– Non, plutôt de la musique – mais pour la même raison. »

Il y eut un bref silence, après quoi Luca répondit :

« Elle n'a probablement pas tort. »

Comme Brunetti ne répliquait pas, il demanda :

« Dans ce cas, pourquoi m'appelles-tu ? À cause du petit jeune qui a été arrêté ?

– Exactement, dit Brunetti sans même faire semblant d'être surpris que Luca ait deviné.

– C'est le fils de ton patron, hein ?

– On dirait que tu es déjà au courant de tout.

– Quand on tient cinq boîtes, trois hôtels et six bars, il vaut mieux être au courant de tout, en particulier quand ça concerne des olibrius qui se font arrêter dans l'un de ces établissements.

– Que sais-tu de ce garçon ?

– Seulement ce que m'en ont dit les flics.

– Lesquels ? Ceux qui l'ont arrêté ou ceux qui travaillent pour toi ? »

Le silence qui suivit rappela à Brunetti, non seulement qu'il était allé trop loin, mais aussi que Luca le considérerait toujours comme un flic, quelle que soit son amitié pour lui.

« Je ne sais pas trop comment répondre à ça, Guido », dit-il finalement.

Il fut interrompu par une toux violente de fumeur.

La quinte dura longtemps. Brunetti attendit qu'elle s'arrête.

« Je suis désolé, Luca. C'était une plaisanterie, mais elle était mauvaise.

– C'est rien, Guido, c'est rien. Crois-moi, quand on a affaire autant que moi au public, on a besoin de toute l'aide possible de la police. Et ils sont contents de celle que je peux leur apporter. »

Brunetti, non sans penser un bref instant aux enveloppes changeant discrètement de main dans des bureaux de la ville, demanda :

« Quel genre d'aide ?
– J'ai des vigiles pour surveiller mes parkings, par exemple.
– Et pourquoi ? » demanda le policier.
Il imaginait que des jeunes gens ivres de fatigue ou d'autre chose, sortant à trois heures du matin d'une boîte, devaient être des proies faciles pour les pickpockets.
« Pourquoi ? Pour leur confisquer leurs clefs de voiture.
– Et personne ne proteste ?
– Qui va protester ? Leurs parents, parce que je les ai empêchés de conduire complètement bourrés ou shootés à mort ? Ou la police, parce que je les ai empêchés de se payer un arbre à cent quarante à l'heure sur la nationale ?
– Ni les uns ni les autres, je suppose. Je n'y avais pas pensé.
– Cela signifie qu'on ne les réveille pas à trois heures du matin pour aller assister à la désincarcération des cadavres de leurs mômes pris dans des amas de ferrailles. Crois-moi, les policiers du coin ne demandent qu'à me donner toute l'aide possible. »
Il se tut, et Brunetti entendit le craquement sec d'une allumette ; Luca venait d'allumer sa première cigarette et inspirait profondément.
« Qu'est-ce que tu voudrais que je fasse ? Que je me débrouille pour qu'on classe l'affaire ?
– Tu pourrais ? »
Si un haussement d'épaules avait pu produire un bruit, Brunetti en aurait entendu un.
« Je ne te répondrai que si tu me le demandes expressément.
– Non, je ne veux pas que l'affaire soit classée au sens où elle disparaîtrait complètement. Mais j'aimerais bien qu'elle ne se retrouve pas dans les journaux, si c'était possible. »
Luca ne répondit pas tout de suite.
« Je dépense beaucoup d'argent en publicité, dit-il finalement.
– Est-ce que ça veut dire *oui* ? »
Luca éclata d'un rire qui, au bout de quelques instants,

se transforma en une toux caverneuse. Quand il put reparler, ce fut pour dire :

« Il faut toujours que les choses soient bien claires pour toi, Guido, pas vrai ? Je ne sais pas comment fait Paola pour le supporter.

– Je trouve que ça rend les choses en question plus faciles.

– Tu parles en tant que policier ?

– En tant que tout.

– Bon, très bien. Tu peux considérer que ça veut dire *oui*. J'ai les moyens d'empêcher la nouvelle de paraître dans la presse locale, et je doute que nos grands journaux nationaux s'y intéressent.

– C'est tout de même le fils du vice-questeur de Venise, dit Brunetti, pris d'une sorte de fierté de clocher perverse.

– J'ai bien peur que les types de Rome n'en aient rien à foutre, lui objecta Luca.

– Tu as sans doute raison, admit Brunetti après un instant de réflexion, ajoutant, avant que Luca puisse réagir : qu'est-ce qu'ils racontent, à propos du garçon ?

– Ils l'ont pris, c'est le cas de le dire, la main dans le sac. Ses empreintes étaient partout sur les petits sachets.

– Il a été mis en accusation ?

– Non. Du moins, je ne crois pas.

– Qu'est-ce qu'ils attendent ?

– Ils veulent sans doute lui faire avouer auprès de qui il se fournit.

– Ils ne le savent pas ?

– Bien sûr que si. Mais qu'ils le sachent n'est pas une preuve, et tu es bien placé pour le comprendre. »

Luca dit cela avec une pointe d'ironie. Parfois, Brunetti voyait l'Italie comme un pays où tout le monde était au courant de tout et où personne ne voulait dire quoi que ce soit. Les gens, en privé, ne demandaient pas mieux que de commenter les affaires douteuses des politiciens, des mafiosi ou des stars de cinéma comme s'ils étaient dans le secret des dieux ; mais dès qu'ils se retrouvaient dans une situation où leurs déclarations pourraient avoir des conséquences légales, les citoyens italiens faisaient de leur pays le plus vaste parc à huîtres du monde.

« Et toi, tu sais qui c'est? demanda Brunetti. Me donnerais-tu son nom?

– J'aime autant pas. Ça ne servirait à rien. Il y a quelqu'un au-dessus de lui, et quelqu'un encore au-dessus, sans doute. »

Brunetti l'entendit qui allumait une nouvelle cigarette.

« Tu crois qu'il le leur dira?

– Le gosse? Non, pas s'il tient à la vie, répondit Luca, ajoutant immédiatement : bon, j'exagère un peu. Pas s'il veut éviter de prendre une sévère correction, disons.

– Même à Jesolo? » s'étonna Brunetti.

Ainsi, la criminalité des grandes villes avait envahi la paisible petite station balnéaire de la côte adriatique.

« En particulier à Jesolo, Guido, répondit Luca sans donner davantage d'explications.

– Alors, qu'est-ce qui va lui arriver? demanda Brunetti.

– Tu devrais être capable de répondre mieux que moi à ça. Si c'est un premier délit, on lui passera un bon savon et on le renverra chez lui.

– Il y est déjà.

– Je sais. Je parlais au figuré. Et le fait que son père soit dans la police ne fera pas de mal.

– Pas tant que les journaux ne s'en empareront pas.

– Je te l'ai dit. Tu peux être tranquille là-dessus.

– Je l'espère. »

Luca ne releva pas. Dans le silence qui commençait à se prolonger, Brunetti demanda :

« Et toi? Comment vas-tu, Luca? »

Le patron de boîte de nuit s'éclaircit la gorge, un bruit gras qui mit Brunetti mal à l'aise.

« Toujours pareil, dit-il enfin, toussant de nouveau.

– Maria?

– Me parle pas de cette grosse vache, se rebiffa-t-il avec une colère non feinte. Elle n'en veut qu'à mon fric. Elle a encore de la chance que je la laisse rester à la maison.

– C'est la mère de tes enfants, Luca. »

Brunetti sentit son ami lutter contre l'envie de se mettre en colère devant cette intrusion dans sa vie privée.

« Je te l'ai dit, Guido, je ne veux pas aborder cette question avec toi.

– Comme tu voudras, Luca. Mais tu te doutes bien que je ne t'en ai parlé que parce que nous nous connaissons depuis longtemps... Que parce que je vous connais tous les deux depuis longtemps, se corrigea-t-il.

– Je sais, mais que veux-tu, les choses ont changé. »

Il y eut un silence prolongé, puis Luca répéta qu'il n'avait pas envie de parler de ça.

« Très bien, je n'insisterai pas. Je suis désolé d'être resté si longtemps sans appeler. »

Mais telles sont les concessions que l'on peut faire au bout d'une longue amitié :

« Hé, moi non plus, je n'ai pas appelé, pas vrai ? reconnut Luca.

– Oh, ça ne fait rien.

– Tout juste, ça ne fait rien », confirma Luca avec un éclat de rire qui lui rendit sa bonne humeur mais déclencha aussi une nouvelle quinte de toux.

Encouragé, Brunetti lui demanda :

« Si tu entends parler de quelque chose, tu me le feras savoir ?

– Bien entendu. »

Avant de raccrocher, Brunetti ne put s'empêcher de poser une autre question.

« Saurais-tu quelque chose sur ses fournisseurs, par hasard ? »

La méfiance revint dans la voix de Luca.

« À quel genre de choses fais-tu allusion ?

– Est-ce qu'ils... »

Brunetti ne voyait pas très bien comment exprimer ce qu'il voulait dire.

« ... est-ce qu'ils font des affaires à Venise ?

– Ah, soupira Bertocco, ça. D'après ce que j'ai compris, ça ne les intéresse pas beaucoup. La population est trop âgée et les gosses n'ont aucun mal à se rendre sur le continent pour trouver ce qu'ils cherchent. »

Brunetti se rendit compte que c'était par pur égoïsme qu'il se réjouissait de cette réponse : tout homme ayant deux enfants adolescents, aussi sûr qu'il fût de leur caractère et de leurs dispositions, aurait été soulagé d'apprendre qu'il n'y avait qu'un trafic de drogue des plus réduits dans la ville où ils habitaient.

Son instinct souffla à Brunctti qu'il avait tiré de Luca Bertocco tout ce qu'il pouvait en tirer. Apprendre le nom des gros dealers n'aurait rien changé, de toute façon.

« Merci, Luca. Prends soin de toi.

– Toi aussi, Guido. »

Ce soir-là, une fois les enfants partis se coucher, Brunetti rapporta cette conversation à Paola, y compris la manifestation de colère de Luca lorsqu'il avait mentionné le nom de Maria.

« Il ne t'a jamais plu autant qu'à moi, ajouta-t-il, comme si cela pouvait expliquer ou excuser le comportement de Luca.

– Qu'est-ce que tu veux dire, exactement ? » demanda Paola sans aigreur.

Ils étaient assis aux deux extrémités opposées du canapé et avaient reposé leur livre pour se mettre à parler. Brunetti réfléchit un bon moment à la question qu'elle venait de poser avant de répondre :

« Je veux dire qu'il était naturel que tu éprouves plus de sympathie pour Maria que pour lui.

– Mais Luca a raison, observa Paola, se tournant complètement pour lui faire face. Maria est une grosse vache.

– Et moi qui croyais que tu l'aimais bien !

– Mais je l'aime bien. Ce n'est pas ça qui empêche Luca d'avoir raison lorsqu'il la traite de grosse vache. À ceci près que c'est lui qui en a fait ce qu'elle est. Elle était dentiste, à l'époque où ils se sont mariés, mais il lui a demandé d'arrêter de travailler. Elle ne l'a pas fait, mais il est revenu à la charge après la naissance de Paolo ; il lui a fait remarquer qu'elle n'avait plus besoin de gagner sa vie, qu'il ramassait assez d'argent avec ses boîtes de nuit pour les faire vivre tous. Et elle s'est arrêtée.

– Et alors ? l'interrompit Brunetti. En quoi est-il responsable du fait qu'elle se soit transformée en grosse vache ? »

Alors même qu'il posait la question, il se rendit compte à quel point cette expression était à la fois insultante et absurde.

« Parce qu'ils sont tous allés habiter à Jesolo, sous prétexte qu'il pouvait mieux surveiller ses commerces. Elle a suivi le mouvement. »

Elle avait pris un ton agressif, comme si elle égrenait les perles d'un très vieux rosaire.

« Personne ne lui a mis un revolver sur la tempe, Paola.

– Évidemment que non. Ce n'était même pas nécessaire, répliqua-t-elle. Elle était amoureuse. »

Voyant le regard de Guido, elle se corrigea :

« D'accord, ils étaient amoureux... Toujours est-il qu'elle a quitté Venise pour aller vivre dans ce bled, un patelin qui n'existe que parce qu'il y a une plage, et voilà : elle est devenue femme au foyer et mère.

– Ce ne sont pas des gros mots, que je sache. »

En dépit du coup d'œil meurtrier qu'elle lui lança, son ton resta calme.

« Je sais bien que ce ne sont pas des gros mots, et ce n'est pas le sens que j'ai voulu leur donner. Mais elle a renoncé à une profession qui lui donnait des satisfactions, où elle s'en sortait très bien, pour aller au fin fond de la cambrousse élever ses enfants et s'occuper d'un mari qui buvait trop, fumait trop et draguait un peu trop les minettes. »

Brunetti savait fort bien qu'il valait mieux s'abstenir de jeter de l'huile sur ce genre de flammes. Il attendit donc qu'elle continue, ce qu'elle fit.

« Si bien qu'aujourd'hui, au bout de vingt ans passés là-bas, elle s'est transformée en grosse vache. Elle est obèse, emmerdante comme la pluie et semble être incapable de parler d'autre chose que de ses enfants et de sa cuisine. Quand les avons-nous vus ensemble pour la dernière fois ? Cela fait bien deux ans, n'est-ce pas ? Tu te rappelles combien c'était pénible, avec elle qui nous tournait autour, à vouloir nous bourrer de nourriture et nous montrer encore d'autres photos de ses mômes qui, c'est le moins qu'on puisse dire, n'ont rien d'exceptionnel ? »

La soirée avait été désagréable pour tout le monde sauf, assez bizarrement, pour Maria elle-même ; elle avait paru ne pas se rendre compte à quel point les autres la trouvaient barbante.

Avec une candeur quasi enfantine, Brunetti demanda :

« On n'est pas en train de se disputer, n'est-ce pas ? »

Paola renversa la tête contre le canapé et éclata de rire.

« Non, pas du tout. Je suppose qu'à la manière dont j'en parle, on voit bien que je n'éprouve guère de sympathie pour elle. Et que, du coup, je me sens coupable. »

Elle attendit de voir comment Guido réagissait à cet aveu avant de poursuivre.

« Elle aurait pu faire beaucoup de choses, mais elle a préféré ne pas bouger. Elle a refusé de faire garder ses enfants pour pouvoir continuer à travailler, ne serait-ce qu'à temps partiel, dans le cabinet d'un confrère ; elle n'a pas renouvelé sa carte auprès de l'ordre ; après quoi elle a peu à peu perdu tout intérêt pour tout ce qui n'avait pas de rapport avec ses deux fils ; et elle a grossi. »

Quand il fut certain qu'elle avait terminé, Brunetti remarqua :

« Je ne sais pas très bien comment tu vas prendre ça, mais ce que tu viens de dire ressemble de manière inquiétante aux arguments que les maris infidèles ont tendance à développer.

– Pour expliquer leurs infidélités ?

– Oui.

– Mais c'est tout à fait ça. »

Elle avait parlé d'un ton ferme, mais sans aucune colère.

Elle n'avait manifestement pas l'intention d'ajouter autre chose, et il dut l'aiguillonner.

« Et alors ?

– Et alors rien du tout. La vie lui a offert une série de choix qui auraient pu se traduire par une évolution différente des choses, mais elle en a fait d'autres. Mon opinion est que chacun de ces choix rendait le suivant inévitable, une fois acceptée l'idée d'arrêter de travailler et de quitter Venise, mais elle ne les en a pas moins faits, comme tu l'as dit toi-même, sans qu'on ait eu besoin de lui mettre un revolver contre la tempe.

– Je me sens désolé pour elle... pour tous les deux. »

Paola, la tête toujours renversée sur le dossier du canapé, ferma les yeux.

« Moi aussi. »

Au bout d'un long silence, elle demanda :

« Es-tu content que j'aie gardé mon travail ? »

Il donna à la question la considération qu'elle méritait avant de répondre :

« Pas particulièrement ; je suis simplement content que tu n'aies pas grossi. »

11

PATTA, LE LENDEMAIN, ne fit pas son apparition habituelle à la vice-questure, et ses explications se réduisirent à un coup de téléphone dans lequel il dit à la signorina Elettra ce qui était déjà évident : qu'il ne serait pas là de la journée. La jeune secrétaire ne lui posa aucune question, mais elle appela tout de suite Brunetti pour l'avertir que l'absence du vice-questeur faisait de lui la plus haute autorité de la police vénitienne, le questeur étant lui-même en vacances en Irlande.

À neuf heures, Vianello appela pour dire que, comme il lui avait été demandé, il avait récupéré les clefs de Rossi à l'hôpital, et déjà visité l'appartement de celui-ci. Rien ne semblait y avoir été déplacé, et les seuls papiers qu'il avait trouvés étaient des factures et des reçus. Il avait emporté le carnet d'adresses placé à côté du téléphone, et Pucetti avait déjà commencé à appeler les numéros qu'il comportait. Jusqu'ici, le seul parent qu'on lui connaissait était un oncle vivant à Vicence ; mais l'hôpital l'avait déjà averti, et l'homme s'occupait d'organiser les funérailles. Bocchese, le technicien du labo, appela peu après pour dire à Brunetti qu'il lui faisait parvenir le portefeuille de Rossi.

« Trouvé quelque chose dessus ?

– Non. Rien que ses empreintes et quelques-unes du gosse qui l'a trouvé. »

Tout de suite en alerte devant cette possibilité d'un autre témoin, Brunetti demanda :

« Le gosse ?

– Le policier, le petit jeune. Je ne connais pas son nom. Pour moi, ce sont tous des gosses.

– Franchi.

– Si vous le dites, répondit Bocchese, peu intéressé. J'ai ses empreintes dans mes archives et elles correspondent à celles du portefeuille.

– Rien d'autre ?

– Non. Je n'ai pas examiné ce qu'il contenait. J'ai juste relevé les empreintes. »

Un jeune policier, un des petits nouveaux dont Brunetti avait du mal à se rappeler le nom, fit son apparition à la porte. Brunetti lui fit signe d'entrer, et il vint poser, sur le bureau, le portefeuille toujours dans son sac en plastique.

Coinçant le téléphone sous son menton, Brunetti prit le sac et l'ouvrit, tout en demandant à Bocchese s'il n'y avait pas d'empreintes à l'intérieur.

« Je vous ai dit tout ce que j'avais trouvé », répondit le technicien en raccrochant.

Brunetti en fit autant. Un colonel des Carabiniers avait un jour remarqué que Bocchese était tellement bon qu'il aurait pu trouver des empreintes sur une substance aussi huileuse qu'une âme de politicien ; c'était pour cette raison qu'il jouissait de plus de latitude que la plupart du personnel travaillant à la vice-questure. Brunetti s'était habitué depuis longtemps à l'irascibilité permanente de l'homme, comme si des années passées à la subir l'avaient mithridatisé contre elle. Son sale caractère était compensé par la qualité sans défaut de son travail, et ses résultats avaient souvent résisté victorieusement au scepticisme agressif des avocats de la défense.

Brunetti ouvrit le sac et renversa le portefeuille devant lui ; il s'était incurvé, ayant fini par prendre la forme de la hanche de Rossi. Car il n'était pas tout neuf : fendillé à hauteur du pli central, ses angles usés laissaient voir la cordelette grise sur laquelle le cuir était replié. Le commissaire l'ouvrit et l'aplatit sur le bureau. Dans une série d'encoches, à gauche, se trouvaient quatre cartes en plastique : une Visa, une Standa, la carte de fonction de

Rossi au bureau du Cadastre et la « Carta Veneziana » qui lui permettait de circuler à tarif réduit dans les transports en commun de la ville. Brunetti les retira toutes et étudia la photo qui figurait sur les deux dernières. Elle avait été incrustée par un procédé holographique quelconque, et elle n'était visible que lorsque la lumière la frappait sous un ccrtain anglc, mais il s'agissait incontestablement de Rossi.

Une petite bourse, maintenue fermée par une agrafe en laiton, occupait le côté droit du portefeuille. Brunetti l'ouvrit et renversa son contenu sur le bureau. Il y avait quelques-unes des nouvelles pièces de mille lires, quelques pièces de cinq cents lires et des échantillons dcs trois types de pièces de cent lires actuellement en circulation. Il se demanda s'il était le seul à trouver bizarre qu'on ait éprouvé le besoin de frapper des pièces de trois tailles différentes pour une même valeur faciale ; comment expliquer ce délire ?

Brunetti écarta la partie postérieure du portefeuille et en retira les billets. Ils étaient rangés dans un ordre impeccable, les plus gros en dessous, les billets de mille lires devant. En tout, sans compter la menue monnaie, le portefeuille de Rossi contenait cent quatre-vingt-sept mille lires.

Il écarta complètement le dernier compartiment pour vérifier qu'il n'avait rien oublié. Il glissa le doigt dans les fentes du côté gauche et en retira des tickets de vaporetto neufs, un reçu de bar de trois mille trois cents lires, et quelques timbres à huit cents lires. Il trouva de l'autre côté un autre reçu au dos duquel était écrit un numéro de téléphone. Comme celui-ci ne commençait pas par 52, 27 ou 72, il supposa qu'il ne s'agissait pas d'un numéro vénitien, mais le code de la ville n'était pas mentionné. Et c'était tout. Aucun nom, aucun message du défunt à lire « en cas d'accident », aucune de ces choses que l'on ne trouve jamais, en réalité, dans les portefeuilles des gens morts de mort violente.

Brunetti remit l'argent dans le portefeuille, et celui-ci dans le sac en plastique. Il tira le téléphone à lui et composa le numéro de Rizzardi. Celui-ci avait sans doute terminé l'autopsie à cette heure, et le commissaire était curieux de savoir à quoi correspondait ce curieux enfoncement sur le crâne de la victime.

Le médecin légiste décrocha à la deuxième sonnerie ; les deux hommes échangèrent les politesses d'usage, et Rizzardi demanda :

« Tu m'appelles à propos de Rossi ? Bien, reprit le médecin lorsque Brunetti eut confirmé. De toute façon, j'allais t'appeler.

– Pourquoi ?

– La blessure. Ou plutôt, les deux blessures. À la tête.

– Qu'est-ce qu'elles ont de spécial ?

– La première est plate, et j'y ai trouvé des débris de ciment. Il se l'est faite en tombant sur le trottoir. Mais il y en a une autre, juste à gauche de la première, de forme cylindrique. Provoquée, autrement dit, par un objet ayant cet aspect, comme les tubes avec lesquels on élève les échafaudages. Cependant, j'ai l'impression que le diamètre est inférieur à celui des tubulures standard qu'on peut voir un peu partout.

– Et puis ?

– Il n'y a pas trace de rouille dans la blessure. Ces tuyaux sont la plupart du temps encrassés par toutes sortes de débris, poussière, peinture, rouille, mais la blessure n'en porte pas la moindre trace.

– Ils l'ont peut-être lavée à l'hôpital.

– Elle a été lavée, mais j'ai retrouvé des fragments de métal fichés dans l'os du crâne. Mais pas de boue, pas de rouille, pas de peinture.

– Quel genre de métal ? demanda Brunetti, qui soupçonnait que ce n'était pas une raison suffisante pour décider Rizzardi à l'appeler.

– Du cuivre. »

Comme Brunetti ne faisait aucun commentaire, le médecin ajouta :

« Il ne m'appartient pas de te dire ce que tu as à faire, mais ce serait peut-être une bonne idée d'envoyer une équipe de spécialistes sur les lieux, le plus tôt possible.

– Oui, c'est ce que je vais faire, répondit Brunetti, soulagé à l'idée qu'il était responsable de la vice-questure aujourd'hui. As-tu trouvé autre chose ?

– Il a les deux bras cassés, mais tu dois déjà le savoir. Et les ecchymoses qu'il présente aux mains sont sans doute la conséquence de sa chute.

– As-tu une idée de la hauteur de laquelle il est tombé ?

– Je ne suis pas spécialiste de ce genre de choses ; elles n'arrivent que très rarement. Mais j'ai jeté un coup d'œil dans deux ou trois bouquins, et je dirais qu'il a fait une chute d'une dizaine de mètres.

– Du troisième étage, autrement dit.

– Possible. Au moins du deuxième.

– Peut-on déduire quelque chose de la manière dont il a touché le sol ?

– Non. En revanche, on dirait qu'il a essayé de se traîner en avant, une fois par terre. Son pantalon est complètement déchiré à hauteur des deux genoux, qui sont en sang ; il présente aussi des éraflures, sur une cheville, qui proviennent sans doute du frottement sur le trottoir. »

Brunetti l'interrompit :

« As-tu un moyen de dire laquelle des deux blessures l'a tué ?

– Non. »

Rizzardi avait répondu instantanément, comme si c'était une question qu'il avait prévue. Il attendit que Brunetti le relance, mais celui-ci, ne voyant plus rien de particulier à demander, se contenta d'un vague :

« Rien d'autre ?

– Non. Il était en bonne santé et aurait pu vivre longtemps.

– Pauvre garçon...

– Le type de la morgue m'a dit que tu le connaissais. C'était un ami ? »

Brunetti n'hésita pas et répondit que oui.

12

BRUNETTI APPELA les Telecom, se présenta comme officier de police et expliqua qu'il essayait de retrouver un numéro de téléphone auquel manquait le code de la ville, car il n'avait que les sept derniers chiffres ; pouvait-on lui donner les villes dans lesquelles ces sept numéros étaient attribués ? Sans même penser à vérifier l'authenticité de cet appel, sans même suggérer de le rappeler à la vice-questure, la femme qui lui avait répondu expliqua qu'elle en aurait pour quelques instants, le temps de consulter son ordinateur, et le mit en attente. Au moins n'y avait-il pas de musique. Elle revint rapidement en ligne et lui dit qu'il y avait quatre possibilités : Piacenza, Ferrare, Aquilea et Messine.

Brunetti lui demanda alors les noms des personnes à qui ces numéros étaient attribués ; mais la femme se replia derrière le règlement des Telecom italiennes, les lois sur la protection de la vie privée et les « dispositions légales ». Elle expliqua qu'il lui fallait un appel de la police ou de tout autre organisme d'État. Patiemment, sans élever la voix, Brunetti répéta qu'il était commissaire de police, justement, et qu'elle pouvait le rappeler à la vice-questure de Venise. Lorsqu'elle lui demanda le numéro, Brunetti eut la tentation de lui faire remarquer qu'elle aurait été mieux avisée de le vérifier dans son annuaire, pour être bien sûre que c'était celui de la police. Mais il s'en garda bien et le lui donna, ainsi que son nom, avant de raccrocher. Le téléphone se remit presque aussitôt à sonner, et la femme lui donna les quatre noms et adresses.

Les noms ne lui dirent rien. Le numéro de Piacenza correspondait à une agence de location de voitures, celui de Ferrare à deux noms conjoints qui formaient celui d'une entreprise, ou peut-être d'une boutique ; et quant aux deux autres, il s'agissait à priori d'adresses privées. Brunetti composa le numéro de Piacenza, et un homme décrocha au bout de quelques instants. Il expliqua qu'il était de la police de Venise ; pouvaient-ils vérifier dans leurs dossiers s'ils n'auraient pas loué une voiture à un Vénitien du nom de Franco Rossi ? Ce nom ne leur disait-il pas quelque chose ? L'homme demanda à Brunetti d'attendre un moment, couvrit le combiné et parla à quelqu'un d'autre. Ce fut alors une femme qui prit la ligne et lui fit répéter sa requête, après quoi elle aussi lui demanda d'attendre un peu. Le *un peu* se transforma en plusieurs minutes, et quand elle revint, ce fut pour dire qu'elle était désolée, mais qu'elle n'avait aucune fiche de client avec ce nom.

Quand il composa le numéro de Ferrare, Brunetti tomba sur un répondeur de bureau qui lui demanda de laisser ses coordonnées chez Gavini et Cappelli, ainsi que les raisons de son appel. Il raccrocha.

À Aquilea, il eut affaire à une femme apparemment âgée qui lui dit n'avoir jamais entendu parler de Franco Rossi. Quant au numéro de Messine, il n'était plus attribué.

Il n'avait pas trouvé de permis de conduire dans le portefeuille de Rossi. Que beaucoup de Vénitiens ne possèdent pas de voiture ne les dissuadait pas pour autant de passer leur permis : même l'absence de routes ne suffisait pas à contenir l'amour de la vitesse d'un Italien. Brunetti appela donc le service des permis, où on lui apprit qu'on comptait neuf Franco Rossi titulaires d'un permis. Vérifiant la date de naissance sur la carte de fonction de Rossi, il la communiqua à l'employé, mais aucun permis n'avait été délivré au fonctionnaire.

Il fit une dernière tentative avec le numéro de Ferrare,

mais il n'y avait toujours personne. Puis son propre téléphone sonna.

« Commissaire ?

– Oui, Vianello.

– On vient juste d'avoir un appel du poste de Cannaregio.

– Celui des Tre Archi ?

– Oui, monsieur.

– Qu'est-ce qui se passe ?

– Un homme les a appelés pour leur dire qu'une odeur émanait de l'appartement situé au-dessus du sien, une odeur infecte. »

Brunetti attendit ; il ne fallait pas avoir beaucoup d'imagination pour deviner ce qui allait suivre : on ne dérangeait pas un commissaire pour une plomberie défectueuse ou des détritus abandonnés.

« Il s'agit d'un étudiant, continua Vianello, mettant fin à toute spéculation.

– Et de quoi est-il mort ?

– D'une overdose, il semblerait. C'est en tout cas ce qu'ils m'ont dit.

– De quand date leur appel ?

– D'il y a dix minutes, environ.

– Allons-y. »

Lorsqu'ils quittèrent la vice-questure, la chaleur surprit Brunetti. Assez bizarrement, alors qu'il savait toujours le jour de la semaine et en général la date, il devait très souvent réfléchir pour savoir si on était en automne ou au printemps. Si bien qu'il dut faire un effort pour chasser cette impression de désorientation et se souvenir qu'on était au printemps, et qu'il fallait s'attendre à ce qu'il fasse de plus en plus chaud.

Ils avaient un autre pilote, aujourd'hui, un certain Pertile que Brunetti trouvait antipathique. Ils montèrent sur la vedette, lui, Vianello et deux hommes de l'équipe technique. L'un de ces derniers se chargea de dégager l'amarre et le bateau fonça dans le *bacino* avant de tourner dans le canal de l'Arsenal. Pertile brancha la sirène et accéléra dans les eaux calmes, coupant la route à un vaporetto qui venait juste de quitter l'arrêt de Tana.

« Hé, Pertile, ce n'est pas une alerte nucléaire », lança Brunetti.

Le pilote jeta un coup d'œil à ses passagers ; une de ses mains quitta la barre et la sirène se tut. Brunetti eut l'impression que le bateau accélérait encore, mais il s'abstint de dire quoi que ce soit. Derrière l'Arsenal, Pertile vira sèchement à gauche et passa devant les arrêts habituels : l'hôpital, Fondamenta Nuove, Madonna dell'Orto, San Alvise, avant de s'engager dans le début du canal de Cannaregio. Juste après le premier arrêt, un officier de police en faction sur la berge leur fit signe d'approcher dès qu'il les vit.

Vianello lui lança une corde que l'homme attacha à un anneau de fer, sur le quai ; puis, quand il vit Brunetti, il le salua et lui tendit la main pour l'aider à descendre.

« Où est-il ? demanda le commissaire dès qu'il eut mis le pied sur la terre ferme.

– Par ici, monsieur », répondit l'homme en faisant aussitôt demi-tour pour s'élancer dans une étroite ruelle qui partait perpendiculairement à la rive et s'enfonçait dans Cannaregio.

Les autres lui emboîtèrent le pas, et Vianello se tourna pour dire à Pertile de les attendre. Puis c'est en file indienne que le petit groupe s'avança dans la *calle*, Brunetti et l'officier qui l'avait accueilli en tête.

Ils n'eurent pas à aller bien loin et trouvèrent la maison sans le moindre problème : une petite foule était rassemblée devant une porte d'entrée gardée par un policier en uniforme, bras croisés.

Un homme sortit du groupe au moment où Brunetti s'approchait, mais il ne chercha pas à venir au-devant des nouveaux arrivants. Il resta simplement à l'écart, les mains sur les hanches, et regarda les renforts de police faire leur entrée. Il était grand, maigre à faire peur, et avait le nez d'ivrogne le plus monstrueux que Brunetti eût jamais vu : enflammé, boursouflé, grêlé de trous, et pratiquement bleu à son extrémité. Cela lui rappelait la trogne d'un personnage, dans un tableau d'un ancien maître hollandais – peut-être *Le Christ portant sa croix* ? –, au milieu d'autres faces horribles, déformées, n'annonçant que souffrances et malheurs à ceux qui s'aventuraient dans leurs parages diaboliques.

« C'est l'homme qui l'a trouvé ? demanda à voix basse Brunetti à son guide.

– Oui, monsieur. Il habite au premier étage. »

Ils s'approchèrent du personnage, qui mit les mains dans ses poches et commença à se balancer d'avant en arrière sur ses talons, comme s'il avait quelque chose d'urgent à faire et en voulait à la police de le retenir.

Brunetti s'arrêta devant lui.

« Bonjour, monsieur. C'est vous qui nous avez appelés ?

– Oui, c'est moi. Je suis étonné que vous vous soyez cassé le cul à venir aussi vite », dit-il d'une voix aussi chargée de rancœur et d'hostilité que son haleine l'était d'alcool et de café.

« Vous habitez l'étage en dessous ? demanda Brunetti, conservant un ton neutre.

– Ouais, depuis sept ans, et si mon enfoiré de proprio croit qu'il peut me virer en m'envoyant un avis sur papier timbré, il peut se le foutre quelque part, son papelard. »

Il parlait avec l'accent de la Giudecca et, comme nombre de natifs de cette île, paraissait penser que les grossièretés étaient aussi indispensables au langage parlé que l'air pour respirer.

« Depuis combien de temps votre voisin vit-il ici ?

– On peut plus dire qu'il y vit, pas vrai ? répliqua l'homme, se pliant en deux pour éclater d'un rire prolongé qui se termina par un accès de toux.

– Depuis combien de temps *vivait-il* ici ? » demanda Brunetti quand l'autre eut arrêté de tousser.

Le voisin se redressa et regarda plus attentivement le commissaire. Ce dernier l'examina aussi, notant les plaques blanches qui pelaient sur la peau cramoisie de l'homme et ses yeux jaunis d'hépatique.

« Deux ou trois mois. Faudra demander au proprio. Je le voyais de temps en temps dans l'escalier.

– Des gens lui rendaient-ils visite ?

– Je ne sais pas, moi, dit l'homme avec une agressivité soudaine. Je m'occupe pas des affaires des autres. En plus, il était étudiant. J'ai rien à raconter à des types comme ça. Ces petits cons, ça croit tout savoir.

– Était-il comme ça, lui aussi ? » demanda Brunetti.

Pris de court, étonné d'avoir à examiner un cas précis pour vérifier s'il correspondait à ses préjugés, l'homme réfléchit quelques instants avant de répondre.

« Heu, non, mais comme je vous ai dit, je l'ai juste vu trois ou quatre fois dans l'escalier.

– Ayez l'amabilité de donner votre nom au sergent », dit Brunetti avec un geste vers le policier qui les avait accueillis sur le quai.

Puis il se tourna et franchit les deux marches qui conduisaient au seuil de la maison, où le policier de garde le salua. Derrière lui, il entendit le voisin de l'étudiant lui lancer :

« Il s'appelait Marco. »

Vianello était resté dans son sillage, et il lui demanda de voir ce qu'il pouvait glaner auprès des gens du quartier. Le sergent s'éloigna, et le policier de faction s'effaça pour laisser passer le commissaire.

« Deuxième étage », dit-il.

Brunetti jeta un coup d'œil sur l'étroit escalier. Derrière lui, le policier appuya sur un interrupteur, mais l'ampoule anémique qui s'alluma ne changea pas grand-chose, comme si elle n'avait aucune envie d'illuminer l'état de délabrement général, sordide, qui régnait sur les lieux. Peinture et enduit s'écaillaient sur les murs, et les débris avaient été repoussés dans les angles, à coups de pied, par les utilisateurs de l'escalier. Ici et là, des mégots et des bouts de papier froissés dépassaient de ces petits monticules.

Brunetti grimpa les marches. Les premiers effluves le rejoignirent sur le palier du premier. Proches, denses, pénétrants, ils étaient synonymes de pourriture et de charogne, de quelque malpropreté inhumaine. Tandis qu'il se rapprochait du deuxième étage et que la puanteur devenait plus forte, il y eut un instant terrible pendant lequel il se représenta l'avalanche des molécules putréfiées tombant sur lui, s'accrochant à ses vêtements, cascadant jusque dans son nez et sa gorge, comme un rappel impitoyable de sa condition de mortel.

Un troisième policier, le visage blême dans le faible éclairage, se tenait devant l'appartement. Brunetti fut navré de constater que la porte était fermée : cela signifiait que l'odeur serait encore plus épouvantable quand il l'ouvrirait. Le policier salua et s'écarta vivement de plusieurs pas.

« Tu peux redescendre, lui dit Brunetti, conscient que cela faisait presque une heure que le jeune homme était de faction ici. Va attendre dans la rue.

– Merci, monsieur », répondit ce dernier.

Il salua de nouveau et n'attendit pas un nouvel ordre pour contourner Brunetti d'un pas vif et prendre l'escalier.

Derrière lui, le commissaire entendit le piétinement et les bruits divers de l'équipe technique trimballant son matériel.

Il résista à l'impulsion de respirer à fond avant d'entrer, puisant plutôt dans son courage que dans l'air ambiant pour tourner le bouton de porte. À ce moment-là, un des hommes de l'équipe technique l'interpella :

« Commissaire ! prenez d'abord ceci. »

Lorsque Brunetti se tourna, le technicien déchirait l'emballage en plastique d'un masque de chirurgien. Il le tendit à Brunetti, en tendit un autre à son collègue et en prit un lui-même. Tous passèrent les élastiques autour des oreilles et placèrent le masque sur le nez et la bouche, soulagés de respirer l'odeur puissante des antiseptiques avec lesquels leurs protections avaient été traitées.

Brunetti ouvrit la porte et la puanteur leur sauta à la figure, couvrant l'odeur des produits chimiques. Il regarda autour de lui et vit qu'on avait ouvert toutes les fenêtres – sans doute la police –, si bien qu'en un sens la scène du crime était déjà contaminée. Il n'y avait cependant guère besoin de la protéger ; Cerbère lui-même aurait pris la fuite en hurlant, à cause de l'odeur.

Raide des pieds à la tête, tant il avait peu envie d'entrer, Brunetti franchit le seuil, les autres massés derrière lui. Le séjour était à peu près ce qu'on pouvait s'imaginer d'un étudiant : la pièce lui rappela même la manière dont lui et ses condisciples vivaient quand ils étaient à l'université. Un canapé avachi était recouvert d'un bout de tissu indien jeté par-dessus le dossier, les pans coincés sous les coussins et les accoudoirs, pour créer l'illusion que le siège était normalement recouvert. Une table toute en longueur s'appuyait au mur, couverte de papiers et de livres ; une orange en partie tapissée de moisi était abandonnée dessus. Les deux autres sièges croulaient sous des empilements de bouquins et de vêtements.

Le jeune homme gisait sur le sol de la cuisine, allongé sur le dos. Son bras gauche était relevé derrière la tête, l'aiguille qui l'avait tué encore plantée dans la veine, juste en dessous du creux du coude. Il avait la main droite posée sur le crâne, le geste que faisait Raffi, se rendit compte Brunetti, lorsqu'il prenait conscience d'avoir commis une erreur ou fait quelque chose de stupide. On voyait, sur la table, ce à quoi il fallait s'attendre : une cuillère, une bougie et la minuscule enveloppe de plastique qui avait contenu la substance fatale. Brunetti détourna les yeux. La fenêtre ouverte de la cuisine donnait sur une ouverture semblable, aux volets fermés, de l'autre côté de la rue.

L'un des hommes du labo avait suivi le commissaire.

« Dois-je le recouvrir, monsieur ? demanda-t-il après avoir jeté un coup d'œil au cadavre.

– Non. Il vaut mieux attendre que le légiste l'ait vu. Qui doit venir ?

– Guerrerio, monsieur.

– Pas Rizzardi ?

– Non, monsieur. C'est Guerrerio qui est de service, aujourd'hui. »

Brunetti acquiesça et retourna dans le séjour. L'élastique du masque frottait désagréablement contre sa joue et il enleva donc la protection, qu'il fourra dans sa poche. L'odeur fut pire pendant quelques instants, puis s'atténua. Le deuxième technicien passa à son tour dans la cuisine, portant son appareil photo monté sur trépied. Le commissaire entendit les deux hommes qui discutaient à voix basse de la meilleure façon d'enregistrer la scène pour cette ultime partie de l'histoire de Marco, étudiant décédé une aiguille dans le bras, histoire qui se retrouverait consignée dans les archives de la police de Venise, perle de l'Adriatique. Brunetti s'approcha de la table faisant office de bureau et contempla le désordre de papiers et de livres qui y régnait, tellement semblable à celui qui s'empilait sur son propre bureau quand il était étudiant, tellement semblable au bazar que son propre fils laissait dans son sillage tous les matins, avant de partir en classe.

Le commissaire trouva le nom du jeune homme à l'intérieur de la couverture d'un ouvrage d'architecture : Marco Landi. Il parcourut sans se presser les papiers, lisant un paragraphe ou une phrase ici et là. Il apprit ainsi que Marco préparait un article consacré aux jardins de quatre des villas du XVIIIe siècle situées entre Venise et Padoue ; il y avait, sur la table, plusieurs ouvrages et photocopies d'articles sur l'architecture des jardins, ainsi que quelques dessins sur ce thème qui paraissaient être de la main du jeune homme. Brunetti étudia longtemps un grand dessin représentant un jardin à la française, où chaque arbre et arbuste étaient représentés avec la plus grande précision. On pouvait même lire l'heure sur un cadran solaire placé à côté d'une fontaine : seize heures quinze. Dans l'angle inférieur droit du dessin, il remarqua, à demi cachés derrière un gros laurier-rose, deux lapins qui regardaient avec curiosité vers le spectateur ; ils paraissaient bien nourris et heureux de vivre. Il reposa le dessin et en prit un autre, apparemment destiné à un projet différent ; il représentait une maison au style moderne sévère, avec une partie en surplomb au-dessus de ce qui pouvait être une falaise ou une gorge. Il étudia le dessin et finit par y découvrir de nouveau les lapins, l'air narquois, dissimulés derrière ce qui ressemblait à un échantillon de sculpture moderne posé sur la pelouse, devant la maison. Dans tous les dessins que Brunetti étudia, il retrouva le même couple de lapins, ayant parfois beaucoup de mal à les débusquer, tant ils étaient habilement camouflés : ici dans un coin de fenêtre à l'intérieur d'un appartement, ou là, risquant un œil par le pare-brise d'une voiture garée devant une maison. Le policier se demanda comment les professeurs de Marco avaient accueilli ces apparitions dans chacun de ses projets : avaient-ils été amusés ? Agacés ? Puis il se prit à penser au jeune homme qui les avait systématiquement placés là. Pourquoi des lapins ? Et pourquoi un couple ?

Il reporta son attention sur une lettre écrite à la main qui traînait à côté des dessins. Elle ne comportait pas d'adresse d'expéditeur et, si le cachet de la poste indiquait qu'elle venait de quelque part dans le Trentin, l'encre avait bavé et il était impossible de déchiffrer le nom du village. Il alla directement au bas de la feuille et vit qu'elle était signée *« Mamma »*.

Brunetti ne put s'empêcher de détourner un instant les yeux avant de la lire. Elle contenait les nouvelles habituelles : *Papà* avait beaucoup de travail avec les plantations de printemps, Maria (sans doute la jeune sœur de Marco, supposa Brunetti) travaillait bien en classe ; Briciola s'était une fois de plus lancée aux trousses du facteur ; elle-même allait bien et espérait que Marco étudiait et avait de bons résultats à l'école d'architecture, et qu'il n'avait plus d'ennuis. Non, signora, votre Marco n'aura plus jamais d'ennuis, mais vous, à partir d'aujourd'hui et jusqu'à la fin de vos jours, vous allez connaître la souffrance d'avoir perdu un enfant et le sentiment terrible que vous n'avez peut-être pas fait ce qu'il fallait. Et vous aurez beau vous dire et vous répéter que vous n'êtes pas responsable de ce qui s'est passé, vous garderez, tout au fond de vous, la certitude absolue du contraire.

Il reposa la lettre et parcourut rapidement le reste des papiers : il y avait d'autres lettres de la mère de Marco, qu'il ne lut pas. Finalement, dans le tiroir du haut du meuble en pin situé à gauche de la table, il trouva un petit carnet où figuraient l'adresse et le numéro de téléphone des parents du jeune étudiant. Il le glissa dans la poche intérieure de son veston.

Un bruit à la porte le fit se retourner et il vit arriver Gianpaolo Guerriero, l'assistant de Rizzardi. Brunetti n'avait aucun mal à déchiffrer l'ambition sur les traits émaciés et encore juvéniles de Guerriero, dans la rapidité de chacun de ses gestes – à moins que ce ne fût rien de plus, peut-être, qu'une interprétation ; il le savait en effet ambitieux et détectait donc cette qualité (qu'il n'arrivait pas à considérer comme une vertu) dans tout ce que l'homme faisait. Il aurait aimé le trouver sympathique, parce que le jeune légiste, avait-il pu constater, était respectueux des morts sur lesquels il opérait, mais il avait aussi une sorte de sincérité sans humour qui rendait difficile au policier d'éprouver autre chose pour lui que de l'estime. Comme Rizzardi, il était toujours très bien habillé, et le costume gris qu'il portait aujourd'hui soulignait discrètement son élégance naturelle et sa bonne mine. Il était suivi de deux employés de la morgue portant une civière. D'un signe de tête, Brunetti leur indiqua la cuisine, et les deux hommes y passèrent aussitôt.

« Ne touchez à rien, leur lança inutilement Guerriero, avant de tendre la main à Brunetti. On m'a dit qu'il s'agissait d'une overdose ?

– Tout porte à le croire. »

Aucun bruit ne venait de l'autre pièce, et Guerriero y pénétra à son tour. La sacoche qu'il tenait à la main, ne put s'empêcher de remarquer Brunetti, était signée Prada.

Le commissaire resta dans le séjour et, en attendant que le légiste ait fini ses constatations, mains posées sur la table, étudia à nouveau les dessins de Marco. Il aurait aimé sourire en voyant les lapins, mais il en était incapable.

Guerriero ne resta dans la cuisine que quelques minutes, et il s'arrêta à la porte pour retirer son masque chirurgical.

« Si c'est de l'héroïne, comme je le soupçonne fortement, dit-il, la mort a dû être instantanée. Vous l'avez vu : il n'a même pas eu le temps de retirer l'aiguille de son bras.

– Mais comment cela a-t-il pu arriver ? Et pourquoi, s'il était accro ? »

Guerriero réfléchit avant de répondre :

« S'il s'agit d'héroïne, elle a pu être mélangée à toutes sortes de saloperies. Ce qui a pu suffire. Ou bien, s'il avait arrêté pendant un moment, il a pu réagir à un dosage qu'il aurait supporté lorsqu'il se piquait régulièrement. En particulier s'il est tombé sur un mélange particulièrement pur.

– Qu'est-ce que vous en pensez, vous-même ? »

Lorsqu'il vit que le légiste s'apprêtait à lui donner une réponse vague, automatique et sans doute prudente, il leva la main et ajouta :

« Pas officiellement. Entre nous. »

Guerriero réfléchit longuement avant de répondre, et Brunetti ne put s'empêcher de penser que le jeune médecin pesait le pour et le contre, en matière de conséquences professionnelles, au cas où on découvrirait qu'il avait émis un jugement absolument pas officiel.

« Je pencherais davantage pour la deuxième hypothèse », finit-il par dire.

Brunetti se garda de le relancer, attendant au contraire tranquillement que l'homme continue.

« Je n'ai pas vérifié tout le corps, reprit Guerriero. Rien que les bras ; mais ils ne comportent aucune marque récente, alors qu'il y en a beaucoup d'anciennes. S'il avait pris de l'héroïne récemment, il se serait piqué au bras. Les drogués ont tendance à utiliser les mêmes endroits. À mon avis, il avait dû arrêter pendant deux ou trois mois.

– Et il a replongé ?

– Oui, on dirait. Je pourrai vous en dire davantage quand je l'aurai examiné.

– Je vous remercie, dottore, dit Brunetti. Ils vont l'emporter ?

– Oui. Je leur ai demandé de le mettre dans un sac. Comme les fenêtres sont ouvertes, l'atmosphère va rapidement s'améliorer, ici.

– Bien. Merci encore. »

Guerriero leva une main en signe d'acquiescement.

« Quand allez-vous pratiquer l'autopsie ? demanda Brunetti.

– Demain matin, vraisemblablement. C'est plutôt calme, à l'hôpital, en ce moment. On dirait que les gens meurent beaucoup moins au printemps. Étrange, non ?

J'ai laissé son portefeuille et le contenu de ses poches sur la table de la cuisine », enchaîna Guerriero lorsqu'il vit que Brunetti ne répondait pas.

Puis il ouvrit sa sacoche et y rangea le masque.

« Merci. Appelez-moi si vous trouvez quelque chose, d'accord ?

– Bien entendu. »

Guerriero serra la main de Brunetti et quitta l'appartement.

Des bruits en provenance de la cuisine avaient ponctué cette conversation, et les deux employés de la morgue émergèrent de la pièce sur les talons du légiste, portant la civière déployée contenant le fardeau empaqueté. Brunetti dut faire un effort pour ne pas penser à la manière dont les deux hommes allaient négocier l'étroit et tortueux escalier ; ils passèrent devant lui sans s'arrêter, lui adressant un simple signe de tête.

Le bruit de leurs pas faiblit au fur et à mesure qu'ils descendaient, et Brunetti passa dans la cuisine.

Le plus grand des deux techniciens de labo (Brunetti pensait qu'il s'appelait Santini mais n'en était pas sûr) leva les yeux.

« On n'a rien trouvé ici, monsieur.

– Avez-vous vérifié s'il avait des papiers ? » demanda Brunetti avec un geste vers le portefeuille et la petite pile de papiers et de pièces de monnaie, sur la table.

C'est le partenaire de Santini qui répondit :

« Non, monsieur. On a pensé que vous préféreriez le faire vous-même.

– Y a-t-il d'autres pièces ?

– Rien qu'une salle de bains, répondit Santini avec un geste vers le fond de l'appartement. Il devait dormir sur le canapé, dans le séjour.

– Rien dans la salle de bains ?

– Non, pas d'aiguille, répondit une fois de plus le collègue de Santini. Aucune trace. Juste les objets qu'on trouve en principe dans une salle de bains : dentifrice, crème à raser, un paquet de rasoirs jetables, aspirine, mais pas l'attirail habituel des drogués. »

Brunetti trouva instructif que le technicien ait fait spontanément ce commentaire.

« Et vous en déduisez quoi ?

– Que ce gosse était *clean.* »

Il avait répondu sans hésiter. Brunetti jeta un coup d'œil à Santini, qui acquiesça d'un hochement de tête. L'autre technicien poursuivit :

« Nous n'en avons que trop vu, de ces petits jeunes, et vous pouvez pas imaginer dans quel état ils sont. Des plaies partout sur le corps, pas seulement aux bras. »

Il leva une main et l'agita, comme pour chasser le souvenir de tous ces jeunes corps qu'il avait vus gisant de leur mort achetée à coups de shoots.

« Mais lui n'avait aucune marque récente. »

Les trois hommes gardèrent quelques instants le silence, et c'est finalement Santini qui le rompit.

« Est-ce que vous voulez que nous fassions autre chose, monsieur ?

– Non, je ne crois pas. »

Il remarqua que les techniciens avaient eux aussi retiré leur masque et que l'odeur était plus faible, même ici où le cadavre était resté on ne savait combien de temps.

« Allez donc prendre un café, tous les deux. Je vais examiner ça, ajouta-t-il avec un geste vers le portefeuille. Je m'occuperai de fermer avant de descendre. »

Les deux hommes ne firent aucune objection et partirent. Brunetti prit alors le portefeuille et souffla pour chasser la fine poussière grise déposée dessus. Il contenait cinquante-sept mille lires. Il y avait en outre deux mille sept cents lires en pièces sur la table – celles que le légiste avait sorties des poches du jeune homme. Brunetti trouva la carte d'identité de Marco, qui donnait sa date de naissance. Brusquement, il fourra le tout – argent, papiers, portefeuille – dans sa poche. Il avait vu un jeu de clefs sur la table proche de la porte. Après avoir vérifié que les volets fermaient bien, il les tira tous et verrouilla les fenêtres de l'appartement. Puis il donna deux tours de clef à la porte palière et descendit.

Dehors, il trouva Vianello en compagnie d'un homme

âgé vers lequel il se penchait pour mieux l'entendre. Lorsque le sergent vit Brunetti émerger de l'immeuble, il tapota le bras du vieillard et le quitta. S'approchant du commissaire, il secoua la tête.

« Personne n'a rien vu. Personne ne sait rien. »

13

BRUNETTI RETOURNA à la vice-questure avec la vedette, en compagnie de Vianello et des hommes du labo ; il fut content de sentir le vent de la course qui, espérait-il, allait les débarrasser des miasmes de l'appartement qu'ils avaient emportés avec eux. Aucun d'eux n'y fit allusion, mais Brunetti savait qu'il ne se sentirait vraiment propre que lorsqu'il aurait quitté tous les vêtements qu'il avait portés aujourd'hui, et passé un long moment sous le jet bienfaisant de la douche. Même dans la chaleur de plus en plus sensible de ce jour de printemps, il mourait d'envie de sentir couler sur lui une eau bien chaude et fumante, puis d'éprouver le frottement rugueux d'une serviette sur chaque centimètre carré de son corps.

Les techniciens avaient emporté avec eux les outils qui avaient présidé à la mort de Marco ; s'ils nourrissaient peu d'espoir de relever d'autres empreintes sur la seringue que celles du jeune homme, il restait tout de même une chance d'en découvrir d'autres sur le sachet en plastique retrouvé sur la table de la cuisine ; un fragment correspondant à une des empreintes conservées dans leur fichier aurait suffi.

Lorsqu'ils arrivèrent à la vice-questure, le pilote aborda trop rapidement ; le bateau heurta le quai et fit se bousculer tous les occupants. Un des techniciens attrapa l'épaule de Brunetti pour ne pas tomber lui-même dans l'escalier conduisant à la cabine. Le pilote coupa le moteur et sauta à terre, tenant une amarre qu'il s'employa aussitôt à attacher, sans se préoccuper du sort de ses passagers. C'est un Brunetti silencieux qui entraîna son équipe jusqu'au bâtiment.

Le commissaire se rendit directement dans le bureau de la signorina Elettra. Elle était au téléphone et, lorsqu'elle le vit, leva la main pour lui faire signe d'attendre. Il entra à contrecœur, inquiet de faire pénétrer avec lui dans la petite pièce l'odeur agrippée sinon à ses vêtements, du moins à son imagination. Il remarqua que la fenêtre était ouverte et s'en approcha. Un grand vase contenant des lis était posé devant ; les fleurs emplissaient l'air de ce parfum douceâtre, écœurant, qu'il avait toujours détesté.

Le sentant impatient, la signorina Elettra lui jeta un coup d'œil, écarta l'écouteur de son oreille et agita la main en l'air comme pour signifier que son correspondant commençait à l'agacer. Puis elle reprit l'écouteur, marmonna deux ou trois vagues *si*, mais sans laisser transparaître son impatience. Une minute passa, la jeune femme tenant à nouveau l'écouteur écarté de son oreille ; puis elle le rapprocha brusquement, remercia, dit au revoir et raccrocha.

« Tout ça pour me dire qu'il ne peut pas venir ce soir », offrit-elle en guise d'excuse.

Explication laconique mais qui suffit à Brunetti pour se poser quelques questions : quand ça ? Où ça ? Et surtout, qui ça ? Mais il ne dit rien.

« Comment c'était ? demanda-t-elle.

– Pas beau à voir. Il avait vingt ans. Et on ignore depuis combien de temps il était là.

– Avec cette chaleur... »

Ce n'était pas une question, plutôt l'expression de sa sympathie.

Brunetti acquiesça.

« La drogue, une overdose. »

Elle ne fit aucun commentaire, mais ferma les yeux et dit :

« J'ai essayé de m'informer sur la question auprès de quelques amis, mais ils me répondent tous la même chose : qu'en matière de drogue Venise est un très petit marché... Il doit tout de même être assez grand pour quelqu'un, puisqu'il y a bien un type qui a vendu à ce garçon la cochonnerie qui l'a tué. »

Brunetti trouva étrange que la signorina Elettra parle de Marco comme d'un « garçon », alors qu'elle n'avait peut-être même pas dix ans de plus que lui.

« Il va falloir que j'appelle ses parents », dit-il.

Elle consulta sa montre, et il en fit autant ; à son grand étonnement, il n'était que treize heures dix. La mort rendait le temps réel dépourvu de sens. Il avait l'impression d'avoir passé des heures dans cet appartement.

« Vous devriez peut-être attendre encore un peu, monsieur. »

Avant qu'il ait pu demander pourquoi, elle s'expliqua :

« Comme ça, le père aura une chance d'être là, et ils auront peut-être fini de déjeuner. Ce serait mieux pour eux d'être ensemble quand vous le leur direz.

– Vous avez raison. Je n'y avais pas pensé. Je vais attendre un peu. »

Il n'avait aucune idée de ce qu'il allait pouvoir faire d'ici le moment où il décrocherait son téléphone.

La signorina Elettra appuya sur une touche de son ordinateur ; l'appareil se mit soudain à émettre un ronronnement, puis l'écran devint vide.

« Je crois que je vais arrêter, pour le moment, et aller prendre un *ombra* avant le déjeuner. Voulez-vous venir avec moi, monsieur ? »

Elle sourit devant tant de témérité de sa part : un homme marié, son patron, et elle l'invitait à venir prendre un verre.

Brunetti, ému par ce que ce geste avait en fait de charitable, accepta.

« Volontiers, signorina. Ça me fera plaisir. »

Il appela peu après deux heures de l'après-midi. C'est une femme qui décrocha, et Brunetti demanda à parler au signor Landi. Elle ne lui posa aucune question, et Brunetti rendit silencieusement grâce à ce manque de curiosité.

« Landi, fit une voix profonde.

– Signor Landi, je suis le commissaire Guido Brunetti, et je vous appelle de la vice-questure de Venise. »

Avant qu'il ait pu poursuivre, Landi demanda d'une voix soudain plus forte et plus tendue :

« C'est pour Marco ?

– Oui, monsieur.

– C'est grave ? demanda l'homme d'une voix plus retenue cette fois.

– Ça ne pourrait pas être pire, j'en ai peur, signor Landi. »

Le silence s'installa sur la ligne. Brunetti imagina son correspondant, tenant son journal d'une main, le téléphone de l'autre, et se tournant vers la cuisine où sa femme faisait la vaisselle du dernier repas paisible qu'ils auraient partagé.

C'est d'une voix presque inaudible que Landi reprit la parole, mais il n'y avait qu'une chose qu'il pouvait demander, et Brunetti n'eut pas de mal à remplir les blancs.

« Vous voulez dire qu'il est mort ?

– Oui, signore. Je suis navré d'avoir à vous l'apprendre. Vous avez perdu votre fils. »

Il y eut un autre silence, plus long cette fois, et Landi demanda :

« Quand ?

– Nous l'avons trouvé aujourd'hui.

– Qui l'a trouvé ?

– La police. C'est un voisin qui nous a appelés. »

Brunetti ne put se résoudre à donner plus de détails ni à préciser que pas mal de temps s'était écoulé avant qu'on ne découvre le cadavre de Marco.

« Il a dit que cela faisait quelque temps qu'il n'avait pas vu Marco, et il nous a appelés pour qu'on regarde s'il était chez lui. C'est là que nous l'avons trouvé.

– La drogue ? »

L'autopsie n'était pas encore faite. Les mécanismes de l'État n'avaient pas encore soupesé ni jaugé les preuves et les indices entourant la mort du jeune homme, et n'avaient pas émis de jugement sur les causes du décès. Il était donc téméraire et irresponsable, de la part d'un haut responsable de la police – au point de mériter un blâme officiel –, de s'aventurer à donner son avis sur la question.

« Oui », répondit Brunetti.

À l'autre bout du fil, l'homme pleurait. Il était secoué de sanglots et de profonds hoquets tandis que, étouffé par le chagrin, il cherchait sa respiration. Une minute passa. Brunetti écarta l'écouteur de son oreille et regarda vers la gauche, en direction d'une plaque, apposée sur le mur, où étaient inscrits les noms des officiers de police morts pendant la Première Guerre mondiale. Il commença à les lire, ainsi que leurs dates de naissance et de décès. L'un d'eux était mort à vingt ans, l'âge de Marco.

De l'écouteur lui parvint le bruit lointain d'une voix plus haute, rendue plus aiguë encore par la curiosité ou bien la peur ; ce bruit fut coupé par Landi, qui venait de poser sa main sur le micro. Une autre minute passa. Puis ce fut à nouveau la voix de Landi. Brunetti remit l'écouteur contre son oreille, mais tout ce qu'il comprit fut : « Je vous rappellerai », et la ligne fut coupée.

Tandis qu'il attendait, il se mit à réfléchir à la nature de ce crime. Si Guerriero avait raison, et si Marco Landi était mort parce que son organisme avait perdu l'habitude du terrible choc de l'héroïne pendant le temps où il était resté sevré, quel crime avait été commis, ou plutôt, quel délit, sinon la vente d'une substance interdite ? Et quel genre de crime commettait-on lorsqu'on vendait de l'héroïne à un accro ? Où était le juge qui traiterait l'affaire autrement qu'en simple délit ? Si, par ailleurs, l'héroïne qui avait tué Marco avait été mélangée à une substance dangereuse ou mortelle, comment déterminer à quel stade de l'itinéraire du produit, entre les champs de pavot de l'Orient et les réseaux de revente de l'Occident, cette substance avait été ajoutée, et par qui ?

Il avait beau considérer les choses sous tous les angles, Brunetti ne voyait pas comment ce crime pourrait avoir des conséquences légales sérieuses. Il ne voyait pas non plus comment on pourrait jamais découvrir l'identité du responsable. Et pourtant, l'étudiant en architecture qui dessinait des lapins fantaisistes planqués avec humour dans chacun de ses dessins – cet étudiant était mort à cause de ça.

Il quitta son bureau et s'approcha de la fenêtre. Le soleil inondait le Campo San Lorenzo. Tous les vieillards de la maison de retraite avaient répondu à l'appel de la sieste et laissé la place aux chats et aux actifs. Brunetti se pencha, les mains appuyées au rebord, comme s'il cherchait quelque signe du destin dans cet espace.

Au bout d'une demi-heure, Landi rappela pour dire que lui et sa femme arriveraient à Venise à dix-neuf heures, et il demanda comment on se rendait à la vice-questure.

Lorsque Landi lui eut précisé qu'ils arriveraient en train, Brunetti lui dit qu'il les attendrait en personne et qu'il les accompagnerait en vedette jusqu'à l'hôpital.

« L'hôpital ? demanda Landi, soudain pris d'un espoir insensé.

– Désolé, signor Landi, mais c'est là qu'on les amène.

– Ah... » fut la seule réponse de l'homme, avant qu'il coupe la communication.

Plus tard, dans l'après-midi, Brunetti passa un coup de fil à un ami qui tenait un hôtel Campo Santa Marina et lui demanda s'il n'aurait pas une chambre pour un couple qui passerait peut-être la nuit à Venise. Les gens appelés quelque part par un désastre oublient facilement ce genre de détails – manger, dormir – et tout ce qui peut montrer que la vie continue.

Il demanda à Vianello de l'accompagner, sous prétexte que les Landi identifieraient plus facilement des policiers si l'un d'eux était en uniforme ; mais il savait aussi que c'était la présence de Vianello plus que celle de tout autre qu'il souhaitait, aussi bien pour lui que pour les Landi.

Le train arriva à l'heure, et ils n'eurent pas de mal à repérer les parents de Marco quand ceux-ci descendirent sur le quai. Grande et d'aspect austère, la signora Landi portait une robe grise que le voyage avait beaucoup froissée et était coiffée d'un petit chignon serré sur la nuque, comme c'était la mode au XIXe siècle. Son mari la tenait par le bras, et quiconque les aurait observés aurait compris qu'il ne s'agissait ni d'un geste de courtoisie ni d'une habitude : elle avançait d'un pas incertain, comme si elle était ivre ou souffrante. Landi était petit et solidement bâti ; son corps dur comme le fer, musculeux, trahissait une vie entière de labeur, de dur labeur. Dans d'autres circonstances, Brunetti aurait trouvé comique le contraste qu'ils offraient, mais pas aujourd'hui. Le visage de Landi avait la nuance sombre du cuir ; ses cheveux pâles ne protégeaient guère son crâne, lequel était aussi bronzé que sa figure. Il avait l'aspect de ceux qui passent l'essentiel de leur vie dehors et Brunetti se souvint de la lettre de la mère parlant des plantations de printemps.

Le couple aperçut l'uniforme de Vianello, et Landi dirigea sa femme vers les policiers. Brunetti se présenta, présenta son sergent et expliqua qu'un bateau les attendait. Seul Landi leur serra la main ; lui seul était capable de parler. Sa femme ne pouvait que hocher la tête et s'essuyer les yeux de la main gauche.

Tout se passa rapidement. À l'hôpital, Brunetti suggéra que le signor Landi procède seul à l'identification de Marco, mais ils tinrent absolument à aller voir ensemble ce qui restait de leur fils. Brunetti et Vianello attendirent à l'extérieur sans échanger un mot. Lorsque les Landi ressortirent de la salle, quelques minutes plus tard, ils sanglotaient tous les deux ouvertement. Les règles de procédure exigeaient une identification formelle par un proche, et que celle-ci soit formulée oralement ou par écrit en présence de l'officier supervisant les formalités.

Lorsqu'ils se furent calmés, la seule chose que fit Brunetti, cependant, fut de leur expliquer qu'il avait pris la liberté de leur réserver une chambre pour la nuit, au cas où ils auraient désiré rester.

Landi se tourna vers sa femme, mais elle secoua la tête.

« Non, nous allons rentrer, monsieur. Je crois qu'il vaut mieux. Il y a un train à vingt heures trente. On a vérifié avant de partir. »

L'homme avait raison. C'était mieux ainsi, et Brunetti le savait. L'autopsie allait avoir lieu demain, et c'était une chose dont les parents, si possible, ne devaient même pas entendre parler. Il les précéda jusqu'à l'entrée des urgences de l'hôpital, puis de là jusqu'à l'embarcadère où attendait la vedette de la police. Bonsuan les aperçut et, le temps qu'ils arrivent, il avait déjà lancé son moteur et défait l'amarre. Vianello prit le bras de la signora Landi pour l'aider à monter à bord et la conduire dans la cabine. Brunetti prit lui aussi le signor Landi par le bras mais, d'une légère pression, celui-ci lui fit comprendre qu'il ne voulait pas suivre sa femme à l'intérieur.

Pilotant son bateau avec autant d'aisance qu'il respirait, Bonsuan les écarta en douceur de l'appontement et laissa tourner son moteur à bas régime, si bien que leur passage fut pratiquement silencieux. Landi gardait les yeux baissés sur l'eau, peu désireux de contempler les beautés de cette ville qui lui avait pris son enfant.

« Pouvez-vous me parler un peu de Marco, signore ? demanda Brunetti.

– Que voulez-vous savoir? répondit l'homme sans détourner les yeux de l'eau.

– Étiez-vous au courant, pour la drogue ?

– Oui.

– Il avait arrêté ?

– C'est ce que je croyais. Il est venu chez nous à la fin de l'année dernière. Il nous a dit qu'il s'était sevré et qu'il voulait rester un certain temps à la maison avant de revenir ici. Il était en bonne santé, et il a travaillé comme un homme, cet hiver. À nous deux, nous avons refait le toit de la grange. On n'est pas capable d'abattre autant de travail quand on prend ces saletés ou que votre corps en est malade. »

Le bateau glissait toujours en douceur sur une eau que Landi ne quittait pas des yeux.

« Est-ce qu'il vous en a parlé ?

– De la drogue ?

– Oui.

– Une fois, seulement. Je ne supportais pas de l'entendre raconter ça.

– Vous a-t-il expliqué pourquoi il en prenait, ou comment il se la procurait ? »

L'homme leva enfin les yeux vers Brunetti. Ils étaient d'un bleu de glacier, et sa peau, bien que rendue rude par le vent et le soleil, était curieusement peu ridée.

« Qui peut comprendre pourquoi ils se font ça ? »

Il secoua la tête et retourna à la contemplation de l'eau.

Brunetti se retint de s'excuser des questions qu'il lui posait avant de demander :

« Savez-vous quelque chose de la vie qu'il menait ici ? Des amis qu'il avait ? De ce qu'il faisait ? »

C'est à une autre question que répondit Landi.

« Il avait toujours voulu être architecte. Depuis qu'il était petit garçon, il s'intéressait aux maisons, à la manière de les construire. Je ne comprends pas pourquoi. Je suis un simple paysan. Je ne connais qu'une seule chose, l'agriculture. »

Lorsque la vedette passa dans la lagune, une vague vint la faire tanguer sans que Landi perde l'équilibre, comme s'il n'avait rien senti.

« Mais il n'y a pas d'avenir dans la terre ; il n'y en a plus, et on ne peut plus en vivre correctement. Nous le comprenons tous, mais nous ne savons pas faire autre chose. »

Il soupira.

C'est toujours sans lever les yeux qu'il poursuivit :

« Marco est venu faire ses études ici. Il y a deux ans. Et quand il est revenu à la maison, à la fin de la première année, on a bien vu que quelque chose n'allait pas, mais nous ne savions pas quoi. »

Il regarda Brunetti.

« Nous sommes des gens simples : nous ignorons tout de ces choses, de la drogue... »

Il détourna de nouveau les yeux, vit les édifices, de l'autre côté de la lagune, et se remit à regarder l'eau.

Le vent forcit, et Brunetti dut se pencher pour entendre la suite.

« Il est revenu pour la Noël, l'an dernier. Il était très

perturbé. Alors je lui ai parlé, et il m'a raconté. Il m'a dit qu'il avait arrêté et qu'il ne voulait plus jamais recommencer, qu'il savait que ça le tuerait. »

Brunetti changea de position et vit les mains de travailleur de Landi s'agripper au garde-fou.

« Il n'arrivait pas à expliquer pourquoi il en prenait ou l'effet que ça lui faisait, mais je suis sûr qu'il était sincère lorsqu'il disait qu'il ne voulait plus en reprendre. Nous n'en avons pas parlé à sa mère. »

Comme le silence se prolongeait, Brunetti finit par demander :

« Et qu'est-ce qui est arrivé ?

– Il a passé le reste de l'hiver avec nous, et il a travaillé avec moi sur la grange. C'est comme ça que je sais qu'il allait bien. Puis, il y a deux mois, il a dit qu'il voulait reprendre ses études, qu'il n'y avait plus de risque. Je l'ai cru. Il est donc revenu ici, à Venise, et on avait l'impression que tout allait bien. Et puis vous avez appelé. »

La vedette quitta le canal de Cannaregio pour entrer dans le Grand Canal.

« Vous a-t-il parlé d'amis qu'il aurait eus ici ? » voulut savoir Brunetti.

La question parut troubler Landi.

« Il avait une petite amie chez nous. »

Il se tut, mais il était manifeste qu'il n'avait pas terminé.

« Mais je crois qu'il avait quelqu'un d'autre ici. Marco a téléphoné trois ou quatre fois à Venise, pendant l'hiver, et une fille l'a aussi appelé plusieurs fois et a demandé à lui parler. Mais il ne nous a jamais rien dit. »

Bonsuan passa une seconde en marche arrière et la vedette alla s'arrêter pile devant l'embarcadère de la gare ; le pilote coupa le moteur et sortit de la cabine. En silence, il lança un cordage autour d'une bitte d'amarrage et sauta à terre pour aligner le bateau au quai. Landi et Brunetti se tournèrent, et le fermier aida sa femme à grimper les dernières marches de la cabine puis, la tenant par le bras, à quitter la vedette.

Brunetti demanda à Landi ses billets de train, et les

confia à Vianello qui partit en avant d'un pas vif pour les composter et se renseigner sur le quai de départ. Le temps que les trois autres atteignent le haut des marches, le sergent était de retour. Il les conduisit au quai 5, où attendait le train pour Vérone. Ils le longèrent en silence jusqu'à ce que Vianello ait repéré un compartiment vide dans une voiture. Il alla se placer près de la portière correspondantc et offrit son bras à la signora Landi. Elle le prit et se hissa péniblement dans le train. Landi la suivit ; sur la dernière marche, il se tourna et tendit la main, tout d'abord à Vianello, puis à Brunetti. Il accompagna le geste d'un hochement de tête, mais il était à court de paroles. Après quoi, il suivit sa femme jusque dans le compartiment.

Brunetti et Vianello attendirent près de la portière jusqu'au moment où le chef de train agita son drapeau et donna un coup de sifflet, avant de monter dans la voiture alors que celle-ci commençait à s'ébranler ; la portière se referma automatiquement et le convoi prit la direction du pont et du continent. Au moment où le compartiment qu'occupaient les Landi passa à leur hauteur, Brunetti les vit assis côte à côte, lui la tenant par les épaules. Ils regardaient tous les deux, sans le voir, le siège vide qui leur faisait face, et ne se tournèrent pas vers la fenêtre.

14

SURPRIS D'AVOIR réussi à s'en souvenir, Brunetti téléphona à son ami hôtelier, depuis une cabine de la gare, pour annuler la réservation. Ce devoir accompli, il n'avait plus assez d'énergie pour faire autre chose que rentrer chez lui. Il embarqua avec Vianello sur le 82, mais ils ne trouvèrent rien à se dire tandis que le vaporetto les emportait vers le Rialto. Ils se saluèrent brièvement et Brunetti franchit le pont, le poids de tout ce malheur encore sur les épaules, avant de traverser le marché à présent fermé. Même la débauche d'orchidées, dans la vitrine de Biancat, ne fit rien pour lui remonter le moral, pas plus que les opulentes odeurs de cuisine qui émanaient de l'appartement du deuxième, dans son immeuble.

Chez lui, les effluves qui lui parvinrent étaient encore plus opulents : quelqu'un avait pris une douche ou un bain en utilisant le shampooing parfumé au romarin que Paola avait rapporté à la maison la semaine précédente, et elle-même avait préparé une poivronade de saucisses. Il espéra qu'elle avait pris la peine de faire des pâtes fraîches en accompagnement.

Il accrocha son veston dans le placard. Dès qu'il fut passé dans la cuisine, Chiara, lancée dans ce qui paraissait être un devoir de géographie, à voir les cartes, règle et rapporteur qui encombraient la table devant laquelle elle était assise, s'élança vers lui et le prit dans ses bras. Il eut une pensée pour l'odeur de l'appartement de Marco et dut faire un effort pour ne pas s'écarter de sa fille.

« Papa, dit-elle avant même qu'il ait eu le temps de l'embrasser ou de la saluer, est-ce que je pourrai prendre des leçons de voile, cet été ? »

C'est en vain que Brunetti chercha Paola du regard ; elle était la seule qui aurait peut-être eu une explication à lui fournir. Mais ils étaient seuls dans la cuisine.

« Des leçons de voile ?

– Oui, papa, dit-elle en arborant son plus beau sourire. J'essaie d'apprendre à naviguer toute seule avec un livre, mais je crois qu'il faut que quelqu'un d'autre m'apprenne comment on barre un voilier. »

Elle le prit par la main et l'entraîna jusqu'à la table ; elle était effectivement couverte de cartes, mais celles-ci représentaient exclusivement des rivages et les lieux où se rencontrent les terres et les eaux.

Elle s'écarta de lui pour regarder un livre qu'un autre volume maintenait ouvert sur la table.

« Regarde, papa, dit-elle en pointant une liste de chiffres, quand il n'y a pas de nuages, et comme ils ont un bon jeu de cartes et un chronomètre, ils peuvent dire exactement l'endroit où ils sont, partout dans le monde.

– Et qui sont ces gens capables d'un tel exploit ? demanda Brunetti, ouvrant le frigo pour en retirer une bouteille de tokay.

– Le capitaine Aubrey et son équipage, répondit-elle d'un ton qui suggérait que la chose aurait dû être évidente.

– Et qui est le capitaine Aubrey ?

– Le capitaine du *Surprise*, dit-elle, le regardant comme s'il venait de lui demander sa propre adresse.

– Le *Surprise* ? »

Il ne se sentait toujours pas plus éclairé.

« Dans les livres, papa, ceux sur la guerre avec les Français. »

Et avant qu'il ait pu reconnaître son ignorance, elle ajouta :

« Ils sont méchants, ces Français, pas vrai ? »

Brunetti, qui n'avait rien de spécial contre les Français et tenait les généralisations en horreur, n'avait toujours aucune idée de ce dont elle voulait parler. Il se servit un petit verre de vin, en but une longue rasade, puis une deuxième. Il jeta un nouveau coup d'œil sur les cartes et remarqua, sur les zones en bleu, de nombreux bateaux – des bateaux de style ancien surmontés de voiles blanches gonflées comme des nuages et, dans les angles, ce qu'il prit pour des tritons se soulevant des eaux et soufflant dans leur conque.

Il renonça.

« Qu'est-ce que c'est que tous ces bouquins, Chiara ?

– Ceux que maman m'a donnés. Ils sont en anglais et parlent d'un capitaine anglais et de son équipage pendant la guerre contre Napoléon. »

Ah, ces livres-là. Il prit une autre gorgée de vin.

« Et tu les aimes autant que maman ?

– Oh, répondit-elle en le regardant avec une expression sérieuse, personne ne peut les aimer autant qu'elle, à mon avis. »

Quatre ans auparavant et au bout de vingt ans de mariage, Brunetti s'était senti abandonné par son épouse pendant plus d'un mois : elle l'avait passé plongée dans la lecture systématique de dix-huit romans maritimes – d'après ses comptes – traitant de l'interminable guerre entre l'empereur français et l'Angleterre. Il avait trouvé le temps presque aussi long, vu qu'il avait été contraint d'avaler des repas confectionnés à la hâte, viande mal cuite, pain de l'avant-veille, et d'aller chercher refuge et consolation dans une consommation un peu excessive de grogs. Étant donné que rien d'autre ne paraissait intéresser Paola, il avait mis son nez dans l'un des bouquins en question, ne serait-ce que pour avoir un sujet de conversation avec elle pendant ces repas improvisés. Mais il l'avait trouvé décousu, rempli de faits étranges et d'animaux plus étranges encore, et sa tentative avait avorté au bout de quelques pages, sans qu'il ait eu le temps de faire la connaissance du capitaine Aubrey. Heureusement, Paola lisait vite, et elle était revenue au XXe siècle après avoir terminé le dernier, nullement affectée, en apparence, par les naufrages, batailles navales et épidémies de scorbut qui l'avaient menacée pendant toutes ces semaines.

D'où cette documentation.

« Il faudra que j'en parle à ta mère, dit-il.

– Que tu lui parles de quoi ? demanda Chiara, de nouveau penchée sur ses cartes, la main gauche s'activant sur sa calculette (objet, se dit Brunetti, que le capitaine Aubrey lui aurait sans doute envié).

– Des leçons de voile.

– Ah, oui, je meurs d'envie d'être à la barre d'un bateau, un jour. »

Brunetti la laissa, compléta son verre et en remplit un second, puis se dirigea vers le bureau de Paola. Elle était allongée sur le canapé et on ne voyait d'elle, au-dessus du livre qu'elle tenait, que le sommet de la tête.

« Captain Aubrey, I presume », dit-il.

Elle posa le livre sur son estomac et lui sourit. Sans un mot, elle prit le verre qu'il lui tendait, en but une gorgée et replia les jambes sous elle pour lui faire de la place.

« Mauvaise journée ? » demanda-t-elle lorsqu'il se fut assis.

Il soupira, s'enfonça dans les coussins et posa une main sur les chevilles de Paola.

« Une overdose. Il n'avait que vingt ans. Étudiant en architecture. »

Ils restèrent longtemps sans rien dire, et c'est elle qui rompit le silence.

« Quelle chance nous avons eue, tout de même, de naître à l'époque où nous sommes nés. »

Il lui jeta un coup d'œil, et elle enchaîna :

« Avant les drogues. Ou plutôt, avant que tout le monde se mette à se droguer. »

Elle but une nouvelle gorgée de vin.

« J'ai dû fumer un joint deux fois dans ma vie, en tout et pour tout. Et grâce à Dieu, cela ne m'a fait aucun effet.

– Pourquoi *grâce à Dieu* ?

– Parce que si ça m'avait plu, ou si ça m'avait fait l'effet que c'est censé faire aux autres, j'aurais pu avoir envie de recommencer. Ou de passer à quelque chose de plus fort. »

Il se dit qu'il avait eu la même chance.

« Et qu'est-ce qui l'a tué ? demanda-t-elle.

– De l'héroïne. »

Elle secoua la tête.

« Je viens de quitter ses parents. Son père est fermier. Ils sont descendus du Trentin pour l'identifier et sont repartis aussitôt.

– Ils ont d'autres enfants ?

– Il y a une sœur plus jeune, au moins, mais je ne sais pas s'ils en ont d'autres.

– J'espère, dit Paola en glissant les pieds sous les cuisses de Guido. Veux-tu manger ?

– Oui, mais je vais prendre une douche avant.

– Très bien. »

Elle se dégagea et posa les pieds sur le sol.

« J'ai préparé une poivronade de saucisses.

– Je sais.

– Je t'enverrai Chiara, quand ce sera prêt. »

Elle se leva, posa son verre encore à moitié plein sur la table voisine, et le laissa dans son bureau pour aller finir de préparer le repas.

Lorsqu'ils furent tous autour de la table (Raffi était arrivé juste à temps pour mettre les pieds dessous) et que Paola eut servi les pâtes, Brunetti commença à se sentir un peu mieux. La vue de ses deux enfants enroulant les *pappardelle* autour de leur fourchette le remplissait d'un sentiment animal de sécurité et de bien-être, et il se mit à manger les siennes avec plaisir. Paola avait pris la peine de faire griller les poivrons pour les peler, et ils étaient tendres et doux, exactement comme il les aimait. Les saucisses contenaient des grains de poivre rouge et blanc, enfouis comme autant de charges de dynamite au milieu de la chair hachée, prêtes à exploser au premier coup de dent ; et Gianni, le boucher, n'avait pas lésiné sur l'ail lorsqu'il les avait préparées.

Tout le monde se resservit et, toute honte bue, en prit autant que la première fois. Après quoi, c'est tout juste s'ils eurent assez de place pour quelques feuilles de salade – et cependant, celle-ci expédiée, chacun trouva un petit coin pour une minuscule portion de fraises parfumées d'une goutte de vinaigre balsamique.

Pendant tout ce temps, Chiara continua à jouer les vieux loups de mer, leur énumérant sans se lasser la flore et la faune des contrées lointaines et leur donnant cette information surprenante : la plupart des marins, au XVIIIe siècle, ne savaient pas nager ; elle entreprit même de leur détailler les symptômes du scorbut, jusqu'au moment où Paola lui rappela qu'ils étaient à table. Les enfants partirent, Raffi pour retrouver la grammaire grecque et Chiara, si Brunetti avait bien compris, un naufrage dans l'Atlantique sud.

« Tu crois qu'elle va lire tous ces bouquins ? » demanda-t-il à Paola.

Il sirotait une grappa et était resté dans la cuisine pour tenir compagnie à sa femme pendant qu'elle faisait la vaisselle.

« Je l'espère bien, répondit-elle, toute son attention portée sur le plat qu'elle lavait.

– Est-ce qu'elle les lit parce qu'ils t'ont plu, ou parce qu'elle les aime, elle ? »

Elle lui tournait le dos et récurait son plat. Sans interrompre sa tâche, elle demanda :

« Quel âge a-t-elle ?

– Quinze ans.

– Connais-tu une seule gamine de quinze ans, aujourd'hui, et même par le passé, qui fait ce qu'une mère voudrait qu'elle fasse ?

– Cela signifierait-il que les symptômes de l'adolescence auraient frappé ? »

Ils en avaient terminé avec Raffi, et cela avait dû durer près de vingt ans, s'il se souvenait bien ; l'idée de remettre ça avec Chiara était loin de l'enthousiasmer.

« C'est différent, avec les filles », expliqua Paola en se tournant.

Elle s'essuya les mains à un torchon, se versa un soupçon de grappa et s'appuya à l'évier.

« Différent en quoi ?

– Elles s'opposent seulement à leur mère, pas à leur père. »

Il resta un instant songeur.

« Est-ce une bonne chose ou non ? »

Elle haussa les épaules.

« C'est dans les gènes ou dans la culture, si bien qu'on ne peut rien y faire, que ce soit bien ou mal. On peut juste espérer que ça durera le moins longtemps possible.

– C'est-à-dire ?

– Jusqu'à ce qu'elle ait dix-huit ans. »

Paola prit une gorgée de grappa tandis qu'ils envisageaient tous les deux cette perspective.

« Les carmélites ne pourraient-elles pas la prendre jusque-là ?

– Probablement pas, répondit Paola avec un authentique regret dans la voix.

– Crois-tu que ce soit pour cette raison que les Arabes marient leurs filles aussi jeunes – pour éviter tous ces tracas ? »

Paola se souvint de l'acharnement avec lequel Chiara, le matin même, avait argumenté pour avoir sa propre ligne téléphonique.

« J'en suis certaine.

– Pas étonnant que tout le monde parle de la sagesse orientale. »

Elle se tourna et posa son verre dans l'évier.

« J'ai encore quelques copies à corriger. Veux-tu venir t'installer chez moi et voir comment tes Grecs chéris s'en sont tirés pour rentrer chez eux, pendant ce temps ? »

Avec gratitude, Brunetti se leva et la suivit dans le couloir.

15

LE LENDEMAIN MATIN et bien à contrecœur, Brunetti fit une chose qu'il n'avait pratiquement jamais faite : impliquer un de ses enfants dans son travail. Raffi ne devait aller à la fac qu'à onze heures, et, comme il avait rendez-vous avant avec Sara Paganuzzi, il se présenta au petit déjeuner de la meilleure humeur du monde, état d'esprit qui était rarement le sien à une heure si matinale. Paola dormait encore et Chiara traînait dans la salle de bains, si bien qu'ils se retrouvèrent seuls dans la cuisine pour faire un sort à quelques-unes des brioches toutes fraîches que Raffi avait pris la peine d'aller chercher chez le boulanger du coin.

« Dis-moi, Raffi, demanda Guido après une première brioche, est-ce que tu sais quelque chose sur les vendeurs de drogue ? »

Raffi, qui portait sa propre brioche à la bouche, interrompit son geste.

« Ici ?

– Oui, à Venise.

– De la drogue... des drogues dures, ou des trucs légers comme la marijuana ? »

Bien qu'un peu troublé par la distinction que faisait Raffi et la manière désinvolte dont il avait parlé de « trucs légers comme la marijuana », Brunetti se garda bien de lui demander ses raisons.

« Drogues dures. De l'héroïne, pour être précis.

– C'est cette histoire de l'étudiant mort d'une overdose ? » demanda le jeune homme.

Comme son père paraissait étonné, il ouvrit le *Gazzettino* et lui montra l'article. Il y avait la photo, à peine plus grande qu'un timbre poste, d'un jeune homme qui le regardait. Il aurait pu s'agir de n'importe quel jeune adulte aux cheveux sombres avec deux yeux. De Raffi, par exemple.

« Oui. »

Raffi coupa en deux morceaux le reste de sa brioche et en plongea un dans son café. Au bout d'un moment, il dit :

« J'ai entendu dire, à l'université, qu'il y avait des types qui pouvaient en fournir.

– Des types ?

– Des étudiants. C'est ce que j'ai cru comprendre. »

Puis il ajouta, après un moment de réflexion :

« Des types inscrits aux cours, en tout cas. »

Il prit sa tasse et la tint à deux mains, coudes sur la table, un geste qu'il avait sûrement emprunté à sa mère.

« Tu veux que je me renseigne ?

– Non, répondit aussitôt Brunetti, ajoutant, avant que son fils ne réagisse à la fermeté de son ton : C'est juste de la curiosité ; je me demandais ce que disaient les gens. »

Il finit sa brioche et se mit à siroter son café.

« Le frère de Sara est inscrit en économie. Je peux toujours lui demander ce qu'il sait. »

La tentation fut forte, mais Brunetti renonça et prit un air ennuyé pour répondre :

« Non, c'est pas la peine. C'était juste une idée. »

Raffi reposa sa tasse.

« Ça ne m'intéresse pas, papa, tu sais. »

Brunetti fut frappé par le timbre grave de son fils. Un homme, bientôt. À moins que son besoin de réconforter son père ne signifie qu'il en était déjà un.

« Je suis content de te l'entendre dire. »

Il tendit la main et tapota le bras de son fils. Puis il se leva et se dirigea vers la cuisinière.

« Veux-tu que j'en fasse encore ? »

Il alla jusqu'à l'évier, tenant la cafetière.
Raffi consulta sa montre.
« Non, merci, papa. Il faut que j'y aille. »
Le jeune homme repoussa sa chaise et quitta la cuisine. Quelques minutes plus tard, tandis que Brunetti attendait que passe le café, il entendit la porte de devant se refermer, puis le bruit des pas de Raffi dévalant bruyamment l'escalier – bruit soudain noyé par les crachotements de vapeur jaillissant de la cafetière.

Il était encore de bonne heure et, les vaporetti n'étant pas surchargés, Brunetti prit le 82 et descendit à San Zaccaria, où il acheta deux journaux avant de se rendre à son bureau. On ne parlait plus de la mort de Rossi, et l'article sur Marco Landi ne donnait guère d'autres renseignements que son âge et son nom. Au-dessus, il y avait le compte rendu, devenu maintenant habituel, d'un accident dans lequel une voiture pleine de jeunes gens s'était écrasée contre un platane, en tuant un et blessant grièvement les autres, sur la nationale allant à Trévise.

Il avait lu cette même sinistre histoire si souvent, au cours des dernières années, qu'il n'avait pratiquement pas besoin d'en connaître les détails pour savoir ce qui s'était passé. Les jeunes gens – deux garçons et deux filles – avaient quitté une boîte de nuit, à trois heures du matin, dans une voiture appartenant au père de l'un des jeunes hommes. À un moment donné, le conducteur avait été victime de ce que les journaux appelaient à présent, pudiquement et rituellement, un « coup de fatigue » ; le véhicule avait quitté la route et foncé dans l'arbre. Il était encore trop tôt pour déterminer ce qui avait provoqué la somnolence du chauffeur, mais il s'agissait la plupart du temps d'alcool ou de drogue. En règle générale, cela n'était établi qu'après l'autopsie du corps du conducteur et éventuellement de ses malheureux passagers, si bien qu'à ce moment-là l'affaire avait déjà disparu des journaux, oubliée pour faire place à la photo d'autres jeunes gens, victimes des nombreux désirs de leur jeunesse.

Il laissa le journal sur son bureau et descendit dans l'antre de la signorina Elettra. Celle-ci n'y était pas, et il frappa à la porte du bureau de Patta, n'ouvrant qu'après avoir entendu le « Entrez ! » vigoureux du vice-questeur.

Il trouva un homme différent assis derrière le bureau ; différent, du moins, de celui qui s'y trouvait la dernière fois que Brunetti était venu ici. L'ancien Patta était de retour : grand, bel homme, habillé d'un costume léger qui effleurait respectueusement ses larges épaules de doigts arachnéens. Il respirait la santé, ses yeux exprimaient la plus parfaite sérénité.

« Oui, qu'est-ce que c'est, commissaire ? demanda-t-il, levant les yeux de l'unique feuille de papier déposée devant lui.

– Juste un mot, vice-questeur. »

Brunetti vint se mettre à côté du siège placé devant le bureau de Patta, attendant une invitation à s'asseoir.

Le *cavaliere* remonta d'un geste sec une manchette impeccablement amidonnée et consulta la grosse tocante en or qui ornait son poignet.

« J'ai quelques minutes. De quoi s'agit-il ?

– C'est à propos de Jesolo, monsieur. Et de votre fils. Je me demandais si vous aviez pris une décision. »

Patta s'enfonça dans son siège. Constatant que Brunetti n'aurait pas de mal à voir ce qu'il y avait sur le document posé sur le bureau, il le retourna et croisa les mains sur le verso, qui était vierge.

« Je ne pense pas qu'il y ait une décision à prendre, commissaire », dit-il, l'air étonné que Brunetti ait pensé à lui poser une telle question.

« J'aurais aimé savoir si votre fils était prêt à parler des personnes auprès desquelles il s'est procuré la drogue. »

Appliquant comme d'habitude le principe de précaution, Brunetti avait pris bien soin de ne pas dire *acheté la drogue*.

« S'il le savait, je suis convaincu qu'il ne demanderait pas mieux que de le dire à la police. »

Il y avait dans la voix de Patta le même ton de confusion blessée qu'il avait entendu dans celles de générations de témoins et de suspects récalcitrants, et il affichait sur ses traits le même sourire de parfaite innocence et de légère surprise. Ton et expression qui n'incitaient pas à le contredire.

« S'il le savait ? répéta Brunetti en ajoutant un point d'interrogation.

– Exactement. Comme vous ne l'ignorez pas, il n'a aucune idée de la façon dont cette drogue est arrivée en sa possession, ni de qui a pu la glisser dans sa poche. »

L'homme avait parlé d'une voix calme et ne cillait même pas.

C'est donc ainsi que se présentent maintenant les choses, pensa Brunetti.

« Mais... et ses empreintes, monsieur ? »

Patta afficha un large sourire, apparemment des plus sincères.

« Je sais. Je vois bien l'aspect qu'ont dû avoir les faits, lors de son premier interrogatoire. Mais il m'a juré, et il a juré à la police, qu'il a trouvé l'enveloppe dans sa poche en voulant y prendre ses cigarettes. Il n'avait aucune idée de ce qu'elle contenait, si bien que, comme n'importe qui l'aurait fait, il l'a ouverte pour voir ce qu'elle contenait, et sans doute a-t-il touché certains des paquets.

– Certains ? demanda Brunetti d'un ton où il n'y avait aucune trace de scepticisme.

– Certains, répéta Patta avec une fermeté qui mettait fin à la discussion.

– Avez-vous lu les journaux aujourd'hui, monsieur ? »

Il fut aussi surpris que son supérieur que cette question lui soit sortie de la bouche.

« Non, répondit le vice-questeur, ajoutant, avec une méchanceté jugée gratuite par Brunetti : j'ai été trop occupé depuis mon arrivée ici pour le faire.

– Quatre adolescents ont été victimes d'un accident de la route près de Trévise, la nuit dernière. En revenant d'une boîte de nuit, leur voiture est allée s'écraser contre un platane. L'un des garçons, un étudiant, est mort, et les autres sont gravement blessés. »

Brunetti s'arrêta, mais pour des raisons purement diplomatiques.

« Non, je n'étais pas au courant. »

Patta se tut pendant un instant, lui aussi, mais la pause était celle d'un officier d'artillerie calculant la puissance de sa prochaine salve.

« Pourquoi m'en parlez-vous ?

– Un jeune homme est mort, monsieur, l'un des passagers. D'après le journal, le véhicule roulait à cent vingt à l'heure au moment de l'impact.

– C'est sans aucun doute fort malheureux, commissaire », observa Patta avec autant de conviction qu'il en aurait eu pour déplorer le déclin de la sittelle des rochers.

Il reporta son attention sur le bureau, retourna le feuillet, l'étudia et jeta un coup d'œil à Brunetti.

« Si cet accident a eu lieu près de Trévise, j'imagine que l'affaire les concerne, pas nous. »

Il revint au texte qu'il avait devant lui, en lut quelques lignes, releva de nouveau les yeux sur son subordonné, l'air surpris de le trouver encore devant lui.

« C'était tout, commissaire ?

– Oui, monsieur. C'est tout. »

À l'extérieur du bureau, Brunetti se rendit compte que son cœur battait tellement fort qu'il fut obligé de s'adosser au mur, soulagé que la signorina Elettra ne soit pas dans la petite antichambre. Il attendit que le tumulte se calme dans sa poitrine, et, une fois maître de lui, regagna son bureau.

Il se livra à l'occupation qui, comme il le savait, convenait le mieux aux circonstances : les tâches routinières l'aideraient à oublier la rage qu'il avait ressentie contre Patta. Il déplaça les papiers qui s'entassaient sur son bureau jusqu'à ce qu'il ait récupéré la liste des numéros de téléphone trouvés dans le portefeuille de Rossi, et composa aussitôt celui de Ferrare. Cette fois, on décrocha à la troisième sonnerie.

« Gavini et Cappelli, répondit une voix féminine.

– Bonjour, signora. Commissaire Guido Brunetti, de la police de Venise.

– Un instant, dit-elle comme si elle avait attendu son coup de fil. Je vous mets en communication. »

La ligne devint silencieuse quelques instants, puis une voix d'homme s'éleva.

« Gavini. Je suis content que quelqu'un prenne enfin la peine de nous répondre. J'espère que vous allez pouvoir nous dire quelque chose. »

Une voix grave et riche, un ton qui trahissait l'impatience d'entendre les nouvelles qu'on lui apportait, quelles qu'elles fussent.

Il fallut un moment à Brunetti pour réagir.

« J'ai bien peur que vous n'ayez un certain avantage sur moi, signor Gavini. Je n'ai reçu aucun message de votre part. »

Et comme son correspondant ne répondait pas, il ajouta :

« J'aimerais cependant savoir pourquoi vous vous attendiez à un appel de la police de Venise.

– C'est à propos de Sandro. J'ai appelé après sa mort. Il aurait confié à sa femme qu'il avait trouvé quelqu'un, à Venise, prêt à témoigner. »

Brunetti était sur le point de l'interrompre, lorsque Gavini, après une brève hésitation, demanda :

« Vous êtes sûr que personne n'a eu mon message ?

– Je l'ignore, signore. À qui avez-vous parlé ?

– À un officier de police, mais je ne me souviens pas de son nom.

– Pourriez-vous me répéter ce que vous lui avez déclaré ? demanda Brunetti en tirant à lui une feuille de papier.

– Je vous l'ai dit, c'était après la mort de Sandro. Vous n'êtes pas au courant ?

– Non.

– Sandro Cappelli », ajouta Gavini, comme si ce nom devait tout expliquer.

D'ailleurs, il disait vaguement quelque chose au policier ; il ne se rappelait pas pour quelle raison ce nom ne lui était pas tout à fait inconnu, mais il était sûr que, de toute façon, c'était une sale histoire.

« Cappelli était mon associé.
– Dans quel domaine, signor Gavini ?
– Juridique. Nous sommes avocats. Vous n'avez pas entendu parler de cette affaire ? »

Pour la première fois, une pointe d'exaspération se glissa dans la voix de l'homme – cette même exaspération que l'on éprouve lorsqu'on se heurte à l'inertie bureaucratique.

C'est en apprenant qu'il s'agissait d'un cabinet d'avocats que la mémoire de Brunetti se réveilla ; il se rappela soudain l'assassinat de Cappelli, qui remontait à presque un mois.

« Oui, ce nom me dit quelque chose. Il a été abattu, c'est bien ça ?
– Oui. Alors qu'il était à la fenêtre de son bureau, un client assis à côté de lui, à onze heures du matin. On lui a tiré dessus avec un fusil de chasse. »

Tandis qu'il égrenait les détails de la mort de son associé, la voix de Gavini prenait une diction hachée trahissant de la véritable colère.

Brunetti avait bien lu les comptes rendus des journaux, mais ne connaissait à peu près rien des faits.

« Avez-vous un suspect ?
– Bien sûr que non, répliqua Gavini sans essayer de contenir la colère qui bouillonnait en lui. Mais nous savons tous qui a fait ça. »

Brunetti attendit qu'il le lui dise.

« Les usuriers. Cela faisait des années que Sandro était à leurs trousses. Il avait quatre affaires en cours contre eux au moment de sa mort. »

C'est le policier, en Brunetti, qui parla alors.

« Avez-vous des preuves, signor Gavini ?
– Évidemment que non, ragea l'avocat, maintenant excédé. Ils ont envoyé quelqu'un, ils ont payé quelqu'un pour le faire. C'était un contrat. Le coup de feu est parti du toit d'un bâtiment situé de l'autre côté de la rue. La police locale elle-même dit qu'il doit s'agir d'un contrat ; qui d'autre aurait pu souhaiter sa disparition ? »

Brunetti disposait de trop peu d'informations pour

répondre aux questions que posait la mort de Cappelli, même lorsqu'elles étaient rhétoriques.

« Je vous prie d'excuser mon ignorance concernant cette affaire, signor Gavini. Je vous appelais pour quelque chose de tout à fait différent, mais après ce que vous venez de m'apprendre, je me demande si c'est si différent que ça.

– Que voulez-vous dire ? »

L'avocat avait posé sa question d'un ton abrupt, mais il y avait de l'intérêt, de la curiosité dans sa voix.

« Nous avons eu un décès, ici, à Venise, un décès à première vue accidentel, mais qui ne l'est peut-être pas. »

Comme Gavini ne lui posait aucune question, il enchaîna.

« Un homme s'est tué en tombant d'un échafaudage. Cet homme travaillait au bureau du Cadastre ; nous avons retrouvé un numéro de téléphone dans son portefeuille, sans le code de la ville. Il pourrait s'agir de celui de votre cabinet.

– Comment s'appelait-il ?

– Franco Rossi. »

Brunetti lui laissa le temps de consulter ses souvenirs avant d'ajouter :

« Ce nom vous dit-il quelque chose ?

– Non, rien.

– Auriez-vous un moyen de découvrir s'il pouvait signifier quelque chose pour votre collègue ? »

Gavini mit longtemps à répondre.

« Avez-vous son numéro ? Je pourrais consulter les relevés téléphoniques, proposa-t-il finalement.

– Un instant. »

Brunetti se pencha pour retirer l'annuaire du tiroir du bas et se mit à consulter la liste des Rossi ; il y en avait sept colonnes, et environ une douzaine de Franco. C'est par l'adresse qu'il retrouva le numéro du Franco Rossi qu'il cherchait. Il demanda ensuite à Gavini d'attendre, trouva la page des services municipaux de Venise et lui donna le numéro du bureau du Cadastre. Si Rossi avait été assez imprudent pour appeler la police depuis son portable, il pouvait tout aussi bien avoir appelé l'avocat depuis son bureau ou reçu des appels là-bas.

« Il va me falloir un certain temps pour consulter les relevés, dit Gavini. D'autant que j'ai un rendez-vous. Je m'en occuperai dès que cette personne sera partie. Je vous rappellerai aussitôt.

– Vous pourriez peut-être demander à votre secrétaire de le faire.

– Non, je préfère voir ça moi-même », répondit Gavini avec un formalisme soudain dans la voix.

Brunetti lui répondit qu'il attendrait donc son appel, lui donna le numéro de sa ligne directe, et les deux hommes raccrochèrent.

Bon. Un numéro qui n'était plus attribué depuis des mois ; une vieille dame qui n'avait jamais entendu parler d'un certain Franco Rossi ; une agence de location de voitures n'ayant aucun client à ce nom – et soudain, l'associé d'un avocat dont la mort avait été aussi violente que celle de Rossi. Certes, Brunetti n'ignorait pas le temps qu'on pouvait perdre à suivre de fausses pistes et à se lancer dans des chasses au dahu, mais il avait l'intuition d'avoir mis le doigt sur quelque chose, même s'il n'avait aucune idée de ce que c'était et où cela risquait de le conduire.

Comme les plaies infligées aux enfants d'Égypte, les usuriers sont la plaie des enfants d'Italie et la cause de bien des souffrances. Les banques n'accordent les crédits qu'à contrecœur, sauf, en règle générale, si elles peuvent s'entourer de garanties qui, la plupart du temps, rendent logiquement inutile la nécessité d'emprunter. Les crédits à court terme pour les hommes d'affaires ayant peu de liquidités à la fin du mois, ou pour les commerçants dont les clients se font tirer l'oreille pour payer, n'existent pratiquement pas. Tout cela aggravé par un retard systématique dans le paiement des factures qui affecte, semble-t-il, le pays tout entier.

C'est dans cette brèche que se sont engouffrés, comme tout le monde le sait mais comme peu oseraient le clamer ouvertement, *gli strozzini*, les usuriers. Ces personnages de l'ombre sont disposés à vous prêter de l'argent du jour au lendemain, n'exigeant de votre part que les garanties les plus minces. Les taux d'intérêt qu'ils pratiquent compensent très largement les risques qu'ils pourraient courir. D'ailleurs, l'idée de risque a au mieux une valeur académique, dans ce contexte, car les usuriers emploient des méthodes suffisamment radicales pour que leurs clients (si c'est bien ainsi qu'il faut les désigner) ne soient pas tentés de leur faire faux bond. Leurs emprunteurs ont des enfants, et les enfants peuvent disparaître ; ils ont des filles, et ces filles peuvent être violées ; les emprunteurs n'ont qu'une vie, et il leur arrive de la perdre. De temps en temps, la presse rapporte des histoires qui, si elles ne sont pas tout à fait claires, permettent tout de même de laisser entendre que certains actes, souvent déplaisants, sinon violents, sont la conséquence d'un défaut de remboursement à la suite d'un emprunt. Cependant, les personnes impliquées ne font que rarement l'objet de poursuites ou d'enquêtes policières : elles sont bien à l'abri derrière un mur de silence. Brunetti avait du mal à se souvenir d'une affaire où auraient été réunies assez de preuves pour déboucher sur une condamnation pour usure, délit pourtant constitué et prévu par la loi, même si les tribunaux avaient rarement à en connaître.

Assis à son bureau, Brunetti laissa vagabonder son imagination autour du thème suivant : quelles perspectives – elles étaient nombreuses – ouvrait le fait que Franco Rossi ait eu le numéro du cabinet Cappelli & Gavini dans son portefeuille au moment de sa mort ? Il essaya de se souvenir de la visite de Rossi à son domicile, de reconstituer les impressions que lui avait laissées le jeune homme. Rossi prenait son travail au sérieux : c'était peut-être la plus forte de ces impressions. Il manquait un peu d'humour et faisait preuve d'une méticulosité étonnante pour quelqu'un de son âge, mais il s'était montré sympathique et avait paru disposé à procurer toute l'aide qu'il pourrait.

En l'absence de toute idée précise de ce qui se passait, ces réflexions ne conduisirent Brunetti nulle part, mais au moins lui firent-elles passer le temps jusqu'au coup de fil de Gavini.

Brunetti décrocha dès la première sonnerie et se présenta. Gavini en fit autant.

« J'ai passé en revue non seulement les relevés téléphoniques, mais les dossiers de ses clients, dit-il aussitôt après. Il n'y en a aucun au nom de Rossi, mais Sandro a appelé trois fois son numéro dans le mois qui a précédé sa mort.

– Son numéro personnel, ou celui du bureau ? voulut savoir Brunetti.

– Pourquoi ? Ça change quelque chose ?

– À ce stade, tout peut changer quelque chose, signore.

– À son bureau.

– Combien de temps ont duré ces appels ? »

L'avocat devait avoir le document sous les yeux, car il répondit sans hésitation :

« Douze, six et huit minutes. »

Gavini attendit une réaction du policier, qui ne vint pas.

« Et Rossi ? Est-ce qu'il a appelé Sandro ?

– Je n'ai pas encore pu vérifier ses relevés téléphoniques, reconnut Brunetti, quelque peu embarrassé. Je ne les aurai que demain », ajouta-t-il.

Et soudain, il se souvint que son correspondant n'était pas un collègue mais un avocat, ce qui signifiait qu'il n'avait aucun compte à lui rendre et n'était pas obligé de lui communiquer toute information qu'il aurait.

« Quel est le nom du magistrat responsable de l'enquête, chez vous ?

– Pourquoi voulez-vous le savoir ?

– J'aimerais lui parler. »

Un long silence s'ensuivit.

« Vous avez son nom ? l'encouragea Brunetti.

– Righetto, Angelo Righetto », fut la réponse lapidaire de l'avocat.

Brunetti décida de ne pas insister. Il remercia Gavini, ne lui promit pas de le rappeler et raccrocha, se demandant les raisons de cette soudaine froideur dans la voix de l'avocat lorsqu'il avait prononcé le nom de l'homme responsable de l'enquête sur la mort de son associé.

Il appela aussitôt la signorina Elettra pour lui demander les relevés de tous les appels émis par Rossi depuis son domicile au cours des trois derniers mois. Pouvait-elle aussi se débrouiller pour trouver le numéro de poste de Rossi au bureau du Cadastre, et vérifier la même chose ? Elle se contenta de lui demander si, là aussi, les trois derniers mois suffisaient.

Pendant qu'il l'avait en ligne, il en profita pour la prier d'appeler le juge d'instruction Angelo Righetto, à Ferrare, et de le lui passer aussitôt, si elle pouvait l'avoir.

Cela fait, il tira une feuille de papier à lui et se mit à dresser la liste des noms des personnes qui, lui semblait-il, seraient le mieux à même de le renseigner sur les usuriers de la ville. C'était un domaine dont il ignorait tout, mis à part le fait qu'il n'avait pas le moindre doute sur leur existence et qu'ils étaient terrés au plus profond du tissu social comme des asticots dans de la viande avariée. Semblables à certaines formes de bactéries, ils avaient besoin de la sécurité de lieux sombres et sans air ; c'était là qu'ils prospéraient, et ce n'était pas l'état de terreur permanente dans lequel ils maintenaient leurs débiteurs qui risquait d'y apporter de la lumière et de l'air frais. Ils engraissaient et s'empiffraient secrètement, protégés par la menace non formulée, mais toujours présente à l'esprit de leurs débiteurs, des conséquences redoutables que pouvaient avoir un retard ou un défaut de paiement. Le plus stupéfiant, pour Brunetti, était que non seulement il ignorait leurs visages, leurs histoires et jusqu'à leurs noms, mais aussi, prit-il conscience en regardant sa feuille de papier toujours blanche, qui pourrait bien l'aider à les débusquer et à les exposer à la lumière.

Puis un nom lui vint à l'esprit, et il tira l'annuaire à lui pour chercher le numéro de téléphone de la banque dans laquelle cette personne travaillait. Le téléphone sonna au moment où il le trouvait. Il répondit en s'identifiant.

« Dottore, lui dit la signorina Elettra, j'ai le juge d'instruction Angelo Righetto en ligne, si vous voulez lui parler.

– Monsieur le juge ? Commissaire Brunetti, à Venise. Je vous appelle pour savoir ce que vous pourriez me dire sur le meurtre d'Alessandro Cappelli.

– Pour quelle raison vous y intéressez-vous ? » demanda Righetto, d'un ton sans réelle curiosité.

Il avait un accent qui pouvait être du Tyrol du Sud ; un homme du Nord, de toute façon.

« J'ai une affaire, ici, un autre mort qui pourrait avoir un rapport avec le meurtre de Cappelli, et je me demandais ce que vous aviez découvert sur celle-là. »

Il y eut un long silence avant que Righetto ne réagisse.

« Je serais surpris si c'était le cas. »

Il laissa sa réponse en suspens pour donner à Brunetti le temps de s'expliquer un peu plus, mais le commissaire ne dit rien.

« Il semble que nous ayons affaire à un cas d'erreur sur la personne, pas d'un meurtre... euh, bien sûr, si, il s'agit d'un meurtre. Ce que je voulais dire, c'est que la personne visée n'était pas Cappelli, en fait, et nous ne sommes pas sûrs qu'ils cherchaient vraiment à tuer l'homme en question ; peut-être seulement à l'effrayer. »

Sentant qu'il était temps de marquer de l'intérêt, Brunetti demanda ce qui s'était donc passé.

« C'était à Gavini, son associé, qu'ils en voulaient, expliqua le magistrat. C'est du moins vers ces conclusions que se dirige notre enquête.

– Pourquoi ? »

Cette fois-ci, la curiosité de Brunetti n'était pas feinte.

« Depuis le début, c'était absurde de supposer que quelqu'un veuille assassiner Cappelli, dit Righetto, sous-entendant, en somme, que le fait que l'avocat ait été un ennemi déclaré des usuriers n'avait aucune importance. Nous avons cherché dans son passé et même examiné les affaires sur lesquelles il travaillait, mais rien n'indique qu'il ait été en rapport avec quelqu'un qui aurait pu avoir recours à une telle extrémité. »

Brunetti émit un petit bruit que l'on pouvait interpréter comme un soupir de compréhension et d'accord.

« D'un autre côté, poursuivit Righetto, il y a son associé.

– Gavini », dit Brunetti inutilement.

Le magistrat eut un petit rire méprisant.

« Oui, Gavini. Le beau Gavini, bien connu à Ferrare comme coureur de jupons. Malheureusement, il a l'habitude de s'en prendre à des femmes mariées.

– Ah, fit Brunetti avec un soupir complice dans lequel il réussit à insuffler juste ce qu'il fallait de tolérance masculine, avant d'ajouter, l'air de ne pas mettre un instant en doute cette explication : C'était donc ça ?

– Il semblerait. Au cours des quatre dernières années, on lui a connu au moins quatre liaisons différentes, toutes avec des femmes mariées.

– Le pauvre diable ! s'exclama Brunetti, qui prit le temps d'envisager les implications comiques de sa boutade avant d'ajouter, avec un petit rire : il aurait peut-être dû se limiter à une seule.

– Oui, mais que voulez-vous ? Pour certains hommes, c'est impossible, répliqua le magistrat – saillie que Brunetti récompensa d'un gros rire.

– Avez-vous une idée de laquelle de ces femmes il pourrait s'agir ? demanda-t-il, curieux de savoir quelle serait la réaction de Righetto à cette question – réaction qui, elle-même, lui donnerait des indices sur la manière dont il devrait diriger son enquête.

Le juge d'instruction s'accorda un silence, voulant sans doute convaincre son interlocuteur qu'il réfléchissait.

« Non, répondit-il enfin. Nous avons interrogé ces femmes ainsi que les maris, mais tous ont pu prouver qu'ils étaient ailleurs au moment du crime.

– D'après les journaux, l'assassinat aurait été le fait d'un professionnel », objecta Brunetti, prenant un ton perplexe.

La température, dans la voix de Righetto, baissa de plusieurs degrés.

« Un policier comme vous devrait pourtant savoir que ce que racontent les journaux...

– Oui, bien sûr, dit Brunetti avec le petit rire d'excuse de celui qui subit les reproches justifiés de quelqu'un de plus sage et expérimenté. Vous pensez qu'il y avait peut-être une autre femme ?

– C'est la piste que nous suivons.

– Ça s'est passé dans leurs bureaux, c'est bien ça ?

– Oui. »

Après cette allusion, Righetto n'avait plus envie de donner davantage d'informations.

« Les deux hommes ont la même silhouette : pas très grands, les cheveux bruns. Il pleuvait, ce jour-là, et le tueur se tenait sur le toit de l'immeuble en face. Il est évident qu'il a pris Cappelli pour Gavini.

– Mais, et cette histoire selon laquelle Cappelli aurait été tué parce qu'il se serait intéressé d'un peu trop près aux affaires des usuriers ? demanda Brunetti, en mettant suffisamment de scepticisme dans sa voix pour que son interlocuteur ne puisse croire une seule seconde qu'il prêtait foi à une telle absurdité, mais qu'il voulait peut-être pouvoir fournir la bonne réponse au cas où quelqu'un d'autre, plus naïf et prêt à avaler toutes les balivernes colportées par les journaux, lui aurait posé la question.

– Nous avons commencé par examiner cette possibilité, mais c'est une piste qui ne mène nulle part, absolument nulle part. Si bien que nous l'avons exclue de l'enquête.

– *Cherchez la femme* », dit Brunetti en prononçant volontairement la phrase dans un français maladroit, avant de se mettre à rire.

Righetto salua ce trait d'érudition en riant lui aussi de bon cœur, puis demanda, d'un ton presque négligent :

« Mais au fait... Vous m'avez dit que vous aviez une autre mort à déplorer chez vous. S'agit-il d'un meurtre ?

– Non, non. Après ce que vous m'avez dit, monsieur le juge, répondit Brunetti en s'efforçant de paraître aussi péquenot et balourd que possible, je suis sûr qu'il n'y a aucun rapport. L'affaire qui nous concerne doit être un accident. »

16

COMME LA PLUPART des Italiens, Brunetti était convaincu que l'on conservait quelque part les relevés de tous les appels téléphoniques faits dans le pays, ainsi que des copies de tous les fax envoyés ; mais comme très peu d'Italiens, il avait de bonnes raisons de savoir que c'était vrai. Croyance ou certitude, cela n'y changeait de toute façon pas grand-chose : personne ne disait rien d'important, ni rien qui puisse être retenu à charge contre l'un des deux interlocuteurs par un organisme gouvernemental quelconque susceptible de vous mettre sur écoute. Les gens s'exprimaient en termes codés : l'argent devenait « des vases », voire « des fleurs », et les investissements ou les comptes en banque dans les pays étrangers étaient appelés « des amis ». Brunetti n'avait aucune idée de l'étendue de cette croyance et des précautions qui en résultaient. Mais ce qu'il en savait lui fit suggérer à l'amie qui travaillait à la Banca di Modena de le retrouver pour un café, plutôt que de lui adresser directement sa requête au téléphone.

Comme la banque se trouvait de l'autre côté du Rialto, ils décidèrent de se retrouver Campo San Luca, c'est-à-dire à mi-chemin, pour prendre un verre avant le déjeuner. C'était bien des précautions pour quelques questions générales à poser, mais ce n'était que de cette façon que Franca lui parlerait sans détour. Sans rien dire à personne, il quitta son bureau et, longeant le *bacino*, prit la direction de la place Saint-Marc.

Sur la Riva degli Schiavoni, il se tourna machinalement vers la gauche pour chercher des yeux les remorqueurs

– et se rappeler soudain, en ne les voyant pas, que cela faisait des années, en fait, qu'ils avaient disparu. Un instant, il l'avait oublié. Comment une chose pareille était-elle possible ? C'était un peu comme ne plus se souvenir de son numéro de téléphone ou de la tête de son boulanger. Il ignorait où l'on avait envoyé ces remorqueurs et ne se rappelait plus à combien d'années remontait leur mise à l'écart, qui avait dégagé le quai, le long de la *riva*, pour qu'accostent d'autres navires, sans doute plus utiles à l'industrie du tourisme.

Ils avaient eu de merveilleux noms latins, ces fiers petits bateaux rouges, constamment prêts à venir en aide aux bâtiments empruntant le canal de la Giudecca. Mais les unités qui faisaient aujourd'hui escale à Venise étaient probablement trop immenses pour que ces braves petits remorqueurs puissent leur venir en aide : c'était des monstres plus hauts que la basilique, où des milliers de silhouettes pas plus grandes que des fourmis se massaient le long des bastingages, des navires capables d'accoster tout seuls. Après quoi ils abattaient les échelles de coupées sur le quai et déversaient leur flot de passagers sur la ville.

Brunetti chassa ces pensées de son esprit et s'engagea sur la Piazza, qu'il traversa en diagonale pour repartir vers le centre de la ville et le Campo San Luca. Franca était déjà là, parlant avec un homme que Brunetti connaissait seulement de vue. Il les vit qui se serraient la main ; l'homme partit en direction de Campo Manin et Franca se tourna vers la vitrine d'une librairie.

« Ciao, Franca », dit Brunetti en venant se placer à côté d'elle.

Ils s'étaient connus au lycée, étaient devenus amis, puis, à une période, un peu plus qu'amis ; c'est alors qu'elle avait rencontré son Mario, et que Brunetti était parti à la fac, où il avait fait la connaissance de sa Paola. Elle avait toujours la même chevelure blond-roux, légèrement plus claire que celle de Paola, et Brunetti en savait assez sur la question pour ne pas douter que son coiffeur était pour quelque chose dans le maintien de cette nuance précise. Mais sinon, elle n'avait pas changé ; la silhouette de femme bien en chair qui la gênait tellement vingt ans auparavant avait aujourd'hui la grâce de la maturité, et sa peau était dépourvue de rides, sans qu'il y ait trace du moindre artifice. Ses yeux brun clair n'avaient pas davantage changé, pas plus que la chaleur qui s'en dégagea quand elle entendit sa voix.

« Ciao, Guido, répondit-elle en renversant la tête pour recevoir ses deux bises rapides.

– Permets-moi de t'offrir un verre », dit-il en lui prenant le bras pour l'entraîner vers le bar, avec un geste dont la familiarité remontait à des dizaines d'années.

Ils se décidèrent pour un *spritz*, une fois dedans, et regardèrent le barman mélanger le vin et l'eau minérale, puis ajouter un soupçon de Campari avant d'achever son numéro en calant une rondelle de citron sur le bord du verre. Après quoi, il fit glisser les consommations vers eux.

« Tchin-tchin ! » dirent-ils ensemble avant de prendre une première gorgée.

Le barman plaça une petite coupelle de chips devant eux, mais ils l'ignorèrent. La foule qui s'agglutinait au bar les en chassa progressivement, et ils se retrouvèrent coincés contre la vitrine, au-delà de laquelle régnait l'animation habituelle de la ville.

Franca avait bien compris qu'il s'agissait d'un rendez-vous de travail. Si Brunetti avait simplement voulu lui demander des nouvelles de sa famille, il l'aurait fait par téléphone et ne lui aurait pas proposé de le rejoindre dans un bar tellement bondé et bruyant que personne ne pouvait entendre ce qu'ils se diraient.

« Qu'est-ce qui se passe, Guido ? demanda-t-elle, mais avec un sourire, pour que sa question ne soit pas blessante.

– Les usuriers », répondit-il.

Elle le regarda, détourna un instant les yeux, puis revint aussitôt sur lui.

« À quel titre te renseignes-tu ?

– Oh, c'est juste pour moi. »

Elle sourit, mais à peine.

« Je sais bien que c'est pour toi, Guido, mais est-ce en tant que policier qui va s'intéresser sérieusement à leur cas, ou est-ce simplement le genre de question qu'on pose à un ami ?

– Et pourquoi est-ce si important pour toi de le savoir ?

– Parce que dans le premier cas je n'aurais rien à te dire.

– Et dans le second ?

– Alors, je peux parler. »

La réponse ne le satisfaisait toujours pas.

« Et pourquoi cette différence ? »

Il se dirigea vers le bar pour récupérer quelques chips, avant tout pour lui laisser le temps de réfléchir à sa réponse.

À son retour, elle était prête. Elle secoua la tête quand il lui proposa les chips, et il dut donc les manger.

« Dans le premier cas, je me verrais peut-être obligée de répéter tout ce que je vais te confier devant un tribunal, ou tu pourrais te voir dans l'obligation de dire d'où proviennent tes informations. Alors que s'il s'agit d'une conversation à bâtons rompus entre amis, enchaîna-t-elle sans lui laisser le temps d'objecter quelque chose, je te dirai tout ce que je peux te dire, à ceci près que j'oublierai complètement l'avoir fait, au cas où on me le demanderait. »

Franca n'accompagna pas cette déclaration d'un sourire, elle dont la joie de vivre, d'habitude, débordait comme la musique d'un manège.

« Ils sont à ce point dangereux ? dit-il en lui reprenant son verre pour aller le poser sur le bar avec le sien, entre deux consommateurs.

– Sortons », dit-elle.

Une fois sur la place, elle alla jusqu'à la gauche du mât situé en face de la librairie. Par hasard ou non, elle était à plus de deux mètres des deux personnes les plus proches, deux vieilles femmes penchées l'une vers l'autre et appuyées sur leur canne.

Brunetti alla la rejoindre. Le soleil qui passait par-dessus les toits rendait visible leur reflet dans la vitrine du magasin. L'image n'était cependant ni claire ni précise, et ce couple fantomatique aurait pu être le leur, lorsque, adolescents, ils se retrouvaient ici pour prendre un café avec des amis.

La question lui vint spontanément aux lèvres.

« En as-tu vraiment peur à ce point ? demanda-t-il.

– Mon fils a quinze ans », dit-elle en guise d'explication.

Elle avait répondu avec un ton calme qui aurait tout aussi bien pu être celui d'un commentaire météorologique ou d'une remarque sur la passion de son fils pour le football.

« Pourquoi m'as-tu donné rendez-vous précisément ici, Guido ? »

Il sourit.

« Tu es une femme occupée et tu n'habites pas loin : j'ai donc pensé que ce serait commode pour toi.

– C'est la seule raison ? voulut-elle savoir, reportant les yeux de leur reflet dans la vitrine au vrai Brunetti, à côté d'elle.

– Oui. Pourquoi cette question ?

– Tu ne sais vraiment rien sur eux, n'est-ce pas ? se contenta-t-elle de répondre.

– Non, sinon qu'ils existent, et qu'on en trouve dans cette ville. Forcément. Mais personne n'a jamais déposé officiellement plainte contre eux auprès de nos services.

– De toute façon, c'est la Brigade financière qui s'en occupe, non ? »

Brunetti haussa les épaules. En fait, il ne savait pas très bien de quoi s'occupait la Brigade financière : il les voyait souvent, dans leur uniforme gris décoré des flammes brillantes de ce qui était supposé être la justice, mais il n'avait guère de preuves qu'ils faisaient autre chose qu'encourager, voire condamner les gens à trouver de nouvelles méthodes pour frauder le fisc.

Il acquiesça d'un signe de tête, peu désireux de faire état de son ignorance.

Franca se mit à parcourir la petite place des yeux. D'un

mouvement du menton, elle lui indiqua le fast-food, de l'autre côté.

« Qu'est-ce que tu vois ?

– Ce que je vois ? Le démantèlement de deux mille ans de tradition culinaire, répondit-il en riant.

– Et juste devant ? »

Il regarda à nouveau, déçu que la plaisanterie ne l'ait pas amusée. Il y avait deux hommes en pleine conversation, habillés de costumes sombres, tenant chacun un porte-documents. À leur gauche se tenait une jeune femme, son sac à main maladroitement coincé sous le bras, essayant de déchiffrer un numéro sur un carnet d'adresses et de le composer en même temps sur son portable. Derrière elle, un homme mal habillé, l'air d'avoir près de soixante-dix ans, grand et très maigre, se penchait pour parler à une femme vêtue tout en noir, encore plus vieille que lui. Voûtée par l'âge, ses mains minuscules s'agrippaient fermement aux poignées d'un grand sac noir. Elle avait un visage étroit, le nez long et pointu, combinaison qui, venant s'ajouter à son dos rond, lui donnait vaguement l'allure d'un petit marsupial.

« Je vois un certain nombre de personnes qui font ce que font en général les gens sur le Campo San Luca.

– C'est-à-dire ? demanda-t-elle en le scrutant à présent avec intensité.

– Ils se sont rencontrés par hasard ou se sont donné rendez-vous et ils parlent avant d'aller prendre un verre, comme nous l'avons fait nous-mêmes, puis ils iront déjeuner chez eux, comme nous allons aussi le faire.

– Et ces deux-là ? »

Son léger mouvement de tête indiqua le grand maigre et la vieille femme au nez pointu.

« Je dirais qu'elle rentre chez elle après être allée écouter une messe qui n'en finissait pas dans une petite église quelconque.

– Et lui ? »

Brunetti leur jeta de nouveau un coup d'œil. Le couple était toujours plongé dans sa conversation.

« J'ai l'impression qu'elle tente de sauver l'âme de ce mécréant, et que celui-ci ne veut rien entendre.

– Il n'en a pas qui puisse l'être, dit Franca, jugement que Brunetti trouva surprenant de la part d'une femme guère encline à dire du mal des gens. Pas plus qu'elle », ajouta-t-elle d'un ton froid, implacable.

Elle fit un demi-pas vers la librairie et se mit à étudier la vitrine. Et c'est en gardant le dos tourné qu'elle reprit :

« Elle, c'est Angelina Volpato ; lui, son mari, Massimo. Ce sont les deux plus sinistres usuriers de la ville. Personne ne sait où et comment ils ont commencé, mais c'est à eux que les gens font le plus souvent appel. »

Brunetti sentit une présence à côté d'eux : une femme était venue regarder la vitrine. Franca garda le silence, attendant que l'intruse s'éloigne.

« Les gens les connaissent, reprit-elle ensuite, et savent qu'ils sont ici tous les matins. Ils viennent donc leur expliquer ce qu'ils veulent, et Angelina les invite à passer chez eux... Des deux, c'est elle le vrai vampire », ajouta-t-elle entre ses dents.

Quand elle eut repris son calme, elle poursuivit :

« C'est à ce stade qu'ils appellent le notaire et font les papiers. Elle leur donne de l'argent, et ils lui "donnent" leur maison, ou leur entreprise, ou leur mobilier.

– Combien leur prête-t-elle ?

– Tout dépend de ce dont ils ont besoin et du temps pendant lequel ils en ont besoin. S'il ne s'agit que de quelques millions, ils donnent leur accord pour céder leur mobilier. Mais si c'est une somme plus importante, cinquante millions ou plus, elle calcule alors des intérêts – des gens m'ont dit qu'elle était capable de le faire sur-le-champ, même si ces mêmes personnes prétendent qu'elle serait illettrée, ainsi que son mari. »

Elle s'arrêta un instant, perdue dans son propre récit, avant de reprendre :

« Si c'est une très grosse somme, ils doivent lui abandonner la propriété de leur maison s'ils ne l'ont pas remboursée passé un certain délai.

– Et s'ils ne paient pas ?

– Elle les fait traîner devant les tribunaux par son avocat afin d'obtenir les titres de propriété en bonne et due forme. »

Elle avait parlé sans cesser un instant d'observer les couvertures des livres, dans la vitrine ; pendant ce temps, Brunetti, examinant ses souvenirs et sa conscience, se voyait forcé de reconnaître que rien de ceci n'était nouveau pour lui. Sans doute ignorait-il le détail des choses, mais pas le fait qu'elles existaient. Mais c'était du domaine de la Brigade financière, ou du moins l'avait été jusqu'à maintenant, jusqu'à ce que les circonstances et le hasard le mettent en présence d'Angelina Volpato et de son mari, lesquels étaient toujours à quelques pas de lui et en grande conversation par une superbe journée de printemps à Venise.

« Quels taux d'intérêt prennent-ils ?

– Ça dépend des gens, s'ils sont plus ou moins aux abois, répondit Franca.

– Mais comment le savent-ils ? »

Elle quitta des yeux des petits cochons dans leur voiture de pompiers pour se tourner vers lui.

« Tu le sais aussi bien que moi. Tout le monde est au courant de tout. Essaie donc d'emprunter de l'argent dans une banque : tous les employés le sauront à la fin de la journée, leur famille dès le lendemain, et toute la ville le surlendemain. »

Brunetti dut l'admettre. Soit parce que tous les Vénitiens avaient des liens de sang ou d'amitié les uns avec les autres, soit, tout simplement, parce que Venise n'était en réalité qu'une ville minuscule, aucun secret ne demeurait tel longtemps dans cet univers concentré et incestueux. Il était tout à fait logique, en effet, que les problèmes financiers des uns et des autres deviennent rapidement de notoriété publique.

« Quels intérêts demandent-ils ? » répéta-t-il.

Elle ouvrit la bouche, hésita, puis répondit :

« J'ai entendu des gens parler de vingt pour cent par mois. Mais j'ai aussi entendu parler de cinquante pour cent. »

En bon Vénitien, Brunetti n'eut pas de mal à faire le calcul.

« Mais ça fait du six cents pour cent par an ! s'exclama-t-il, incapable de cacher son indignation.

– Bien plus, si tu y ajoutes les intérêts composés », le corrigea Franca, montrant par là que ses racines s'enfonçaient encore plus profondément dans la ville que celles de Brunetti.

Celui-ci reporta son attention sur les deux personnages, de l'autre côté de la place. Leur conversation s'achevait. La femme s'éloigna vers le Rialto, tandis que l'homme venait dans leur direction.

Lorsqu'il fut plus près, Brunetti remarqua le front bosselé, la peau rêche et squameuse, comme si l'homme souffrait de quelque maladie cutanée non traitée, les lèvres pleines, les yeux aux paupières lourdes. Le signor Volpato avait une démarche étrange d'échassier, posant à chaque enjambée le pied bien à plat, comme s'il tenait à user le talon de chaussures ayant déjà subi de nombreuses réparations. Ses traits reflétaient les effets de l'âge et de la maladie, mais sa démarche saccadée, en particulier lorsque Brunetti le vit, de dos, s'engager dans la ruelle qui conduisait à l'hôtel de ville, donnait une bizarre impression de jeunesse et de maladresse.

Quand il reporta les yeux sur la place, la vieille avait disparu, mais l'image d'un marsupial, ou d'une quelconque espèce de rat se tenant debout, persistait dans sa mémoire.

« Comment es-tu au courant de tout ça, Franca ?

– Tu oublies que je travaille dans une banque.

– Et ces deux-là sont l'ultime recours des gens qui ne peuvent rien obtenir de vous ? »

Elle acquiesça.

« Mais comment apprennent-ils leur existence ? »

Elle l'étudia comme si elle se demandait dans quelle mesure elle pouvait lui faire confiance.

« On m'a rapporté que, parfois, des employés, dans les banques, les leur recommandaient.

– Quoi ?

– Que lorsque des gens se voyaient refuser une demande de prêt dans une banque, il arrivait qu'un des employés leur suggère d'avoir recours aux Volpato. Ou à l'usurier qui leur reversait un pourcentage.

– De quel montant ? »

Elle haussa les épaules.

« On m'a dit que ça dépendait.

– De quoi ?

– De ce que les gens empruntaient, en fin de compte. Ou du genre d'accord que le banquier avait conclu avec l'usurier. »

Avant que Brunetti ait le temps de réagir, elle ajouta :

« Quand les gens ont besoin d'argent, ils se débrouillent toujours pour en trouver. Si ce n'est pas auprès de la famille et des amis, c'est auprès de la banque. Et sinon, auprès de gens comme les Volpato. »

Brunetti n'avait qu'une seule façon de poser sa question suivante : directement.

« Y a-t-il un lien avec la Mafia ?

– Qu'est-ce qui n'en a pas ? rétorqua Franca qui, voyant la réaction irritée de Guido, ajouta : Désolée, c'était juste une plaisanterie. Rien de ce que je sais ne prouve qu'il y en a un. Mais si on réfléchit un peu, on s'aperçoit que c'est un bon moyen de blanchir de l'argent sale. »

Brunetti acquiesça. Seule la protection de la Mafia pouvait permettre à une activité aussi lucrative de se poursuivre impunément sans que les autorités ne s'y intéressent.

« T'aurais-je gâché ton repas ? demanda-t-elle, souriant soudain et changeant d'humeur d'une manière dont il se souvenait.

– Non, pas du tout, Franca. »

Elle avait une dernière question.

« Pourquoi cet intérêt pour les usuriers ?

– C'est peut-être en rapport avec une autre affaire.

– Comme la plupart des choses, ajouta-t-elle sans insister, autre qualité qu'il avait toujours prisée chez elle. Bon, je vais rentrer. »

Elle se redressa pour l'embrasser sur les deux joues.

« Merci, Franca. »

Il l'attira un peu à lui, réconforté de sentir son corps solide et sa volonté plus forte encore.

« C'est toujours un plaisir de te voir. »

À peine lui avait-elle tapoté le bras et fait demi-tour qu'il se rendit compte qu'il ne l'avait pas interrogée sur les autres usuriers, mais il ne se sentait pas d'humeur à la rappeler. Il n'avait qu'une envie, rentrer chez lui.

17

TOUT EN MARCHANT, Brunetti revint en esprit à l'époque où il sortait avec Franca, plus de vingt ans auparavant. Le plaisir qu'il avait ressenti à prendre dans ses bras ce corps confortable, autrefois si familier, ne lui avait pas échappé. Il se rappela la longue promenade qu'ils avaient faite ensemble sur la plage du Lido, la nuit du Rédempteur ; il devait avoir alors dix-sept ans. Longtemps après la fin du feu d'artifice, ils marchaient encore, main dans la main, attendant l'aube avec l'espoir que la nuit ne finirait jamais.

Mais elle s'était achevée, comme bien des choses entre eux, et Franca avait à présent son Mario comme lui sa Paola. Il s'arrêta chez Biancat et acheta une douzaine d'iris pour sa femme, heureux de pouvoir faire ce geste, heureux à l'idée qu'elle serait à l'appartement et l'attendrait.

Installée à la table de la cuisine, elle écossait des petits pois.

« *Risi e bisi* », dit-il en manière de salut quand il vit à quoi elle était occupée.

Il lui tendit les fleurs.

Elle sourit à la vue des iris.

« C'est ce qu'il y a de mieux avec des petits pois nouveaux, un risotto, non ? »

Elle tendit la joue pour recevoir son baiser.

Le baiser donné, il répondit, sans raison précise :

« À moins que tu sois une princesse et qu'il te faille les cacher sous ton matelas.

– Je trouve que le risotto est une meilleure idée... Veux-tu les mettre dans un vase, en attendant que j'aie fini ? » demanda-t-elle avec un geste vers le sac de papier d'où débordaient les petits pois.

Il tira une chaise près du placard, prit un journal sur la table et le posa sur le siège, puis monta dessus pour prendre l'un des vases rangés en hauteur.

« Prends le bleu, plutôt », dit-elle en le regardant faire.

Il redescendit, remit la chaise en place et s'apprêta à remplir le vase d'eau à mi-hauteur, comme elle le lui indiquait.

« Qu'est-ce que tu as là ? voulut-il savoir.

– Un reste du rôti de bœuf de dimanche. Si tu veux bien le couper en tranches très fines, on pourrait en faire notre plat de résistance, avec un peu de salade, peut-être.

– Chiara mange de la viande, maintenant ? »

Impressionnée par un article sur la manière dont on traitait les veaux, l'adolescente avait déclaré, une semaine auparavant, qu'elle serait végétarienne jusqu'à la fin de ses jours.

« Tu as bien vu qu'elle a mangé du rôti, dimanche, non ?

– Ah, oui, c'est vrai. »

Il se tourna pour s'occuper des fleurs, déchirant le papier qui les enveloppait.

« Qu'est-ce qui ne va pas ?

– Oh, les trucs habituels, répondit-il en plaçant le vase sous le robinet d'eau froide. Nous vivons dans un univers pourri. »

Elle retourna à ses petits pois.

« Quiconque exerce un métier comme le tien ou le mien devrait savoir ça. »

Curieux, il demanda :

« Comment ça se manifeste, dans ton domaine ? »

Au bout de vingt ans dans la police, il n'avait besoin de personne pour lui dire que l'humanité avait perdu la grâce.

« Toi, tu as affaire au déclin moral. Moi, à celui de l'esprit. »

Elle avait parlé en prenant le ton docte et d'autodérision qu'elle employait souvent quand elle se surprenait en flagrant délit de prendre son travail au sérieux.

« Et concrètement, qu'est-ce qui t'a mis dans cet état ?

– J'ai pris un verre avec Franca, tout à l'heure.

– Comment va-t-elle ?

– Bien. Son fils grandit, mais je ne pense pas qu'elle aime beaucoup son travail à la banque.

– Qui le pourrait ? »

La question de Paola était plus rhétorique que sérieuse. Elle revint à la réponse initiale et sibylline de Guido.

« Comment le fait de voir Franca t'a-t-il rappelé que nous vivions dans le monde d'après la chute ? D'habitude, elle nous fait à tous l'effet contraire. »

Glissant un à un, délicatement, les iris dans le vase, Brunetti repassa plusieurs fois les propos de Paola dans sa tête, y cherchant quelque signification cachée ou de la rancœur, et ne trouva rien. Elle voyait bien qu'il avait pris du plaisir à rencontrer une amie aussi ancienne et chère, et elle partageait sa joie. Comprenant soudain cela, Brunetti sentit son cœur se serrer un instant et la rougeur lui brûler le visage. Il laissa échapper un iris sur le comptoir. Il le ramassa, le mit avec les autres et repoussa le vase vers un endroit plus sûr, loin du bord.

« Elle m'a dit qu'elle aurait peur pour Pietro si jamais elle me disait ce qu'elle savait sur les usuriers. »

Paola s'interrompit dans sa tâche et se tourna pour le regarder.

« Les usuriers ? Pourquoi diable les usuriers ?

– Rossi, le fonctionnaire du bureau du Cadastre qu'on a trouvé mort, avait dans son portefeuille le numéro de téléphone d'un avocat qui avait un certain nombre d'affaires contre eux.

– Un avocat d'où ?

– De Ferrare.

– Pas celui qui a été assassiné, si ? »

Brunetti acquiesça, intéressé par le fait que Paola ait si naturellement supposé qu'il avait été tué par « eux ».

« Le magistrat chargé de l'instruction exclut les usuriers

et m'a fait l'effet de vouloir à tout prix me convaincre que le tueur s'était en réalité trompé de cible. »

Après un long silence, pendant lequel il vit les pensées de Paola se refléter sur son visage, elle demanda :

« C'est pour cette raison qu'il avait son numéro de téléphone ? À cause des usuriers ?

– Je n'en ai aucune preuve. C'est une coïncidence.

– La vie est pleine de coïncidences.

– Un meurtre n'est jamais une coïncidence. »

Elle croisa les mains sur la pile formée par les cosses de petits pois.

« Depuis quand est-il question d'un meurtre ? Je parle de Rossi, bien entendu.

– Je ne sais pas. Il n'en a jamais été vraiment question. Je veux simplement éclaircir cette affaire, si possible, et trouver pour quelle raison Rossi avait appelé cet avocat.

– Et Franca, dans tout ça ?

– Je me suis dit que comme elle travaillait dans une banque, elle en saurait un peu plus sur les usuriers.

– J'aurais pensé que prêter de l'argent était justement le rôle des banques.

– Ils refusent souvent, surtout quand c'est urgent et que les gens n'offrent pas de garanties suffisantes.

– Mais pourquoi le lui demander à elle ? »

Elle était aussi immobile qu'un juge d'instruction interrogeant un prévenu.

« J'ai pensé qu'elle saurait peut-être quelque chose.

– Tu l'as déjà dit. Mais pourquoi Franca ? »

Il n'avait eu aucune raison particulière de s'adresser à elle, sinon que c'était le premier nom qui lui était venu à l'esprit. En outre, cela faisait quelque temps qu'il ne l'avait pas vue, et l'idée de la revoir lui avait été agréable, rien de plus. Il se fourra les mains dans les poches et, se dandinant d'un pied sur l'autre, répondit finalement que c'était sans raison particulière.

Elle décroisa les mains et retourna à l'écossage des pois.

« Qu'est-ce qu'elle t'a dit ? Et pourquoi a-t-elle peur pour Pietro ?

– Elle m'a parlé de deux personnes, qu'elle a même pu me montrer. Nous nous sommes retrouvés à San Luca, expliqua-t-il avant qu'elle ne puisse s'étonner, et il y avait un couple, sur la place. Entre soixante et soixante-dix ans, à peu près. Elle m'a dit qu'ils prêtaient de l'argent.

– Et Pietro ?

– D'après elle, les usuriers seraient en rapport avec la Mafia et le blanchiment d'argent sale, mais elle n'a rien voulu dire de plus. »

D'un petit hochement de tête, Paola fit savoir à Guido qu'elle partageait son opinion : la simple mention de la Mafia suffisait à faire craindre pour ses enfants, quand on était parent.

« Pas même à toi ? »

Il secoua la tête. Elle leva les yeux vers lui, et il répéta son geste.

« C'est donc sérieux, dit-elle.

– J'en ai l'impression.

– Qui sont ces gens ?

– Ils s'appellent Angelina et Massimo Volpato.

– Tu avais déjà entendu parler d'eux ?

– Non.

– Qui voulait en savoir un peu plus sur eux ?

– Personne. Je les ai vus pour la première fois il y a vingt minutes, juste avant de rentrer à la maison.

– Qu'est-ce que tu vas faire ?

– Trouver ce que je peux sur ces gens.

– Et ensuite ?

– Ça dépendra de ce que j'aurai appris. »

Il y eut un silence, puis Paola reprit :

« J'ai pensé à toi, aujourd'hui ; à toi et à ton travail. »

Il attendit.

« C'était pendant que je nettoyais les vitres. C'est ce qui m'a fait penser à toi, ajouta-t-elle, le surprenant.

– Les vitres ?

– Après les avoir nettoyées, j'ai été faire le miroir de la salle de bains. En fait, c'est là que j'ai pensé à toi. »

Il savait qu'elle allait continuer même s'il ne disait rien, mais aussi qu'elle aimait bien être encouragée.

« Et alors ?

– Quand on nettoie les vitres d'une fenêtre, reprit-elle en le regardant dans les yeux, on doit l'ouvrir et la tirer à soi, si bien que l'angle selon lequel frappe la lumière change. »

Elle vit qu'il la suivait attentivement, et elle enchaîna :

« Donc, tu la nettoies. Ou du moins, c'est ce que tu crois. Mais quand tu la refermes, la lumière la traverse selon l'ancien angle, et tu t'aperçois alors qu'elle est encore sale, ou bien que tu as laissé des traces à l'intérieur. Ce qui signifie qu'il ne te reste plus qu'à recommencer. On ne peut jamais être sûr qu'une vitre est parfaitement propre tant qu'on n'a pas refermé la fenêtre, ou tant qu'on ne s'est pas déplacé pour la regarder sous un angle différent.

– Et le miroir ? »

Elle lui sourit.

« On ne voit un miroir que d'un côté. Aucune lumière ne le traverse, si bien que quand il est propre, il est propre. Il n'y a aucun artifice de perception. »

Elle retourna à ses petits pois.

« Et alors ? »

Sans quitter son travail des yeux, peut-être pour cacher sa déception qu'il n'ait pas compris, elle expliqua :

« C'est comme ça qu'est ton travail, ou que tu voudrais qu'il soit. Tu veux nettoyer des miroirs, tu veux que tout soit en deux dimensions et facile à résoudre. Mais chaque fois qu'on se met à regarder quelque chose de près, il apparaît que c'est comme la vitre d'une fenêtre : si on change de perspective, si on regarde la chose en question sous un angle différent, tout change. »

Guido resta longtemps songeur avant de dire, dans l'espoir d'alléger l'atmosphère :

« Mais dans un cas comme dans l'autre, je dois enlever la crasse.

– C'est toi qui le dis, pas moi. »

Comme Guido restait sans réaction, elle laissa tomber les derniers petits pois dans le saladier, se leva, et alla poser le tout sur le comptoir.

« Quoi que tu fasses, je préfère que tu le fasses l'estomac plein », conclut-elle.

C'est donc le ventre plein que Brunetti s'attela à cette tâche de nettoyage, dès son retour à la vice-questure, en commençant par passer dans le bureau de la signorina Elettra, choix qui était loin d'être le plus mauvais.

Elle salua son arrivée d'un sourire. Elle portait une tenue furieusement nautique : jupe bleu marine, blouse en soie à col carré. Il venait juste de se dire qu'il ne lui manquait plus que le béret à pompon lorsqu'il vit une sorte de casquette cylindrique rigide, blanche, posée à côté de l'ordinateur.

« Volpato, dit-il avant même qu'elle ait pu lui demander comment il allait. Angelina et Massimo Volpato. Ils ont entre soixante et soixante-dix ans. »

Elle tira une feuille de papier à elle et se mit à écrire.

« Ils habitent ici ?

– Je crois, oui.

– Vous ne savez pas où, par hasard ?

– Non.

– De toute façon, c'est facile à vérifier, commenta-t-elle en prenant une note. Quoi d'autre ?

– Ce sont surtout leurs finances qui m'intéressent : relevés bancaires, investissements divers, propriétés enregistrées sous leur nom, tout ce que vous pourrez trouver. »

Il se tut, le temps qu'elle finisse d'écrire, puis ajouta :

« Et voyez si nous n'avons rien sur eux.

– Relevés téléphoniques ? demanda-t-elle.

– Non, pas encore. Seulement leurs finances.

– Pour quand ? »

Il la regarda et sourit.

« D'après vous ? »

Elle remonta sa manche et consulta la lourde montre de plongée qu'elle portait.

« Je devrais pouvoir avoir les informations des organismes de la ville dès cet après-midi.

– Les banques ont déjà fermé. Cela peut attendre demain matin, vous savez. »

Elle sourit à son tour.

« Mais leurs archives ne ferment jamais, elles. Je devrais n'en avoir que pour quelques heures. »

Elle ouvrit un des tiroirs de son bureau et en tira une pile de papiers.

« J'ai ça à... » commença-t-elle.

Mais elle s'arrêta soudain, regardant sur sa gauche, vers la porte du bureau.

Il sentit un mouvement plus qu'il ne le vit, et se tourna pour découvrir le vice-questeur Patta, de retour de déjeuner.

« Signorina Elettra, dit-il aussitôt, sans laisser voir en rien qu'il avait conscience de la présence de Brunetti, pourtant debout devant lui.

– Oui, dottore ?

– J'aimerais que vous veniez prendre une lettre dans mon bureau.

– Bien sûr, dottore. »

Elle plaça les papiers qu'elle venait de sortir au milieu de son bureau et les tapota de l'index gauche, geste que la masse de Brunetti cachait à Patta. Elle ouvrit le tiroir du milieu et en retira un cahier de sténo à l'ancienne mode. Existait-il encore des gens qui dictaient des lettres, les secrétaires s'asseyaient-elle toujours, jambes croisées comme Joan Crawford, pour griffonner à toute allure leurs petits gribouillis ? Songeant à cela, Brunetti se fit la réflexion qu'il avait toujours laissé à la signorina Elettra le soin de choisir les termes de ses lettres, lui faisant confiance pour ce qui était de trouver le bon habillage rhétorique avec lequel masquer les choses simples ou présenter en termes diplomatiques toute requête allant au-delà des strictes attributions de la police.

Patta passa devant lui et ouvrit la porte de son bureau ; Brunetti eut l'impression très nette de se comporter comme un de ces timides animaux des forêts, un lémurien, peut-être, qui se pétrifient au moindre bruit et se considèrent comme invisibles du fait de leur immobilité, croyant ainsi échapper à la griffe de tout prédateur en maraude. Il n'eut pas le temps de dire quoi que ce soit à la signorina Elettra : elle s'était levée et avait emboîté le pas à Patta, non sans donner, par-dessus l'épaule, un coup de menton en direction des papiers restés sur le bureau. Tandis qu'elle refermait la porte derrière elle, Brunetti n'observa rien, dans son attitude, qui suggérait de la timidité.

Il se pencha sur le bureau que venait d'abandonner la jeune femme, tira les papiers à lui, puis rédigea une courte note dans laquelle il lui demandait de trouver le propriétaire du bâtiment en face duquel on avait trouvé le corps de Rossi.

18

TOUT EN REMONTANT à son burcau, il jcta un coup d'œil sur les papiers qu'il venait de prendre chez la signorina Elettra : il s'agissait d'une longue liste où figuraient tous les numéros appelés par Rossi, de chez lui et depuis son bureau. Dans la marge, la jeune femme avait indiqué que Rossi n'était client d'aucune société de téléphonie mobile, ce qui laissait supposer qu'il avait utilisé, lorsqu'il avait appelé Brunetti, un appareil appartenant au service du Cadastre. Quatre des appels émis depuis le Cadastre concernaient un même numéro, à Ferrare, qui semblait bien être celui de Gavini & Cappelli, pour autant qu'il s'en souvenait, et c'est la première chose que Brunetti vérifia en arrivant chez lui. Ces quatre coups de fil avaient été donnés sur une période de moins de quinze jours, le dernier le jour même de la mort de Cappelli. Plus rien après.

Brunetti resta longtemps plongé dans sa méditation, essayant de comprendre le rapport qu'il y avait pu avoir entre ces deux hommes assassinés.

Tout en attendant la signorina Elettra, il se mit à faire la liste des questions auxquelles il aurait bien aimé avoir une réponse : où se trouvait le bureau de Rossi au service du Cadastre ? De quel degré d'intimité bénéficiait-il ? Comment le juge Righetto avait-il été chargé de l'enquête sur le meurtre de Cappelli ? Est-ce qu'un tueur professionnel aurait pu confondre sa victime avec une autre personne ? Et pourquoi, si c'était le cas, aucune autre tentative n'avait été faite sur la prétendue vraie cible visée ? Il évoqua encore bien d'autres questions, puis revint à la liste des personnes qui pourraient lui procurer des informations, mais pas longtemps : il n'avait pas une idée très claire, se rendit-il compte, de ce qu'il souhaitait savoir. Aucun doute, il avait très envie d'être renseigné sur les Volpato, mais il fallait également qu'il en apprenne davantage sur tous les trafics financiers de la ville et les procédures illégales permettant la circulation de l'argent entre les mains de ses habitants.

Comme tout le monde, ou à peu près, il savait que les ventes de biens immobiliers et les transferts de titres de propriétés étaient archivés au bureau du Cadastre, mais en dehors de ça il n'avait que de vagues notions sur ce qui se passait dans ce service. Il se souvenait de l'enthousiasme de Rossi à l'idée que plusieurs bureaux allaient rassembler leurs fichiers afin de gagner du temps et de rendre l'information plus accessible. Il regrettait, à présent, de ne pas lui en avoir demandé davantage.

Il prit l'annuaire, l'ouvrit à la lettre B, trouva le numéro qu'il cherchait et le composa. C'est une voix féminine qui lui répondit :

« Agence du Bucentaure, bonjour.

– Ciao, Stefania.

– Qu'est-ce qui se passe, Guido ? »

La question le surprit, et il se demanda ce qui, dans sa voix, l'avait trahi.

« J'ai besoin de quelques informations, répondit-il tout aussi directement.

– Et pour quelle autre raison m'appellerais-tu, hein ? » répliqua-t-elle sans y mettre le ton aguichant qu'elle employait en général avec lui.

Il préféra ignorer la critique silencieuse du ton comme celle, déclarée, de la question.

« J'aimerais en savoir un peu plus sur le bureau du Cadastre.

– Le quoi ? s'exclama-t-elle, simulant la confusion.

– Le bureau du Cadastre. J'ai besoin de savoir ce qu'ils

font exactement, qui y travaille, et à qui on peut faire confiance.

– C'est une grosse commande, dis-moi.

– C'est pour cette raison que je t'ai appelée. »

Les intonations aguichantes revinrent soudain.

« Et moi qui passe mes journées à attendre que tu me téléphones pour autre chose !

– Et pour quoi, mon trésor ? Demande-moi ce que tu veux », lança-t-il, susurrant sa meilleure imitation de Rudolf Valentino.

Comme il le savait, Stefania était heureuse en ménage et mère de deux enfants.

« Que tu m'achètes un appartement, pardi.

– Je risque peut-être d'avoir à le faire, dit-il, soudain sérieux.

– Pourquoi ?

– Je viens d'apprendre que notre logis était condamné.

– Que veux-tu dire, condamné ?

– Que nous allions peut-être devoir le détruire. »

Il y eut un silence d'une seconde, puis Stefania éclata de son rire suraigu, mais sans qu'il sache si c'était à cause de l'absurdité criante de la situation ou de son étonnement à l'idée qu'il ait pu trouver cela extraordinaire. Elle émit encore quelques petits bruits de gorge avant de dire :

« Tu n'es pas sérieux.

– J'ai moi-même du mal à le croire. N'empêche, c'est ce que m'a dit, mot pour mot, un fonctionnaire du bureau du Cadastre. Aucun document, dans leurs archives, ne prouve que notre appartement a été construit ni que des permis ont été accordés pour le faire, et ils pourraient donc décider de le faire démolir.

– Tu as dû mal comprendre.

– Il paraissait sérieux.

– À quand cela remonte-t-il ?

– À quelques mois.

– Y a-t-il eu du nouveau, depuis ?

– Non. C'est pour ça que je t'appelle.

– Et pourquoi ne pas essayer de les joindre, eux ?

– Je trouvais plus prudent de t'en parler d'abord.

– Pourquoi ?

– Pour connaître mes droits. Et me faire une idée plus précise des personnes qui prennent ce genre de décisions. »

Comme Stefania ne réagissait pas, il demanda :

« Les connais-tu, ces gens-là ?

– Ni plus ni moins que tous ceux qui travaillent dans ma branche.

– Qui sont-ils ?

– Le plus important, c'est Fabrizio dal Carlo ; c'est lui qui dirige tout le bureau. C'est un bâton merdeux, et prétentieux, par-dessus le marché. Son assistant, Esposito, n'existe pas : c'est dal Carlo qui concentre tout le pouvoir entre ses mains. On trouve ensuite la signorina Loredana Dolfin, dont la vie, m'a-t-on dit, repose entièrement sur deux piliers : le premier est de faire en sorte que personne n'oublie que, même si elle n'est que simple secrétaire dans un service public, elle descend du doge Giovanni Dolfin... j'ai oublié ses dates, ajouta-t-elle, comme si cela avait de l'importance.

– Il a été doge entre 1356 et 1361, date à laquelle il est mort de la peste », précisa aussitôt Brunetti sans hésiter.

Pour relancer Stefania, il demanda :

« Et le second ?

– Dissimuler l'adoration qu'elle éprouve pour Fabrizio dal Carlo... Mais il paraît qu'elle y réussit moins bien que pour le premier. Dal Carlo la fait bosser comme une esclave, mais c'est probablement son désir secret, même si l'idée que l'on puisse ressentir autre chose que du mépris pour ce type est un truc qui me dépasse.

– Il y a quelque chose entre eux ? »

Les éclats de rire de Stefania retentirent à nouveau dans le téléphone.

« Bon Dieu, non ! Elle pourrait être sa mère, vu son âge. Sans compter qu'il est marié et qu'il a au moins une maîtresse ; il n'aurait pas beaucoup de temps à lui consacrer, de toute façon, même si elle n'était pas laide comme le péché. »

Stefi réfléchit à ce qu'elle venait de dire avant de poursuivre.

« En réalité, c'est pathétique. Elle a donné des années de sa vie pour être la servante fidèle de ce Roméo de bas étage, sans doute dans l'espoir qu'il comprendrait un jour à quel point elle l'aimait et qu'il s'évanouirait à la seule idée qu'une Dolfin puisse être amoureuse de lui. Seigneur, quel gâchis ! Si ce n'était pas si triste, ce serait comique.

– À t'entendre, on a l'impression que tout le monde est au courant.

– Mais tout le monde l'est, au moins parmi ceux qui ont affaire à eux.

– Même du fait qu'il a une maîtresse ?

– C'est supposé être un secret, j'imagine.

– Mais ce n'en est pas un...

– Non. Les secrets ne tiennent jamais bien longtemps. Pas dans cette ville, en tout cas.

– Oui, j'en ai bien peur, reconnut Brunetti, remerciant en silence le ciel qu'il en soit ainsi. Rien d'autre à savoir ?

– Non. Rien qui me vienne à l'esprit. Pas d'autres commérages. Tu devrais les appeler, je crois, pour cette histoire avec ton appartement. D'après ce que j'ai entendu dire, leur grand projet de rassembler toutes les archives ne serait qu'un écran de fumée, de toute façon. Il ne verra jamais le jour.

– Un écran de fumée ? Pour cacher quoi ?

– Si j'ai bien compris, quelqu'un, dans l'administration de la ville, serait arrivé à la conclusion que tellement de restaurations effectuées au cours des deux dernières années l'ont été illégalement, ou du moins, tellement de réalisations n'ont si souvent plus rien à voir avec les plans soumis et acceptés, qu'il serait plus sage que les permis et les demandes d'autorisation disparaissent. Comme ça, personne ne pourrait comparer les plans acceptés avec les travaux réellement effectués. C'est pour cette raison qu'ils ont monté ce projet de tout fusionner.

– Je ne suis pas bien sûr de t'avoir suivie, Stefania.

– C'est pourtant simple, Guido, le taquina-t-elle. Avec

tous ces papiers se promenant d'un bureau à un autre, envoyés d'un bout de la ville à l'autre, ce serait bien le diable s'il ne s'en perdait pas quelques-uns en route, non ? »

Brunetti trouva l'idée à la fois inventive et efficace. Il la mit de côté en tant qu'explication, éventuellement, de l'absence de plan pour son propre domicile, si jamais on lui demandait d'en fournir un.

« Autrement dit, continua-t-il à la place de Stefania, si jamais on posait d'embarrassantes questions sur l'emplacement d'un mur ou l'ouverture d'une fenêtre, le propriétaire n'aurait qu'à sortir ses propres plans... »

Stefania le coupa.

« Plans qui correspondraient à la perfection à la structure véritable de la maison.

– Et en l'absence de plans officiels, judicieusement perdus au cours de la réorganisation des dossiers, enchaîna Brunetti, encouragé par un murmure approbateur de Stefania, contente qu'il ait compris, jamais un inspecteur de la ville ou un acheteur potentiel ne pourraient s'assurer que les restaurations faites sont différentes de celles, demandées et approuvées, des plans initiaux. »

Quand il eut fini, il recula métaphoriquement de quelques pas pour admirer en silence ce qu'il venait de découvrir. Depuis toujours, il avait entendu répéter par les Vénitiens : « Tout s'écroule, mais rien ne s'écroule. » Le dicton paraissait sans aucun doute justifié : plus d'un millier d'années avaient passé depuis que les premières constructions s'étaient élevées sur ce site marécageux, et nombre d'entre elles, par la force des choses, devaient être menacées d'effondrement. Elles s'inclinaient, se fissuraient, se déformaient, mais Brunetti n'avait jamais entendu dire que l'une d'elles s'était véritablement écroulée. Certes, il avait vu des édifices abandonnés dont les toits avaient cédé, ou des maisons condamnées dont une partie des murs s'était écroulée ; mais l'effondrement complet de tout un bâtiment sur ses habitants, jamais.

« À qui doit-on cette invention ?

– Aucune idée, répondit Stefania. On ne sait jamais d'où viennent ces choses.

– Est-ce que les gens des différents services concernés sont au courant ? »

Elle ne lui répondit pas directement.

« Réfléchis un peu, Guido. Il faut faire en sorte que certains documents et dossiers précis disparaissent, au milieu de tous ceux qui seront perdus du seul fait de l'incompétence habituelle. Il y a donc une personne qui doit se débrouiller pour que ces dossiers précis cessent d'exister.

– Qui cela peut-il arranger ?

– Au premier chef, les propriétaires des maisons où ont été effectués des travaux illégaux ; mais aussi les gens supposés vérifier la conformité des réalisations et qui n'ont pas fait leur travail... ou qui l'ont vérifiée, mais se sont laissé persuader d'approuver ce qu'ils voyaient et d'oublier ce que les plans prévoyaient.

– De qui s'agit-il ?

– Des commissions des bâtiments.

– Il y en a combien ?

– Une par quartier, autrement dit six en tout. »

Brunetti imagina l'étendue et la complexité d'une telle entreprise, le nombre de personnes qui devaient s'y trouver impliquées.

« Est-ce qu'il ne serait pas plus simple, pour les gens, de faire les travaux qu'ils veulent et de payer ensuite une amende, le jour où on découvre que la réalisation n'est pas conforme aux plans agréés, plutôt que de se donner la peine de soudoyer quelqu'un afin que les plans en question soient détruits... ou perdus ? se corrigea-t-il.

– C'est comme ça que les choses se passaient autrefois, Guido. Maintenant que nous sommes coincés par tous ces règlements européens, non seulement on doit payer l'amende, mais en plus détruire ce qui a été fait pour le reconstruire comme prévu. Et les amendes sont astronomiques. Un de mes clients a fait poser une *altana* illégale, même pas bien grande, deux mètres sur trois environ. Il a été dénoncé par son voisin : quarante millions de lires,

Guido. Sans compter qu'il a dû la détruire. Autrefois, il aurait au moins pu la garder. Je te le dis, ces histoires de règlements européens vont nous ruiner. Bientôt, on ne trouvera plus personne d'assez courageux pour accepter un pot-de-vin. »

Il y avait, dans la voix de Stefania, une note d'indignation morale que Brunetti n'était pas tout à fait sûr de partager.

« Tu as parlé de beaucoup de gens, Stefi, mais d'après toi, qui peut être à l'origine d'un coup pareil ?

– Les fonctionnaires du bureau du Cadastre, justement, répondit-elle sur-le-champ. Et quoi qu'il s'y passe, dal Carlo est forcément au courant ; quelque chose me dit même qu'il a le groin dans l'auge jusqu'aux oreilles. Après tout, les plans doivent passer par son service, un jour ou l'autre, et ce serait un jeu d'enfant pour lui que de faire disparaître des documents précis. »

Stefania réfléchit quelques instants avant de demander :

« Envisagerais-tu de faire quelque chose comme ça, Guido, de te débarrasser des plans ?

– Je te l'ai dit, il n'en existe pas. C'est précisément pour cela qu'ils m'ont contacté.

– Dans ce cas, tu peux toujours prétendre qu'ils ont été perdus avec tous ceux qui ne vont pas manquer de l'être.

– Mais comment prouver que mon domicile existe, qu'il a été réellement construit ? »

Alors même qu'il posait ces questions, leur absurdité lui sautait aux yeux : comment prouve-t-on l'existence de la réalité ?

La réaction de Stefania fut immédiate.

« Il te suffit de trouver un architecte qui te fera les plans. »

Et avant que Brunetti ait le temps de l'interrompre pour lui poser la question évidente, elle ajouta :

« Des plans qu'il antidatera.

– Mais, Stefania, la construction date de cinquante ans !

– Tu n'es pas obligé de remonter jusque-là. Tu n'as qu'à dire qu'il y a eu des travaux chez toi, il y a quelques années, puis faire dresser des plans conformes à ce qu'est ton appartement aujourd'hui, et y mettre la date de ces travaux. »

Brunetti ne voyant pas ce qu'il pouvait objecter, elle poursuivit :

« C'est vraiment simple. Si tu veux, je peux te donner le nom d'un architecte qui s'en chargera. Rien de plus facile, Guido. »

Elle l'avait beaucoup aidé et il ne voulait pas l'offenser.

« Il faudra que j'en parle à Paola.

– Bien entendu. Quelle idiote je suis ! C'est la solution, pas vrai ? Je suis sûre que son père connaît les gens qui pourront régler ce problème. Tu n'auras même pas besoin de chercher un architecte. »

Elle se tut : à ses yeux, la question était réglée.

Brunetti s'apprêtait à lui répondre lorsque Stefania lui dit qu'elle avait un appel sur une autre ligne.

« Prie pour que ce soit un client ! Ciao, Guido. »

Et la ligne fut coupée.

Cette conversation le laissa un bon moment songeur. Telle était la réalité, malléable, docile : il suffisait de s'ouvrir un chemin à la force du poignet, de pousser un peu dans la bonne direction, pour rendre les choses conformes à la vision qu'on en avait. Ou alors, si la réalité se révélait intraitable, on sortait l'artillerie lourde des relations et de l'argent et on ouvrait le feu. Rien de plus simple, rien de plus facile.

Brunetti se rendit compte que ses réflexions conduisaient en des lieux où il préférait ne pas s'aventurer, et du coup rouvrit l'annuaire pour y chercher le numéro du bureau du Cadastre. Il laissa sonner longtemps, mais personne ne décrocha. Il consulta sa montre, vit qu'il était presque seize heures et reposa le téléphone en grommelant qu'il fallait être stupide pour s'imaginer trouver quelqu'un au travail à cette heure-là.

Il s'enfonça dans son siège et posa les pieds sur le tiroir entrouvert du bas. Bras croisés, il se mit à repenser à la visite de Rossi à son domicile. L'homme lui avait paru honnête – mais c'était une apparence fort commune, en particulier parmi ceux qui ne le sont pas. Pourquoi était-il venu en personne, après l'envoi de la lettre officielle ? Lorsqu'il avait rappelé, plus tard, il connaissait la profession et le grade de Brunetti. Un instant, il envisagea la possibilité que Rossi se soit dérangé pour se faire offrir un pot-de-vin, mais il rejeta cette idée : le jeune fonctionnaire s'était montré trop visiblement honnête.

Lorsqu'il avait découvert que le signor Brunetti, l'homme qui ne pouvait produire les plans de son appartement, était un policier de haut rang, Rossi avait-il jeté sa ligne dans le flot sans fin des commérages pour voir ce qu'il trouverait sur lui ? Personne ne serait assez insensé pour se lancer dans des tractations un peu délicates sans prendre ce genre de précautions ; l'astuce consistait à savoir qui interroger, où exactement lancer son appât pour obtenir les informations nécessaires. Le fonctionnaire aurait-il, après s'être renseigné auprès d'une source ou d'une autre sur Brunetti, décidé de l'approcher pour lui parler de ce qu'il avait découvert au bureau du Cadastre ?

Les permis de construire illégaux et les pots-de-vin qu'on pouvait soutirer en les accordant n'étaient que roupie de sansonnet à côté du vaste catalogue de corruptions offert par les services publics : Brunetti n'arrivait pas à croire que quelqu'un ait pu risquer sa vie en menaçant de révéler quelque astucieux stratagème pour piller les caisses de l'État. La mise en place d'archives centrales informatisées permettant au passage de perdre opportunément les documents devenus gênants aurait pu faire augmenter ce risque, mais pas au point, il en était persuadé, de coûter la vie à Rossi.

Ses réflexions furent interrompues par l'arrivée de la signorina Elettra, qui entra dans le bureau sans prendre la peine de frapper.

« Je vous dérange, monsieur ? demanda-t-elle.

– Non, pas du tout. J'étais en train de réfléchir au problème de la corruption.

– Publique ou privée ?

– Publique, répondit-il en remettant les pieds sous son bureau et en se redressant.

– C'est comme quand on lit Proust, observa-t-elle, impassible. On croit qu'on a terminé, et on découvre qu'il y a encore un volume. Et puis encore un autre. »

Il la regarda, attendant de voir quelle conclusion elle en tirait, mais elle se contenta de disposer des papiers sur son bureau et de dire :

« J'ai appris à faire comme vous, monsieur, et à me méfier des coïncidences. C'est pourquoi je voudrais que vous jetiez un coup d'œil à ce nom. C'est celui des propriétaires d'un immeuble.

– Les Volpato ? demanda-t-il tout en sachant qu'il ne pouvait s'agir que d'eux.

– Exactement.

– Depuis combien de temps ? »

Elle se pencha et tira la troisième page.

« Quatre ans. Ils l'ont acheté à une certaine Mathilde Ponzi. Le prix déclaré est ici. »

Elle indiqua un chiffre tapé à la machine dans le coin droit de la page.

« Deux cent cinquante millions ? s'étonna ouvertement Brunetti. Pour un immeuble de quatre étages faisant au moins cent cinquante mètres carrés au sol ?

– Ce n'est que le prix déclaré, monsieur », répondit la signorina Elettra.

Tout le monde savait que, pour payer moins de taxes, le prix déclaré, pour tout achat immobilier, ne correspondait pas à la somme réellement versée, ou alors de manière très embrouillée – comme à travers un « verre sombre », pour reprendre l'image biblique. Le prix réel était en général deux à trois fois plus important. À la vérité, tout le monde parlait le plus naturellement du monde du « prix réel » et du « prix déclaré », et seul un insensé (ou un étranger) aurait pu croire qu'il était le même.

« Je sais bien, dit Brunetti, mais même s'ils l'ont payé trois fois plus cher, ils ont fait une excellente affaire.

– Si vous regardez la liste de leurs autres acquisitions immobilières, reprit la signorina Elettra en prononçant les deux derniers mots avec une certaine raideur, vous constaterez qu'ils ont tout le temps bénéficié de la même bonne fortune. »

Il revint à la première page et commença à lire. Effectivement, les Volpato s'étaient portés acquéreurs d'immeubles qui leur avaient très peu coûté. Intelligemment, la jeune secrétaire avait pensé à reporter le nombre de mètres carrés pour chacune de ces « acquisitions », et un rapide calcul permit à Brunetti d'estimer qu'ils avaient réussi à payer un prix déclaré, en moyenne, de moins d'un million de lires le mètre carré. Même en tenant compte de variables comme l'inflation et en factorisant la disparité entre prix déclaré et prix réel, ils avaient dans l'ensemble payé beaucoup moins d'un tiers du prix du marché de la ville.

Il releva les yeux vers la jeune femme.

« Dois-je comprendre que toutes les autres pages racontent la même histoire, signorina ? »

Elle acquiesça.

« Cela fait combien de propriétés, en tout ?

– Plus de quarante, et je n'ai même pas encore fait le relevé de celles qui figurent sous le nom de Volpato pouvant être leurs parents.

– Je vois. »

Il revint sur le document. Elle avait joint aux dernières pages les relevés bancaires de leurs comptes courants personnels ainsi que d'autres comptes.

« Comment arrivez-vous à faire ça... commença-t-il – puis, voyant le soudain changement d'expression sur le visage de la secrétaire, il ajouta : ... aussi rapidement ?

– Des amis... Dois-je aussi m'intéresser aux informations que pourraient nous donner les Telecom sur leurs appels téléphoniques ? »

Brunetti acquiesça, certain qu'en réalité elle avait déjà commencé. Elle sourit et quitta la pièce, et Brunetti revint aux colonnes de chiffres du document. Ils étaient tous inimaginables. Il se souvint de l'impression produite sur lui par les Volpato : un couple sans éducation, sans position sociale, sans argent. Mais à en croire ce dossier, ils étaient prodigieusement riches. Si seulement la moitié de ces immeubles étaient loués (et à Venise on n'accumulait pas les appartements pour les laisser vides), ils devaient toucher entre vingt et trente millions de lires par mois, autant que le salaire annuel de bien des gens. Une bonne partie de ces sommes était déposée en sécurité sur des comptes ouverts dans quatre banques différentes, et une partie encore plus importante investie dans des bons du Trésor ou des actions cotées en Bourse. Brunetti n'avait qu'une vague idée du fonctionnement de la Bourse de Milan, mais il en savait assez pour reconnaître les noms des investissements les plus sûrs : les Volpato avaient placé des centaines de millions dessus.

Ces deux vicux minablcs ! Il dut faire un effort pour évoquer la poignée usée du sac en plastique de la femme, le rapiéçage, sur la chaussure de l'homme, qui n'était manifestement pas le premier. S'agissait-il d'un camouflage, pour éviter les regards jaloux des voisins, ou d'une forme d'avarice devenue extravagante ? Et où, dans toute cette affaire, devait-il placer le pitoyable cadavre de Franco Rossi, trouvé mortellement blessé devant l'un des immeubles appartenant aux Volpato ?

19

BRUNETTI PASSA L'HEURE suivante à méditer sur la cupidité, vice pour lequel les Vénitiens ont toujours eu un penchant naturel. Dès sa fondation, la Sérénissime a été une entreprise commerciale ; si bien que l'enrichissement a toujours figuré parmi les objectifs les plus élevés auxquels devaient aspirer les Vénitiens. Contrairement à ces Méridionaux dépensiers que sont les Florentins et les Romains, lesquels ne gagnent de l'argent que pour le jeter par les fenêtres, et qui se complaisaient jadis à balancer de la vaisselle d'or dans l'Arno ou le Tibre pour faire étalage de leurs richesses, les Vénitiens ont depuis longtemps appris à acquérir, à accumuler, à thésauriser, à conserver ; appris aussi à garder leur opulence secrète. Certes, les grandioses *palazzi* qui bordent le Grand Canal n'observent pas cette discrétion, tout au contraire. Mais ce sont ceux des Mocenigo ou des Barbaro, des familles tellement bénies par les dieux du lucre que toute tentative pour dissimuler leurs richesses aurait été vaine. Leur célébrité les protégeait de la maladie de la cupidité.

Ces symptômes étaient beaucoup plus manifestes dans les familles plus obscures, celles de ces marchands gras et gros qui construisaient des palais plus modestes le long des canaux intérieurs, au-dessus de leur entrepôt, afin de pouvoir, tels des oiseaux couvant leurs œufs, vivre en étroit contact physique avec leurs biens. Là, ils pouvaient réchauffer leur bedaine dans le rayonnement d'épices et de tissus rapportés du lointain Orient, la réchauffer en secret, sans que jamais rien n'indique à leurs voisins ce qui était remisé à l'abri des barrières grillagées dont étaient fermées les issues donnant sur l'eau.

Tout au long des siècles, cette tendance à thésauriser s'était peu à peu infiltrée jusque dans les couches inférieures de la société, pour gagner toute la population. On lui donnait de nombreux noms, prévoyance, économie, épargne, prudence, valeurs que Brunetti lui-même avait appris à respecter. Sous leurs formes extrêmes, elles ne devenaient rien de plus qu'une avarice implacable, impitoyable, une maladie qui ravageait non seulement la personne qui en était atteinte, mais tous ceux qui entraient en contact avec le malade.

Il se rappelait, encore jeune enquêteur, avoir été appelé à servir de témoin pour l'ouverture d'une maison ; sa propriétaire, une vieille femme, était morte pendant l'hiver dans la salle commune de l'hôpital, son état ayant été aggravé par la malnutrition et le genre d'atteintes physiques qui ne viennent que d'une exposition prolongée à des températures glaciales. Lui et ses deux collègues s'étaient donc rendus à l'adresse qu'indiquait la carte d'identité de la défunte et avaient enfoncé la porte pour entrer. Ils étaient tombés sur un appartement de plus de deux cents mètres carrés, immonde de crasse et empestant le pipi de chat; les pièces débordaient de cartons pleins de vieux journaux sur lesquels s'empilaient des sacs de plastique remplis de chiffons et de vêtements de rebut. Une pièce ne contenait que des sacs de bouteilles en verre de tous les genres : bouteilles de vin, de lait, fioles de médicaments. Dans une autre, ils découvrirent une commode florentine du XVe siècle qui fut plus tard évaluée à cent vingt millions de lires.

C'était en février et l'appartement était glacial, mais pour une excellente raison : il n'avait aucun système de chauffage. Deux des hommes partirent à la recherche de papiers pouvant aider à identifier les parents éventuels de la vieille dame. Ouvrant un tiroir dans la chambre, Brunetti trouva une liasse de billets de cinquante mille lires attachée avec un bout de ficelle crasseux tandis que son collègue, en fouillant le séjour, découvrit une pile de livrets de comptes postaux avec chacun des dépôts de plus de cinquante millions de lires.

À ce stade, ils avaient quitté la maison et apposé les scellés, puis notifié l'affaire à la Brigade financière pour qu'elle vienne faire le tri. Brunetti apprit plus tard que la vieille femme, morte sans héritiers connus et intestat, avait laissé derrière elle plus de quatre milliards de lires qui allèrent dans les caisses de l'État.

Le meilleur ami de Brunetti lui avait souvent dit qu'il espérait que la mort le prendrait juste au moment où il déposerait sa dernière lire sur un bar en disant : « Je paie une tournée générale ! » Les choses s'étaient presque passées ainsi. Le destin lui avait accordé quarante années de moins qu'à la vieille femme, mais pour Brunetti c'était lui qui avait eu la meilleure vie et la meilleure mort.

Il s'ébroua pour chasser ces souvenirs et tira le tableau de service de son tiroir ; il vit avec soulagement que Vianello était de nuit, cette semaine. Le sergent était chez lui, occupé à repeindre sa cuisine, et ne demanda pas mieux que de retrouver le commissaire le lendemain matin à onze heures devant le bureau du Cadastre.

Comme à peu près tous les citoyens de ce pays, Brunetti n'avait aucun ami à la Brigade financière et n'en voulait pas. Il aurait cependant aimé avoir accès aux informations dont elle disposait sur les Volpato, car seule la Brigade, qui passait son temps à exhumer les secrets fiscaux les plus intimes des citoyens, aurait une idée claire du fabuleux patrimoine déclaré, et donc imposé, du couple d'usuriers. Au lieu de perdre son temps à envisager de lancer la démarche bureaucratique officielle qu'exigeait toute demande d'information de ce genre, il appela la signorina Elettra et lui demanda si elle pouvait s'infiltrer dans les dossiers de ses collègues.

« Ah, la Brigade financière, murmura-t-elle sans chercher à déguiser le ravissement avec lequel elle accueillait cette requête, je mourais d'envie qu'on me le demande.

– Vous ne l'auriez pas fait de votre propre chef, signorina ?

– Bien sûr que non, monsieur, répondit-elle, l'air surpris qu'il lui pose la question. Ç'aurait été, comment dire, du braconnage, non ?

– Et maintenant que je vous demande de le faire ?

– De la chasse au gros gibier, monsieur », soupira-t-elle en raccrochant.

Il appela alors l'équipe des enquêteurs et demanda quand il aurait le rapport sur le bâtiment où on avait trouvé le corps de Rossi. Au bout de quelques minutes, on finit par lui répondre que deux hommes s'étaient rendus sur place mais que, constatant la présence d'ouvriers au travail sur le chantier, ils avaient décidé que le site était trop contaminé pour en tirer des renseignements utiles : ils étaient donc revenus à la vice-questure sans même y pénétrer.

Il était sur le point de laisser tomber, ne voyant dans l'affaire qu'un ratage de plus dû au manque général d'intérêt et d'initiative, lorsqu'il eut l'idée de demander combien d'ouvriers se trouvaient sur place.

On le pria de rester en ligne et, au bout de quelques instants, l'un des deux enquêteurs envoyés sur les lieux vint prendre la ligne.

« Oui, commissaire ?

– Quand vous vous êtes rendus là-bas, combien d'ouvriers travaillaient sur le chantier ?

– J'en ai vu deux, commissaire. Au troisième étage.

– Y avait-il des hommes sur l'échafaudage ?

– Je n'en ai pas vu, monsieur.

– Juste ces deux-là ?

– Oui, monsieur.

– Où étaient-ils, exactement ?

– À la fenêtre.

– Et à votre arrivée ? »

L'homme dut réfléchir quelques instants avant de répondre.

« Ils sont venus à la fenêtre quand nous avons frappé à la porte.

– Dis-moi exactement comment ça s'est passé, s'il te plaît.

– On a essayé d'ouvrir, mais c'était verrouillé. On a alors cogné à la porte et l'un d'eux a passé la tête par la fenêtre et nous a demandé ce qu'on voulait. Pedone leur a dit qu'on était de la police et pourquoi nous étions là, et le type a dit qu'ils avaient repris le travail sur les lieux depuis deux jours, qu'ils avaient déplacé des choses, qu'il y avait eu beaucoup de poussière et que plus rien n'était comme avant. Puis un autre type est arrivé à la fenêtre. Il n'a rien dit, mais il avait beaucoup de poussière sur lui, et il était donc évident qu'ils étaient en train de travailler. »

Il y eut un long silence. Finalement Brunetti demanda :

« Et alors ?

– Alors Pedone a demandé pour les fenêtres, ou plutôt pour l'échafaudage juste en face, parce que c'était là qu'on devait regarder, n'est-ce pas, monsieur ?

– En effet.

– Le type a dit qu'ils avaient monté des sacs de ciment par ces fenêtres toute la journée, et Pedone a donc jugé que ce serait une perte de temps. »

Brunetti laissa s'écouler encore un silence.

« Comment étaient-ils habillés ?

– Habillés ?

– Oui. Étaient-ils en tenue de travail, avaient-ils l'air d'ouvriers ?

– Je ne sais pas, monsieur. Ils étaient à la fenêtre du troisième, et nous, on les regardait d'en bas, on ne voyait que leur tête et leurs épaules. »

L'homme réfléchit quelques instants, puis ajouta :

« Je crois que celui qui nous parlait portait peut-être un veston.

– Dans ce cas, qu'est-ce qui te fait dire que c'était un ouvrier ?

– Parce qu'il a dit qu'il l'était, monsieur. Sans compter que c'était logique, dans un bâtiment en travaux. »

Brunetti avait son idée personnelle sur les raisons de la présence de ces deux hommes sur les lieux, mais il n'aurait servi à rien d'en parler. Il fut sur le point d'ordonner à l'enquêteur de retourner sur place avec Pedone pour faire un examen approfondi de la scène du crime, puis y renonça. Il remercia l'homme pour ses réponses et raccrocha.

Dix ans auparavant, une conversation comme celle-ci l'aurait mis dans une rage folle ; mais aujourd'hui, elle ne fit que confirmer, sans qu'il s'en émeuve davantage, l'opinion peu reluisante qu'il avait de ses collègues. Dans les moments où il était le plus pessimiste, il se demandait même si certains d'entre eux n'étaient pas à la solde de la Mafia ; il savait cependant que cet incident n'était qu'un exemple de plus de l'incompétence endémique et du manque d'intérêt qui régnaient dans la police. Ou peut-être était-ce une manifestation de ce qu'il ressentait lui-même : le sentiment grandissant que toute tentative pour s'opposer au crime, le prévenir ou le punir était d'avance vouée à l'échec.

Plutôt que d'en rester là et de remâcher ses rancœurs, il rangea dans un tiroir les papiers concernant les Volpato et quitta son bureau. Le beau temps essaya de l'attirer en déployant tous ses plus beaux atours : le chant plein d'entrain des oiseaux, le doux parfum d'une glycine s'étirant juste pour lui au-dessus du canal, un chat errant qui vint se frotter à ses chevilles en ronronnant. Brunetti se pencha pour gratter l'animal derrière les oreilles tout en se demandant ce qu'il allait faire.

Une fois sur la rive, il emprunta le vaporetto en direction de la gare et descendit à San Basilio, puis il coupa vers Angelo Raffaele et la ruelle étroite où l'on avait retrouvé le corps de Rossi. Au moment où il s'y engageait, il aperçut l'immeuble. Il n'y avait pas la moindre trace d'activité. Aucun ouvrier sur l'échafaudage, et les volets des fenêtres étaient fermés. Il s'approcha et examina la porte. Le cadenas était toujours fixé à sa chaîne, mais les vis qui retenaient la plaque métallique de fixation avaient du jeu, et il aurait été des plus faciles de forcer l'entrée. Ce qu'il fit. La porte tourna sur ses gonds.

Il entra. Par curiosité, il se tourna pour voir si on pouvait remettre les vis dans leur trou et, effectivement, c'était possible : la chaîne était assez longue pour lui permettre de glisser la main entre les deux battants. Cela fait, il referma la porte. De l'extérieur, celle-ci paraissait correctement verrouillée.

Il était au début d'un couloir qui se terminait sur un escalier, vers lequel il se dirigea rapidement. Les marches étaient en pierre et ses pas ne firent aucun bruit tandis qu'il les escaladait jusqu'au troisième. Il s'arrêta un instant sur le palier, désorienté d'avoir autant tourné dans l'escalier. De la lumière filtrait de sa gauche ; il supposa donc que la façade sur rue était par là, et il prit cette direction.

Il entendit un bruit venant d'au-dessus de lui ; étouffé et faible, mais incontestablement un bruit. Il se pétrifia sur place, se demandant où il avait bien pu laisser son arme de service : dans le coffre fermé à clef, à la maison ? Dans son casier, au pas de tir ? Ou dans le veston accroché dans le placard de son bureau ? Effort futile que de vouloir savoir où elle était, quand il ne savait que trop bien où elle n'était pas.

Il attendit, respirant par la bouche, pris de la sensation très nette qu'il y avait quelqu'un au-dessus de lui. Enjambant une bouteille en plastique vide, il alla se réfugier sur un pas de porte, à sa droite, et ne bougea plus. Il consulta sa montre : dix-huit heures vingt. Il allait bientôt faire nuit dehors ; il faisait déjà très sombre à l'intérieur, et l'obscurité aurait été totale sans la lumière qui filtrait de la façade par des interstices.

Il attendit. Il savait très bien attendre. Quand il consulta de nouveau sa montre, il était dix-huit heures trente-cinq. Le même bruit lui parvint de l'étage au-dessus, plus proche et plus distinct. Il y eut un long silence, puis il reprit, venant de l'escalier, en face de lui. Cette fois-ci, impossible de s'y tromper : des pas, dans l'escalier de bois descendant du grenier.

Il attendit encore. Le peu de lumière qui pénétrait sur le palier réduisait la cage d'escalier à une masse brumeuse dans laquelle Brunetti ne distinguait rien de précis. Il regarda à gauche de l'origine du bruit et entr'aperçut le fantôme gris d'une silhouette qui descendait. Il ferma les yeux, respirant lentement. Au bruit suivant, qui lui parut provenir du palier même, juste en face de lui, il ouvrit les yeux et aperçut une forme des plus vagues. Il s'avança alors soudain d'un pas, criant aussi fort qu'il le pouvait :

« Arrêtez ! Police ! »

Il y eut un hurlement de pure terreur animale, puis l'être qui l'avait émis s'effondra au sol, aux pieds de Brunetti, continuant à pousser des cris suraigus, perçants, qui lui firent dresser les cheveux sur la nuque.

Il se précipita maladroitement jusqu'à l'une des fenêtres, l'ouvrit, repoussa les volets de bois pour laisser ce qui restait de lumière du jour entrer sur le palier. Momentanément aveuglé, il se tourna pour revenir vers le pas de porte d'où montaient toujours les cris, moins forts à présent, moins terrifiés, ayant retrouvé quelque chose d'humain.

Dès l'instant où Brunetti le vit, recroquevillé sur le sol, les bras enroulés autour de son corps fluet et la tête rentrée dans les épaules pour se protéger des coups qui ne pouvaient pas ne pas venir, il reconnut le jeune homme. Il était l'un des trois drogués, tous âgés d'à peine plus de vingt ans, qui tuaient le temps depuis des années non loin d'ici, sur le Campo San Bortolo, allant de bar en bar, perdant de plus en plus le contact avec la réalité au fur et à mesure que le jour cédait à la nuit et qu'une année laissait place à une autre. Gino Zecchino, le plus grand d'entre eux, avait souvent été arrêté pour trafic de drogue, mais parfois aussi pour agression et menaces vis-à-vis d'étrangers. Cela faisait presque un an que Brunetti ne l'avait pas vu, et il fut frappé par sa dégradation physique. Ses cheveux noirs étaient longs et graisseux, sans aucun doute répugnants à toucher, et il avait perdu depuis longtemps ses dents de devant. Des creux profonds, à la joue et au cou, faisaient saillir sa mâchoire inférieure, et il donnait l'impression de ne pas avoir mangé depuis plusieurs jours. Originaire de Trévise, il n'avait pas de famille à Venise et occupait avec ses deux amis, derrière le Campo San Polo, un appartement que la police connaissait bien.

« Tu t'es fait avoir, cette fois, Gino, lui cria Brunetti. Allez, debout ! Lève-toi ! »

Zecchino reconnut son nom, mais pas la voix qui l'avait

prononcé. Il arrêta de gémir et tourna la tête vers celle-ci, sans bouger pour autant.

« J'ai dit debout ! » cria Brunetti en vénitien, mettant autant de colère qu'il le pouvait dans son ton.

Il regarda un peu mieux le jeune homme ; même dans cette mauvaise lumière, il voyait les écorchures, au dos de ses mains, là où il avait essayé de trouver une veine.

« Lève-toi avant que je te fasse descendre à coups de pied dans le cul. »

Brunetti utilisait le vocabulaire qu'il avait passé sa vie à entendre dans les bars et les cellules de garde à vue – tout pour que l'adrénaline de la peur continue à gicler dans les artères de Zecchino.

Le jeune homme roula sur le dos et, se protégeant toujours des bras, tourna la tête, les yeux fermés vers la voix qui l'interpellait.

« Regarde-moi quand je te parle », ordonna Brunetti.

Zecchino alla en rampant s'adosser au mur et entrouvrit légèrement les yeux. Brunetti n'était pour lui qu'une silhouette sombre qui le dominait de toute sa hauteur. D'un seul geste fluide, Brunetti se pencha sur le jeune homme, agrippa sa veste à pleines poignées et le mit sur ses pieds, surpris de la facilité avec laquelle il l'avait soulevé.

Quand il fut assez près de Brunetti pour pouvoir le reconnaître, Zecchino ouvrit de grands yeux terrifiés et se mit à entonner une litanie de « Je n'ai rien vu ! Je n'ai rien vu, je n'ai rien vu ! ».

Brunetti l'attira brutalement à lui tout en lui criant en plein visage :

« Qu'est-ce qui s'est passé ? »

C'est en bredouillant de peur que Zecchino répondit :

« J'ai entendu des voix en bas... Ils se disputaient... Ils étaient dedans... Ils se sont arrêtés un moment, et puis ils ont recommencé, mais je les voyais pas... J'étais là-haut, ajouta-t-il avec un geste vers l'escalier conduisant au grenier.

– Qu'est-ce qui s'est passé ?

– Je ne sais pas. Je les ai entendus... Ils montaient ici...

Ils criaient. Ma copine m'a donné un peu de came à ce moment-là et je ne sais pas ce qui est arrivé après. »

Il leva les yeux vers Brunetti, se demandant dans quelle mesure le policier le croyait.

« Ça ne suffit pas, Zecchino, répliqua Brunetti, se tenant presque nez à nez avec le drogué et respirant une haleine fétide, résultat de dents pourries et d'années d'alimentation malsaine. Je veux savoir qui étaient ces gens. »

Zecchino ouvrit la bouche pour parler, s'interrompit et se mit à regarder le plancher. Quand il releva finalement la tête, la peur avait cédé la place à une autre expression dans ses yeux. On y lisait à présent une ruse animale, née de quelque secret calcul.

« Il était dehors quand je suis parti. Par terre.

– Est-ce qu'il bougeait ?

– Oui... il se traînait avec ses pieds. Mais il n'avait pas de... »

Zecchino s'interrompit – le nouveau Zecchino, le Zecchino rusé, prenait la relève. Il en avait assez dit.

« Il n'avait pas de quoi ? » exigea de savoir Brunetti.

Le drogué ne répondant pas, Brunetti le secoua à nouveau, et le garçon eut un bref sanglot chevrotant. Son nez se mit à couler sur la manche du policier. Celui-ci le lâcha, et il retomba contre le mur.

« Qui était avec toi ?

– Ma copine.

– Qu'est-ce que vous foutiez ici ?

– On baisait. C'est toujours pour ça qu'on vient ici. »

Cette seule idée révulsa Brunetti.

« Qui étaient ces gens ? » demanda-t-il en faisant un pas vers Zecchino.

L'instinct de survie venait de triompher de la panique chez le jeune homme, et Brunetti avait perdu son avantage, évaporé aussi rapidement qu'un fantôme dans un rêve de drogué. Il se retrouva devant ce déchet humain, à peine plus vieux que son fils, sachant avoir perdu tout espoir d'apprendre la vérité de sa bouche. L'idée qu'il respirait le même air, qu'il se trouvait au même endroit que cette épave lui devint insupportable, mais il se força à retourner à la fenêtre. Il regarda en bas et vit la chaussée, là où l'on avait jeté Rossi, là où il avait essayé de se traîner. Sur une surface d'au moins deux mètres de circonférence, le tour de la fenêtre avait été soigneusement balayé. Il n'y avait aucun sac de ciment, ni là ni ailleurs. Comme les soi-disant ouvriers qui s'étaient penchés par la fenêtre, ils avaient disparu sans laisser de traces.

20

ABANDONNANT ZECCHINO devant la maison, Brunetti prit le chemin de son domicile, mais sans trouver de consolation dans la douceur de cette soirée printanière, ni dans la longue marche qu'il s'autorisa le long de l'eau. Son itinéraire l'obligeait à un grand détour, mais il avait besoin de vues dégagées, de l'odeur de la mer et du réconfortant verre de vin qu'il allait prendre dans un petit bistrot qu'il connaissait, près de l'Académie, pour se purifier du souvenir du drogué, en particulier du moment où l'homme était devenu furtif et sauvage, à la fin de la rencontre. Il pensa à la remarque de Paola, disant qu'elle était soulagée de n'avoir jamais trouvé d'attrait dans la drogue par crainte de ce qui aurait pu se passer ; il n'avait pas son ouverture d'esprit et n'en avait jamais pris, même à l'époque où, étudiant, tout le monde fumait un truc ou un autre, autour de lui, en lui racontant que c'était le moyen idéal de libérer son esprit des étouffants préjugés de la classe moyenne. Ils n'imaginaient guère à quel point il n'aspirait précisément qu'à ces préjugés-là – sinon à tout ce qui était classe moyenne, en vérité.

Le souvenir de Zecchino ne cessait de venir interrompre ses réflexions, effaçant tout le reste. Au pied du pont de l'Académie, il hésita pendant un moment, puis décida de décrire un grand cercle qui le ferait passer par le Campo San Luca. Il attaqua les premières marches les yeux baissés au sol, remarquant que le parement blanc qui les bordait était brisé en de nombreux endroits. Quand avait-il été reconstruit, ce pont ? Trois ans auparavant ? Deux ? Et il avait déjà besoin d'être réparé. Son esprit se détourna des questions qu'il se posait sur la manière dont ce marché avait été attribué pour revenir à ce que Zecchino lui avait avoué avant de se mettre à mentir. Une dispute. Rossi blessé et essayant de s'échapper. Et une fille prête à grimper jusque dans la tanière de Zecchino, dans le grenier, prête à prendre le cocktail de drogue qu'il lui mitonnerait, prête à faire ce qu'il voudrait.

En vue de l'horrible bâtisse de la Caisse d'épargne, il obliqua vers la gauche, passa devant la librairie et arriva sur la place. Il entra dans le bar Torino et commanda un *spritz*, avec lequel il alla se poster près de la fenêtre pour étudier les personnages qui se retrouvaient encore à cette heure Campo San Luca.

Il ne vit pas trace de la signora Volpato ni de son mari. Il vida son verre, alla le poser sur le bar et tendit quelques billets au barman.

« Je ne vois pas la signora Volpato », dit-il avec un mouvement de tête vers la place, prenant un ton indifférent.

L'homme lui tendit sa monnaie et un reçu.

« Non. Ils sont plutôt là le matin, après dix heures.

– J'ai besoin de la voir pour quelque chose, dit Brunetti, prenant un ton nerveux, mais souriant au barman comme s'il lui demandait de comprendre un besoin bien humain.

– Je suis désolé », répondit l'homme en se tournant vers un autre client.

À l'extérieur, Brunetti tourna à gauche, puis encore à gauche et entra dans un magasin : une pharmacie qui était sur le point de fermer.

« Ciao, Guido, lui dit Danilo en verrouillant la porte derrière eux. Donne-moi une minute, le temps de fermer la boutique, et on ira prendre un verre. »

Rapidement, avec l'aisance résultant d'une longue habitude, le pharmacien barbu vida la caisse, compta la monnaie et l'emporta dans son arrière-boutique, où Brunetti l'entendit qui allait et venait. Il en ressortit quelques minutes plus tard, ayant endossé une veste de cuir.

Le policier se sentit scruté par les yeux bruns et doux de son ami, qui esquissait un sourire.

« Toi, tu as la tête de quelqu'un qui a besoin d'informations.

– Est-ce que ça se voit tellement ? »

Danilo haussa les épaules.

« Quand tu viens pour des médicaments, tu as l'air inquiet ; quand tu viens pour prendre un verre, tu as l'air détendu ; mais quand c'est parce que tu cherches des informations, tu fais cette tête-là. »

Il fronça les sourcils et regarda son ami en mimant ce qui paraissait être les signes avant-coureurs de la folie.

« *Va là !* dit Guido, sans pouvoir s'empêcher de sourire.

– De quoi s'agit-il ? demanda Danilo. Ou de qui ? »

Brunetti ne fit pas le moindre pas en direction de la porte, jugeant qu'il valait sans doute mieux avoir cette conversation derrière le rideau tiré de la pharmacie que dans l'un des trois bars de la place.

« Angelina et Massimo Volpato, répondit-il.

– *Madre di Dio !* s'exclama Danilo. Tu ferais mieux de m'emprunter cet argent. Viens. »

Il prit son ami par le bras pour l'entraîner vers l'arrière-boutique.

« Je vais ouvrir le coffre et je dirai que le voleur portait un passe-montagne, promis. »

Brunetti crut que Danilo plaisantait, mais celui-ci ajouta :

« Tu ne penses pas sérieusement aller les voir, Guido ? J'ai un peu d'argent à la banque, il est à toi si tu veux. Et je suis sûr que Mauro pourra aussi te donner un coup de main. »

Le pharmacien n'avait pas hésité à inclure son patron dans cette offre.

« Non, non, dit Brunetti en posant la main sur le bras de Danilo. J'ai simplement besoin de renseignements sur eux.

– Ne me dis pas qu'ils ont enfin commis une erreur et que quelqu'un a déposé plainte contre eux ? Ah, quel bonheur !

– Tu les connais si bien que ça ?

– Depuis des années, répondit Danilo, dont le sourire s'estompa pour laisser la place au mépris le plus total. Elle, en particulier. Elle rapplique ici une fois par semaine, avec ses images pieuses et son chapelet. »

Il prit une position courbée, joignit les mains sous le menton et inclina la tête de côté en regardant son ami, la bouche en cul-de-poule. Délaissant son dialecte du Trentin pour adopter le vénitien le plus pur, c'est d'une voix couinante et haut perchée qu'il reprit :

« Oh, dottor Danilo, vous ne pouvez imaginer tout le bien que j'ai fait aux gens de cette ville. Vous ne pouvez imaginer combien de personnes me sont reconnaissantes de ce que j'ai fait pour elles et à quel point elles devraient prier pour moi. Non, vous n'en avez pas idée ! »

Brunetti n'avait jamais entendu la voix de la signora Volpato, mais il n'en perçut pas moins l'écho, dans cette parodie féroce, de tous les hypocrites qu'il avait rencontrés.

Danilo se redressa, et la vieille femme qu'il avait mimée disparut aussitôt.

« Comment s'y prend-elle ? demanda Brunetti.

– Les gens la connaissent. Lui aussi. Ils viennent tous les jours sur la place, au moins l'un des deux, le matin. Les gens savent où les trouver.

– Oui, mais *comment* le savent-ils ?

– Et comment les gens savent les choses ? demanda Danilo en guise de réponse. Elles se disent, le mot passe. Ceux qui ne peuvent pas payer leurs impôts, ou qui jouent, ou qui ont besoin de renflouer leur entreprise avant la fin du mois... Ils lui signent un papier disant qu'ils la rembourseront dans tel délai, et les intérêts ont déjà été ajoutés à la somme. Mais voilà, ces gens vont devoir emprunter un peu plus pour pouvoir la rembourser. Les joueurs ne gagnent jamais ; le répit accordé à l'entreprise ne dure pas.

– Ce qui me stupéfie, observa Brunetti après quelques instants de réflexion, est que tout cela soit légal.

– Avec le document établi devant notaire et signé par les deux parties, rien n'est plus légal.

– Qui sont ces notaires ? »

Danilo lui donna trois noms. Trois études respectables, avec une importante clientèle à Venise. L'une d'elles travaillait pour le beau-père de Brunetti.

« Tous les trois ? »

Brunetti était incapable de cacher son étonnement.

« Crois-tu que les Volpato déclarent les commissions qu'ils leur donnent ? Crois-tu que ces notaires paient des impôts sur ce qu'ils gagnent avec les Volpato ? »

Brunetti n'était pas le moins du monde surpris que des notaires s'abaissent à de telles ignominies ; il l'était en revanche par les trois noms cités. L'un d'eux faisait partie de l'ordre des Chevaliers de Malte, un autre était un ancien conseiller municipal.

« Viens, l'encouragea Danilo. On va prendre un verre, et tu pourras m'expliquer pourquoi tu t'intéresses à eux. »

Voyant l'expression de Brunetti, il se corrigea :

« Ou ne pas me l'expliquer. »

Au Rosa Salva, de l'autre côté de la rue, le policier lui dit seulement qu'il s'intéressait aux usuriers de la ville en général et à leur existence crépusculaire aux frontières de la légalité et du crime. Nombre de clients de Danilo étaient des femmes âgées, pour la plupart amoureuses de lui, et il avait droit à des commérages sans fin. Aimable, patient, toujours prêt à les écouter, il avait accumulé, avec les années, un véritable Eldorado de ragots et de tuyaux divers, trésor qui s'était révélé à plusieurs reprises une mine de renseignements des plus précieuses pour Brunetti. Le pharmacien lui donna le nom de plusieurs autres usuriers connus, les lui décrivant et énumérant les biens dont ils avaient réussi à s'emparer.

Sensible à l'humeur de son ami et respectant sa discrétion professionnelle, Danilo s'en tint à ses potins, conscient que Guido ne lui poserait pas d'autres questions. Puis il jeta un bref coup d'œil à sa montre.

« Faut que j'y aille. On dîne à huit heures, chez nous. »

Ils quittèrent le bar et prirent ensemble la direction du Rialto, parlant à bâtons rompus. Ils se séparèrent à hauteur du pont et chacun se hâta de rejoindre son domicile.

Cela faisait maintenant des jours que les bribes éparses d'information dont Brunetti disposait s'agitaient dans sa tête ; il les avait tournées et retournées dans tous les sens, il avait essayé d'en faire un tableau cohérent. Il se rendit compte que les gens du bureau du Cadastre devaient savoir, par la force des choses, qui allait devoir faire des restaurations, ou qui allait devoir payer des amendes pour des travaux exécutés illégalement par le passé. Ils devaient connaître le taux de ces amendes ; il était même possible qu'ils aient leur mot à dire pour en fixer le montant. Il leur suffisait alors de vérifier quelle était la situation financière des propriétaires épinglés – on n'avait jamais de mal à y parvenir. La signorina Elettra, se dit-il, n'était certainement pas le seul petit génie de Venise. Puis, si quelqu'un protestait qu'il n'avait pas de quoi payer l'amende, il ne restait plus qu'à lui suggérer d'avoir une conversation avec les Volpato.

Il était grand temps de rendre visite au bureau du Cadastre.

Lorsqu'il arriva à la vice-questure, le lendemain matin, un peu après huit heures et demie, le garde de service à l'entrée, Massi, lui dit qu'une jeune femme était venue un peu plus tôt et l'avait demandé. Non, elle n'avait pas expliqué ce qu'elle voulait ; quand elle avait appris que le commissaire n'était pas encore là, elle avait dit qu'elle allait prendre un café et reviendrait plus tard. Brunetti demanda au jeune policier de l'escorter jusqu'à son bureau dès qu'elle se représenterait.

Il venait de terminer la lecture de la première section du *Gazzettino* et envisageait de sortir prendre un café lorsque Massi apparut à sa porte pour lui annoncer que sa visiteuse était revenue ; puis il s'effaça pour laisser entrer une femme qui paraissait à peine sortie de l'adolescence. Brunetti remercia le policier et lui dit qu'il pouvait retourner à son poste ; l'homme salua et quitta la pièce. Brunetti fit signe à la jeune femme de s'approcher. Elle était restée près de l'entrée, comme si elle craignait les conséquences de toute incursion plus avant dans le bureau du commissaire.

« Je vous en prie, signorina, mettez-vous à l'aise. »

Contournant son bureau, il alla prendre sa place habituelle en la laissant décider de ce qu'elle devait faire.

Elle traversa lentement l'espace vide et vint se poser sur le bord de la chaise, les mains sur les genoux. Brunetti lui adressa un bref coup d'œil et se pencha pour déplacer un document sur son bureau et lui donner ainsi le temps d'adopter une position plus confortable.

Quand il releva la tête, il affichait un sourire qu'il espérait accueillant. Elle avait des cheveux bruns, aussi courts que ceux d'un garçon, et portait un jean et un chandail bleu clair. Elle avait les yeux aussi sombres que ses cheveux, remarqua-t-il, et des cils tellement épais qu'il les crut faux jusqu'au moment où il observa qu'elle ne portait aucun maquillage. Elle était jolie, de manière conventionnelle : une ossature délicate, un nez court et droit, une peau satinée et une petite bouche. L'aurait-il vue dans un bar, assise devant un café, qu'il ne l'aurait pas regardée deux fois ; mais en l'observant dans ce cadre, il se dit qu'il avait la chance de vivre dans un pays où les jolies filles abondaient et où les très belles femmes n'avaient rien d'exceptionnel.

Elle s'éclaircit la gorge par deux fois avant de parler.

« Je suis l'amie de Marco. »

Elle avait une voix superbe, grave, musicale, d'une sensualité opulente, la voix qu'on aurait plutôt attribuée à une femme qui aurait vécu une longue existence remplie de plaisirs.

Brunetti attendit qu'elle s'explique. Mais comme elle n'ajoutait rien, c'est lui qui prit la parole.

« Et pourquoi êtes-vous venue me parler, signorina ?

– Parce que je veux vous aider à trouver ceux qui l'ont tué. »

Le policier conserva un masque sans expression tandis qu'il digérait l'information ; il devait s'agir de la fille qui avait appelé Marco depuis Venise.

« Alors c'est vous, l'autre lapin ? » demanda-t-il gentiment.

Sa question la prit par surprise. Elle remonta ses mains fermées contre sa poitrine et fit une petite moue qui, effectivement, la faisait tout à fait ressembler à un lapin.

« Comment êtes-vous au courant de ça ?

– J'ai vu ses dessins, expliqua Brunetti, et j'ai été frappé à la fois par son talent et par l'affection évidente qu'il nourrissait pour les lapins. »

Elle inclina la tête, et il crut tout d'abord qu'elle s'était mise à pleurer.

« J'avais un lapin apprivoisé, quand j'étais petite. Lorsque j'en ai parlé à Marco, il m'a dit qu'il avait toujours détesté voir son père les tirer ou les empoisonner, à la ferme... Ils ravagent tout, quand ils sont en liberté. C'était ce que disait son père.

– Je vois. »

Le silence s'installa, mais il attendit. Puis elle dit, comme s'ils n'avaient pas évoqué les lapins :

« Je les connais. »

Ses mains se remirent à se torturer l'une l'autre sur ses genoux, mais sa voix resta calme, presque séductrice. Il songea qu'elle n'avait sans doute aucune idée de son pouvoir ou de sa beauté.

Brunetti acquiesça pour l'encourager, et elle reprit :

« Eh bien... c'est-à-dire, je connais le nom de l'un d'entre eux, celui qui a vendu cette saleté à Marco. Je ne connais pas les gens à qui il l'achète, mais je crois qu'il vous le dira si vous lui faites suffisamment peur.

– Je crains que notre rôle ne soit pas de faire peur aux gens », lui fit remarquer Brunetti avec un sourire.

Si ça pouvait être vrai, se dit-il.

« Non, ce que je veux dire, lui faire assez peur pour

qu'il vienne vous dire ce qu'il sait. Il le ferait, s'il pensait que vous savez qui il est et où vous pouvez le trouver.

– Si vous me donnez son nom, signorina, nous pourrons l'amener ici et l'interroger.

– Est-ce qu'il ne vaudrait pas mieux qu'il vienne de lui-même ?

– Oui, sans aucun doute, mais... »

Elle l'interrompit :

« Je n'ai aucune preuve, vous comprenez. Je ne peux pas témoigner que je l'ai vu vendre la drogue à Marco, ou affirmer que Marco m'a dit qu'il la lui avait achetée. »

Elle s'agita sur son siège, un peu mal à l'aise, puis reposa ses mains croisées sur ses genoux.

« Mais je suis sûre qu'il viendrait, s'il n'avait pas le choix... et qu'alors ce ne serait pas trop grave pour lui, n'est-ce pas ? »

Autant d'inquiétude ne pouvait avoir comme objet qu'un membre de sa famille, comprit Brunetti.

« Je n'ai pas l'impression que vous m'ayez dit votre nom, signorina.

– Je ne veux pas », répondit-elle, la voix soudain un peu moins douce.

Brunetti ouvrit les mains, doigts écartés pour symboliser la liberté qu'il lui laissait.

« C'est tout à fait votre droit, signorina. Dans ce cas, la seule suggestion que je puisse vous faire est de dire à cette personne de venir nous voir.

– Il ne m'écoutera pas. Il ne m'a jamais écoutée », répondit-elle, intransigeante.

Le commissaire envisagea les possibilités qui lui restaient, tout en étudiant son alliance. Il eut l'impression qu'elle était plus fine que la dernière fois qu'il l'avait regardée de près. Le temps l'avait usée. Puis il releva les yeux sur la jeune femme.

« Lit-il les journaux ? »

Elle fut surprise, mais répondit aussitôt que oui.

« Le *Gazzettino* ?

– Oui.

– Pouvez-vous vous arranger pour qu'il le lise demain ? »

Elle acquiesça.

« Bien. J'espère que cela suffira à le décider à nous parler. L'encouragerez-vous à le faire ? »

Elle baissa les yeux, et il crut une nouvelle fois qu'elle allait pleurer. Au lieu de cela, elle répondit :

« Je n'ai pas arrêté d'essayer depuis la mort de Marco. »

Sa voix s'étrangla, et elle serra de nouveau les poings, très fort. Elle secoua la tête.

« Je ne peux rien faire de plus. Ma fami... »

Elle s'interrompit avant d'avoir fini le mot, confirmant ce qu'il avait deviné. Elle fit basculer son poids vers l'avant et il comprit que, son message transmis, elle était sur le point de s'enfuir.

Brunetti se leva lentement et contourna le bureau. Elle se leva à son tour et se dirigea vers la porte, qu'il ouvrit pour elle. Dès qu'elle fut dans l'escalier, il referma le battant, courut au téléphone et composa le numéro du bureau du garde, à l'entrée. Il reconnut la voix du jeune policier qui l'avait accueilli plus tôt.

« Massi ? Ne dis rien. Quand la fille descendra, conduis-la dans ton bureau et débrouille-toi pour la retenir quelques minutes. Dis-lui que tu dois enregistrer sur la main courante l'heure à laquelle elle est partie, raconte-lui n'importe quoi, mais empêche-la de repartir tout de suite. »

Sans laisser au jeune policier le temps de répondre, Brunetti raccrocha et courut au grand placard de bois près de la porte. Il ouvrit brutalement la porte, qui alla claquer contre le mur. Il vit le veston de tweed qui traînait là sur son cintre, abandonné depuis au moins un an, et s'en saisit sans ménagement. Le tenant contre lui, il alla ouvrir la porte de son bureau, jeta un coup d'œil dans l'escalier avant de le dévaler quatre à quatre pour rejoindre la salle des officiers de police.

L'effort le faisait haleter lorsqu'il y entra ; il eut un

soupir silencieux de soulagement lorsqu'il vit que Pucetti était à son bureau.

« Pucetti ? Lève-toi et enlève ta veste. »

Le jeune policier se leva sur-le-champ et jeta sa veste de tenue sur le bureau. Brunetti lui tendit le veston de tweed.

« Il y a une jeune fille en bas, à l'entrée. Massi la retient en ce moment dans son bureau. Quand elle partira, tu la suivras. Toute la journée s'il le faut, mais je veux savoir où elle va et qui elle est. »

Pucetti prenait déjà la direction de la porte. Trop grand pour lui, le veston pendait sur son corps, et il releva les manches sur ses avant-bras ; il enleva aussi sa cravate et la jeta en direction de son bureau. Lorsqu'il quitta les lieux, sans avoir demandé la moindre explication à son patron, il avait l'air d'un jeune homme qui se serait habillé n'importe comment : une chemise blanche et des pantalons bleu marine dont la coupe militaire perdait tout son sens sous le veston de tweed trop grand aux manches retournées de manière décontractée.

Brunetti retourna à son bureau, où il composa le numéro de la rédaction du *Gazzettino* et se présenta. Il leur raconta que la police, dans son enquête sur la mort par overdose d'un jeune étudiant, avait découvert l'identité d'un homme qu'on soupçonnait d'être le vendeur du produit qui avait causé le décès. Une arrestation était imminente, et on espérait qu'elle conduirait à celles d'autres personnes impliquées dans le trafic de drogue de la région vénitienne. Il espéra, en reposant le téléphone, que ce stratagème suffirait à obliger le parent de la jeune fille à trouver le courage de venir jusqu'à la vice-questure, afin que quelque chose de positif puisse sortir de la disparition stupide de Marco Landi.

Il se présenta à onze heures, en compagnie de Vianello, au bureau du Cadastre. Brunetti donna son nom et son titre à la secrétaire, au rez-de-chaussée, qui lui dit que le bureau de l'*ingeniere* dal Carlo était au troisième étage et qu'elle allait tout de suite le prévenir de son arrivée. Suivi d'un Vianello silencieux dans son uniforme, Brunetti monta jusqu'au troisième étage, stupéfait du nombre de personnes, presque toujours des hommes, qui empruntaient l'escalier en deux flots opposés. Sur chaque palier, c'était un va-et-vient constant de fonctionnaires serrant des plans contre leur poitrine ou portant de grands cartons à dessin.

Le bureau de l'*ingeniere* dal Carlo était le dernier à gauche ; la porte était ouverte, ils entrèrent donc. Une femme de petite taille, qui paraissait assez âgée pour être la mère de Vianello, était assise à un bureau leur faisant face, à côté d'un immense écran d'ordinateur. Elle leur jeta un coup d'œil par-dessus les épais verres en demi-lune de ses lunettes de lecture. Ses cheveux, qui grisonnaient beaucoup, étaient retenus en arrière en un chignon serré qui rappela à Brunetti la signora Landi ; elle avait les épaules étroites et le dos courbé, donnant l'impression qu'elle souffrait d'un début d'ostéoporose. Elle ne portait aucun maquillage, comme si elle avait depuis longtemps renoncé à l'idée qu'il puisse lui être utile.

« Commissaire Brunetti ? demanda-t-elle, restant assise.

– Oui. J'aimerais parler à l'*ingeniere* dal Carlo.

– Puis-je vous demander quel est l'objet de votre requête ? »

Elle s'était exprimée dans un italien pointilleux, employant une formule qu'il n'avait pas entendue depuis des dizaines d'années.

« Je voudrais lui poser quelques questions sur l'un de ses anciens employés.

– Ancien ?

– Oui. Franco Rossi.

– Ah, oui », dit-elle, portant la main à son front et se cachant les yeux.

Puis elle enleva ses lunettes et releva la tête.

« Ce pauvre jeune homme... Il travaillait ici depuis des années. Ç'a été terrible. On n'avait jamais vu une chose pareille. »

Il y avait un crucifix au mur, au-dessus de son bureau ;

elle y porta les yeux tandis que ses lèvres bougeaient dans une prière silencieuse.

« Connaissiez-vous le signor Rossi ? demanda Brunetti, enchaînant aussitôt, comme s'il n'avait pas très bien compris le nom de la femme, signora... ?

– *Signorina* Dolfin, répondit-elle, marquant un temps d'arrêt comme pour voir l'effet produit par ce patronyme. Il avait son bureau juste de l'autre côté du couloir, repritelle. C'était un jeune homme toujours très poli, qui faisait preuve de beaucoup de respect pour le dottor dal Carlo. »

À la manière dont elle avait dit cela, il était clair que la signorina Dolfin n'imaginait pas compliment plus grand.

« Je vois, dit Brunetti, lassé d'avoir à subir ce genre de propos creux et élogieux que semblent exiger les défunts. Me serait-il possible de parler à l'*ingeniere* ?

– Bien entendu, répondit-elle en se levant. Vous devez excuser mes bavardages. C'est simplement qu'on ne sait plus que faire, devant une mort aussi tragique. »

Brunetti acquiesça – la meilleure façon, à son avis, de réagir à un cliché.

Elle fit avec eux les quelques pas jusqu'à la porte donnant dans l'antre du maître des lieux. Elle donna deux coups brefs, marqua une pause et en ajouta un troisième ; à croire qu'avec le temps elle avait mis au point un code secret donnant des informations sur les visiteurs qui se présentaient. Quand une voix masculine, à l'intérieur, cria « *Avanti !* », Brunetti vit une lueur caractéristique dans les yeux de la femme, dont le coin des lèvres se redressa.

Elle ouvrit, entra et se mit de côté pour laisser passer les deux visiteurs, puis dit :

« Voici le commissaire Brunetti, dottore. »

Brunetti avait brièvement parcouru la pièce du regard, en entrant, et vu un homme imposant aux cheveux sombres derrière le bureau, mais il avait gardé les yeux sur la signorina Dolfin pendant qu'elle parlait, intrigué par le changement de ses manières et même du timbre de sa voix, beaucoup plus riche et chaleureux que quand elle s'était adressée à lui.

« Merci, signorina, dit dal Carlo en la regardant à peine. Ce sera tout.

– Merci, monsieur. »

Très lentement, elle se détourna de dal Carlo, sortit du bureau et referma doucement le battant derrière elle.

Le directeur du bureau du Cadastre se leva, souriant. Il approchait de la soixantaine, mais il avait la peau ferme et le maintien bien droit d'un jeune homme. Son sourire révélait des couronnes dentaires à l'italienne, d'une taille plus grande que nécessaire.

« Je suis très heureux de faire votre connaissance, commissaire », dit-il en tendant la main à Brunetti.

Sa poignée de main était vigoureuse et masculine. Il adressa un signe de tête à Vianello et les conduisit vers des fauteuils, dans un coin de la pièce.

« En quoi puis-je vous être utile ? »

Brunetti prit le temps de s'asseoir.

« J'aimerais que vous me parliez de Franco Rossi.

– Ah, oui... »

Dal Carlo secoua la tête à plusieurs reprises.

« Une affaire terrible, tragique. C'était un jeune homme remarquable, un vrai bourreau de travail. Il aurait pu faire une très belle carrière... »

Il poussa un soupir et répéta :

« Tragique, tragique.

– Depuis combien de temps travaillait-il ici, *ingeniere* ? » demanda Brunetti.

Vianello sortit son petit calepin et commença à prendre des notes.

« Voyons... environ cinq ans, je dirais. Je peux me renseigner auprès de la signorina Dolfin, ajouta-t-il avec un sourire. Elle sera en mesure de vous donner une réponse plus précise.

– Non, ça va très bien comme ça, dottore. »

Brunetti eut un petit geste de la main avant de continuer.

« Quelles étaient exactement les responsabilités du signor Rossi ? »

Dal Carlo porta une main à son menton, comme s'il

réfléchissait, et contempla le plancher. Après un laps de temps convenable, il répondit :

« Il devait vérifier si les restaurations effectuées étaient conformes aux plans qui avaient été approuvés.

– Conformes ? s'étonna Brunetti avec dans la voix la perplexité du béotien.

– Oui, si les plans avaient bien été respectés, si vous préférez.

– Et sinon ?

– Dans ce cas, le signor Rossi nous signalait les différences, et notre service entamait une procédure.

– Laquelle ? »

À la manière dont dal Carlo regarda Brunetti, il donnait l'impression d'évaluer non seulement la question, mais la raison pour laquelle Brunetti l'avait posée.

« En général, ça se termine par une amende et une injonction de refaire les travaux en respectant à la lettre les spécifications des plans.

– Je vois, dit Brunetti avec un mouvement de la tête en direction de Vianello pour qu'il prenne note de cette réponse. Ce sont des inspections qui peuvent coûter très cher. »

Dal Carlo parut intrigué.

« Je ne vois pas très bien ce que vous voulez dire, commissaire.

– Simplement que cela peut entraîner de grosses dépenses, lorsqu'il faut détruire ce qui a été construit pour le reconstruire. Sans parler de l'amende.

– En effet. Notre règlement est très précis sur ce point.

– Cela fait plus que doubler les frais, en somme.

– Oui, probablement. Mais rares sont les personnes assez téméraires pour s'y risquer. »

Brunetti ne retint pas un mouvement de surprise et regarda son interlocuteur avec une mine de conspirateur.

« Puisque vous le dites, *ingeniere*. »

Sur quoi il changea tout de suite de sujet et de ton pour demander :

« Le signor Rossi a-t-il jamais reçu des menaces ? »

Une fois de plus, dal Carlo parut perplexe.

« J'ai bien peur de ne pas comprendre non plus cette question, commissaire.

– Alors permettez-moi d'être clair, dottore. Le signor Rossi était en position d'imposer de coûteuses dépenses à certaines personnes. S'il signalait des travaux effectués illégalement dans un immeuble, les propriétaires se retrouvaient pris sous la menace d'une amende et d'une obligation de les refaire. »

Il sourit, et ajouta :

« Vous et moi nous savons quel est le coût de l'immobilier dans cette ville, si bien que je doute fort que les gens appréciaient que le signor Rossi découvre des différences entre les plans et les réalisations.

– Certes, admit dal Carlo. Mais je doute aussi beaucoup que quiconque ait pu proférer des menaces à l'encontre d'un fonctionnaire de la ville qui ne faisait que son devoir.

– Croyez-vous que le signor Rossi aurait pu accepter un pot-de-vin ? » demanda brusquement Brunetti, attentif à ne pas quitter dal Carlo des yeux tandis qu'il posait sa question ; l'homme parut décontenancé, sinon choqué.

Mais au lieu de répondre, il réfléchit très attentivement à ce qui lui était demandé.

« Je n'avais jamais envisagé cette éventualité jusqu'ici. »

Brunetti n'en doutait pas. C'est tout juste si dal Carlo ne ferma pas les yeux pour montrer à quel point il se concentrait. Puis il eut le toupet d'affirmer :

« Je ne voudrais pas dire du mal de lui, pas maintenant, mais on ne peut pas l'exclure. Oui, ajouta-t-il après une hésitation embarrassée, la chose aurait pu être possible.

– Qu'est-ce qui vous le fait penser ? » demanda Brunetti, qui était toutefois à peu près certain qu'il ne s'agissait, de la part de dal Carlo, que d'une tentative d'utiliser Rossi comme un écran pour dissimuler, sans doute, les traces de ses propres malversations.

Pour la première fois, le patron du bureau du Cadastre regarda Brunetti droit dans les yeux. En aurait-il eu besoin,

Brunetti aurait eu là la preuve flagrante que l'homme mentait.

« Vous devez comprendre que ce n'est rien de précis, rien que je puisse décrire avec des mots. Son comportement avait changé, au cours des derniers mois. Il était devenu furtif, nerveux. Ce n'est qu'à présent, à cause de votre question, que j'envisage cette possibilité.

– Est-ce que ce serait facile à faire ? »

Et comme Brunetti voyait que dal Carlo semblait ne pas comprendre la question, une fois de plus, il ajouta :

« Accepter un pot-de-vin ? »

Il ne s'attendait tout de même pas à ce que l'homme proteste qu'il n'avait jamais pensé à une telle chose – auquel cas Brunetti n'aurait sans doute pas pu s'empêcher d'éclater de rire. Ils étaient, après tout, dans une des administrations de la ville. Mais l'*ingeniere* fut capable de se contrôler.

« Je suppose que ce serait possible. »

Brunetti garda longtemps le silence, si longtemps que dal Carlo se vit forcé de demander :

« Pourquoi me posez-vous toutes ces questions, commissaire ? »

Brunetti ne répondit pas tout de suite.

« Nous ne sommes pas entièrement convaincus, dit-il enfin, parlant au pluriel pour donner plus de poids à ses paroles, que la mort de Rossi soit due à un accident. »

Cette fois-ci, dal Carlo ne put cacher sa surprise, sans qu'il soit possible de savoir si celle-ci était due à la révélation de cette éventualité ou au fait que la police l'avait envisagée. Tandis que toutes sortes d'idées lui traversaient l'esprit, il eut un regard en biais vers Brunetti qui rappela à ce dernier le coup d'œil que lui avait adressé Zecchino.

Le souvenir du toxico lui étant revenu à l'esprit, Brunetti ajouta :

« Nous avons peut-être un témoin d'après lequel il s'agirait d'autre chose.

– Un témoin ? répéta dal Carlo à voix haute, d'un ton incrédule, comme si c'était un terme qu'il n'avait jamais entendu.

– Oui, quelqu'un qui se trouvait dans le bâtiment. »

Brunetti se leva soudain.

« Merci pour votre aide, dottore », dit-il en tendant la main.

Dal Carlo, de toute évidence déconcerté par le tour qu'avait pris la conversation, se mit à son tour debout et prit la main tendue.

« Je trouve ça incroyable, dit-il. Qui donc aurait pu vouloir le tuer ? Il n'y avait aucune raison... Et cet immeuble était vide. Comment quelqu'un aurait-il pu voir ce qui s'est passé ? »

Comme ni Brunetti ni Vianello ne répondaient, dal Carlo raccompagna ses visiteurs hors de son bureau, ignorant la signorina Dolfin qui s'activait devant son écran d'ordinateur, jusqu'à la porte qui donnait sur le couloir. Personne ne prit la peine d'échanger une dernière politesse.

21

BRUNETTI DORMIT MAL, cette nuit-là, ne cessant de se réveiller en remâchant les souvenirs de la journée. Il comprit que Zecchino avait sans doute menti, à propos du meurtre de Rossi, et qu'il en avait vu ou entendu beaucoup plus qu'il ne l'avait avoué : sinon, pourquoi serait-il devenu aussi évasif ? D'autres questions le titillèrent au cours de cette interminable nuit : le refus de Patta d'admettre le comportement criminel de son fils ; le manque de sympathie de Luca pour sa femme ; le handicap quotidien que constituait l'incompétence générale qui régnait partout. Mais c'était quand il pensait aux deux jeunes filles qu'il était le plus troublé – la première, qui en était réduite à accepter des relations sexuelles avec Zecchino dans un grenier sordide, la seconde, prise entre son chagrin suite à la mort de Marco et sa culpabilité de savoir ce qui était à l'origine de celle-ci. L'expérience l'avait certes dépouillé de toute trace d'esprit chevaleresque, mais il ne pouvait s'empêcher d'éprouver une amère pitié pour ces jeunes femmes.

La première se trouvait-elle dans le grenier lorsqu'il était tombé sur Zecchino ? Il avait été tellement submergé par le désir de fuir au plus vite l'immeuble qu'il n'avait pas pensé à vérifier s'il n'y avait pas quelqu'un d'autre dans le grenier. Ce n'était pas parce que Zecchino descendait l'escalier qu'il avait l'intention de quitter la maison ; peut-être avait-il voulu connaître l'origine des bruits produits par Brunetti et avait-il laissé la fille là-haut. Au moins Pucetti avait-il pu lui donner le nom de la seconde : Anna Maria Ratti. Elle vivait avec ses parents et son frère à Castello et était étudiante en architecture à l'université.

Quatre heures avaient sonné au clocher depuis quelque temps lorsqu'il décida de retourner à la maison abandonnée dès le matin, et d'essayer de reparler à Zecchino ; peu après, il sombra dans un sommeil paisible, ne se réveillant qu'après le départ de Paola et Raffi pour la fac et celui de sa fille pour le lycée.

Une fois habillé, il appela la vice-questure afin de prévenir qu'il arriverait tard et retourna dans la chambre pour essayer de retrouver son arme de service. Il tira une chaise devant l'armoire et monta dessus. Il y avait, sur l'étagère du haut, la caisse que son père avait rapportée de Russie à la fin de la guerre. Le cadenas était à sa place, mais il n'avait aucune idée de l'endroit où il avait mis la clef. Il descendit la caisse et alla la poser sur le lit. Sur un bout de papier scotché dessus, on lisait le message suivant, rédigé de l'écriture bien lisible de Chiara : *Papa, en principe on ne devrait pas savoir, Raffi et moi, que la clef est cachée derrière le tableau dans le bureau de maman. Bises.*

Il alla récupérer la clef, se demanda s'il devait ajouter un commentaire à la note. Non. Autant ne pas les encourager. Il ouvrit la caisse, en sortit le pistolet, le chargea et le glissa dans l'étui de cuir qu'il avait déjà fixé à sa ceinture. Il remit la caisse en place et quitta la maison.

La petite rue était vide, comme lors de ses deux premières visites, et il n'y avait toujours aucune trace d'activité sur l'échafaudage. Il dégagea le moraillon de métal de son logement et entra dans l'immeuble en laissant, cette fois, la porte ouverte. Il ne chercha pas à monter en silence ni à dissimuler d'une manière ou d'une autre son arrivée. Au contraire, avant d'attaquer l'escalier, il lança :

« Zecchino ? C'est la police. Je monte. »

Il attendit quelques instants, mais rien ne vint des étages : ni bruit ni cri en réponse. Regrettant d'avoir oublié d'emporter une lampe torche, il dut se contenter du peu de lumière qui passait par la porte restée ouverte lorsqu'il attaqua l'escalier du premier. Toujours pas de bruit. Il continua jusqu'au troisième, où il s'arrêta sur le palier. Il ouvrit les volets des deux fenêtres qui donnaient dessus ; il y avait assez de lumière pour éclairer tout l'espace, entre l'escalier de pierre par lequel il était arrivé et celui, en bois, qui donnait accès au grenier.

Il escalada ce dernier et attendit. Il y avait deux portes de part et d'autre et une troisième à l'extrémité du petit couloir. Un volet cassé, sur sa gauche, laissait passer suffisamment de lumière. Il appela de nouveau Zecchino, puis, étrangement rassuré par le silence, ouvrit la première porte à sa droite. Derrière, il y avait une pièce mansardée vide où il ne vit que quelques caisses à outils, deux chevalets et des pantalons de peintre couverts de chaux. L'autre porte donnait sur une pièce occupée par le même genre de matériel. Ne restait que la porte au bout du couloir.

Comme il l'avait espéré, c'est derrière celle-ci qu'il trouva Zecchino et la fille. Ce fut à la faible lumière qui tombait d'une imposte du toit qu'il la découvrit, allongée sur lui. Sans doute avait-on tué le toxico en premier, à moins qu'il ne soit tombé sous l'avalanche des coups tandis qu'elle continuait à se débattre, tout à fait en vain, pour finir par s'effondrer sur lui.

« *Gesù bambino* », murmura le policier devant ce spectacle, ayant du mal à ne pas se signer. Ils étaient là, deux corps affaissés, déjà ratatinés de cette manière particulière des cadavres qui les fait paraître plus petits. Un halo sombre de sang séché entourait leurs têtes, rapprochées comme celle de chiots ou de jeunes amants.

De Zecchino, il ne voyait que l'arrière du crâne ; mais la fille avait le visage tourné vers lui ; ou, plus précisément, ce qui restait de son visage. Ils semblaient avoir été l'un et l'autre battus à mort. Le crâne de Zecchino avait perdu sa forme régulière ; quant au nez de la fille, il avait disparu, réduit en bouillie par un coup si violent qu'il n'en restait qu'un pan de cartilage collé à la joue.

Brunetti se détourna pour examiner la pièce. De vieux matelas couverts de taches étaient empilés contre l'un des murs. À côté, gisaient les vêtements – ce n'est qu'en jetant un coup d'œil aux deux cadavres qu'il se rendit compte qu'ils étaient à demi nus – que les amants avaient jetés au hasard dans leur hâte. Il aperçut une seringue ensanglantée, et le souvenir d'un poème que lui avait lu Paola lui revint brutalement en mémoire ; son auteur essayait de séduire une femme en lui disant que leurs sangs s'étaient mélangés dans la puce qui les avait piqués tous les deux. À l'époque, il avait trouvé que c'était une vision délirante de l'union d'un homme et d'une femme, mais elle ne l'était pas davantage que la seringue qui gisait sur le sol. Quelques emballages en plastique étaient dispersés à côté, sans doute pas plus gros que ceux qu'on avait trouvés dans les poches de Roberto Patta.

De retour au rez-de-chaussée, il sortit le portable que, pour une fois, il avait pensé à emporter et appela la vice-questure, leur expliquant ce qu'il venait de découvrir et leur donnant les coordonnées de l'immeuble. La voix de sa conscience professionnelle lui intima de retourner dans la pièce où gisaient les deux jeunes gens pour voir ce qu'il pourrait y trouver d'autre, mais il décida d'y rester sourd et alla paresser dans un rayon de soleil qui tombait jusqu'au sol, en face du bâtiment à l'échafaudage, en attendant les enquêteurs.

Quand ils arrivèrent, il les expédia en haut, résistant à la tentation de leur faire remarquer que, comme il n'y avait aucun ouvrier au travail sur place aujourd'hui, ils pourraient étudier à loisir la scène du crime. Il n'y avait rien à gagner à lancer cette raillerie facile, et leur reprocher de s'être fait berner la fois précédente ne changerait rien pour eux.

Il leur demanda qui ils avaient appelé pour examiner les cadavres, et apprit avec satisfaction que c'était Rizzardi. Il ne bougea pas de sa place et l'occupait même encore, vingt minutes plus tard, lorsque le médecin légiste arriva. Les deux hommes s'adressèrent un simple signe de tête.

« Encore un ?

– Deux », répondit Brunetti en prenant la direction du bâtiment, ouvrant la marche.

Tous les volets étaient à présent ouverts, la lumière entrait à flots, et ils n'eurent aucune difficulté à gagner le dernier étage. Tels des papillons, ils furent attirés par l'éclat violent des projecteurs des techniciens qui déversaient leur lumière jusqu'au palier et leur signalaient la présence d'une nouvelle preuve de la fragilité des corps, de la vanité des espérances.

Rizzardi commença par examiner les deux cadavres sans se pencher dessus ; il enfila ensuite des gants en caoutchouc et s'accroupit pour toucher la gorge de la fille, puis celle du garçon. Il posa sa trousse sur le sol et, s'agenouillant, fit lentement basculer le corps de la fille jusqu'à ce qu'elle se retrouve sur le dos, à côté du garçon, le visage vers le plafond. Dans ce mouvement, l'une de ses mains claqua sur le sol, faisant sursauter Brunetti, qui avait préféré détourner les yeux.

Il se rapprocha et resta debout à côté du médecin. La fille portait des cheveux courts, teintés au henné, graisseux et sales. Il remarqua que ses dents, que l'on apercevait dans l'ouverture ensanglantée qui avait été sa bouche, étaient impeccablement rangées et parfaites. Le sang qui avait jailli de son nez massacré avait caillé autour de ses lèvres mais paraissait avoir coulé jusque dans ses yeux, semblait-il, lorsqu'elle avait roulé sur le sol. Avait-elle été jolie ? Ou ordinaire ?

Rizzardi prit Zecchino par le menton et tourna son visage vers la lumière.

« Ils ont été tués tous les deux par des coups portés à la tête, dit-il en indiquant un emplacement à la tempe gauche de Zecchino. Ce n'est pas facile à faire. Il faut beaucoup de force. Ou beaucoup de coups. Et la mort n'est pas rapide. Mais au moins ne sent-on pas grand-chose, pas après les deux ou trois premiers coups, du moins. »

Il regarda de nouveau la fille, et tourna son visage de côté pour examiner une concavité qui s'assombrissait sur la nuque. Puis il montra deux marques, sur le haut des bras.

« Je dirais qu'elle a été maintenue pendant qu'on la frappait, avec un morceau de bois, ou peut-être un bout de tuyau. »

Aucun des deux ne trouva nécessaire de commenter cela en ajoutant *comme Rossi*.

Rizzardi se releva, enleva ses gants et les mit dans sa poche.

« Quand pourras-tu la faire ? fut tout ce que Brunetti trouva à dire.

– Cet après-midi, probablement. »

Le médecin savait que ce n'était même pas la peine de demander au policier s'il voulait assister à l'autopsie.

« Appelle-moi après dix-sept heures. J'aurai sans doute des choses à te dire. Mais, ajouta-t-il avant que Brunetti ait le temps de lui demander quoi, ne t'attends pas à de grandes révélations ; pas beaucoup plus que ce que l'on constate ici. »

Le médecin légiste parti, les techniciens entamèrent leur parodie mortelle d'activités domestiques : balayer, poudrer les empreintes, recueillir les petits débris tombés au sol et les mettre soigneusement de côté. Brunetti se força à fouiller lui-même les poches des deux cadavres, en commençant par les vêtements qu'ils avaient abandonnés à côté des matelas, puis, après avoir enfilé des gants que lui avait tendus Del Vecchio, ceux qu'ils portaient encore. Dans la poche de poitrine de la chemise du garçon, il trouva trois autres sachets de plastique contenant de la poudre blanche. Il les confia à Del Vecchio, qui les étiqueta avec soin et les rangea dans l'enveloppe des pièces à conviction.

Rizzardi, constata-t-il avec soulagement, leur avait fermé les yeux. Les jambes nues de Zecchino lui rappelèrent les photos prises à la fin de la guerre au moment de l'ouverture des camps de concentration : rien que de la peau sur des os, guère de présence de masse musculaire. Et comme ses genoux saillaient, noueux... Un os de sa hanche était visible, tendant la peau. Des pustules rouges lui couvraient les cuisses, mais Brunetti n'aurait su dire s'il s'agissait de plaies suppurantes dues à d'anciennes piqûres ou des symptômes d'une maladie de peau. La fille, bien que mince à faire peur et presque dépourvue de poitrine, était moins décharnée que Zecchino. L'un et l'autre, à présent, n'étaient plus que des cadavres. Brunetti se détourna et redescendit.

En tant que responsable de cette partie de l'enquête, le moins qu'il pouvait faire était cependant de rester sur les lieux jusqu'au moment où les corps seraient enlevés et où l'équipe technique considérerait qu'elle avait trouvé tout ce qu'il y avait à trouver, échantillonné tout ce qu'il y avait à échantillonner et examiné tout ce qui pourrait servir, par la suite, à retrouver le ou les assassins. Il se rendit au bout de la ruelle et étudia le jardin, de l'autre côté, prenant plaisir à voir les forsythias qui, en dépit de leur mine chiffonnée, paraissaient toujours heureux.

Ils allaient évidemment devoir poser des questions, quadriller le secteur, essayer de trouver quelqu'un se rappelant avoir vu une personne entrer dans la ruelle ou le bâtiment. Lorsqu'il fit demi-tour, un petit attroupement s'était déjà constitué à l'autre bout de la venelle, à l'endroit où elle donnait sur une rue plus large, et il se dirigea vers lui, formulant les premières questions dans sa tête.

Comme il s'y attendait, personne n'avait rien vu, ni ce jour-là ni un autre jour des deux ou trois dernières semaines. Personne ne se doutait qu'il était possible d'entrer dans l'édifice. Personne n'avait jamais vu Zecchino, ni ne se rappelait avoir aperçu une jeune fille. Étant donné qu'il n'avait aucun moyen de les obliger à parler, Brunetti ne fit pas l'effort de mettre en doute tant d'ignorance, car sa longue expérience lui avait enseigné que lorsque ses compatriotes avaient affaire à la police, rares étaient ceux qui se rappelaient autre chose que leur nom.

Les autres interrogatoires devraient attendre après le déjeuner, ou même la soirée, lorsque les habitants du secteur auraient plus de chances d'être chez eux. Mais il savait déjà que personne n'admettrait avoir été le témoin de quoi que ce soit. Le bruit allait rapidement courir que deux drogués avaient trouvé la mort dans le bâtiment à l'échafaudage, et rares seraient ceux qui verraient là un événement particulier – en tout cas pas un événement méritant de s'embêter avec un interrogatoire en règle par la police. Pourquoi subir des heures interminables à être traité en suspect ? Pourquoi courir le risque de devoir prendre sur son temps de travail pour se refaire convoquer ou témoigner à un procès ?

Il savait que la police ne jouissait pas de la moindre sympathie dans la population, d'une manière générale ; il savait aussi à quel point les policiers traitaient mal les gens quand ils se trouvaient pris dans l'orbite d'une enquête comme témoins ou comme suspects. Pendant des années, il avait essayé d'apprendre à ses hommes à considérer les témoins comme des personnes qui étaient là pour les aider – comme des collègues, en un sens. Malgré ça, il voyait qu'en salle d'interrogatoire ils étaient sermonnés, menacés et agressés verbalement. Pas étonnant que les gens s'enfuient à la seule idée de donner des informations à la police : il aurait fait pareil.

L'idée d'aller déjeuner lui était intolérable, tout comme celle de se retrouver en famille avec en tête le souvenir encore frais de ce qu'il venait de voir. Il appela Paola et retourna à la vice-questure, où il resta dans son bureau, s'occupant comme il le pouvait et s'assommant avec des tâches routinières en attendant de pouvoir reprendre contact avec Rizzardi. Sans doute n'apprendrait-il rien de nouveau sur la cause du double décès, mais ce serait au moins une information qu'il pourrait ranger dans un dossier, et peut-être trouverait-il un peu de réconfort à l'idée d'avoir remis un semblant d'ordre dans le chaos de ces morts soudaines.

Pendant les quelques heures suivantes, il tria deux mois de papiers et de rapports en retard, apposant fermement ses initiales au bas de dossiers qu'il avait parcourus sans les comprendre. Cela lui prit tout l'après-midi, mais au moins son plan de travail se trouva-t-il vidé, puisqu'il prit même la peine de tout descendre dans le bureau de la signorina Elettra. Comme elle n'était pas là, il lui laissa une note lui demandant d'archiver ces documents ou de les transmettre à celui qui devait éventuellement les consulter après lui.

Ceci fait, il se rendit au bar près du pont pour prendre un verre d'eau minérale et un sandwich au fromage.

L'édition du jour du *Gazzettino* traînait sur le comptoir ; il la prit et vit, dans la deuxième section, l'article dont il avait semé la graine. Comme il s'y attendait, il en disait beaucoup plus que ce qu'il avait déclaré ; l'auteur du papier laissait entendre non seulement qu'une arrestation était imminente, mais que la condamnation était inévitable et le trafic de drogue effectivement anéanti à Venise. Il laissa tomber le journal et retourna à la vice-questure, remarquant au passage que les boutons des forsythias lançaient quelques taches jaunes par-dessus le mur, de l'autre côté du canal.

De retour dans son bureau, il constata qu'il était suffisamment tard pour appeler Rizzardi. Il tendait la main vers le téléphone lorsque celui-ci sonna.

« Dis-moi, Guido, attaqua le médecin légiste sans autre préambule, quand tu as examiné ces gosses, ce matin, après mon départ, est-ce que tu as pensé à prendre des gants ? »

Il fallut un moment à Brunetti pour digérer cette surprenante question, puis quelques instants de plus pour se rappeler ce qu'il avait fait.

« Oui. Del Vecchio m'en a donné une paire.

– Est-ce que tu as vu les dents de la fille ? » demanda alors Rizzardi.

Brunetti dut, une fois de plus, imaginer la scène du matin.

« J'ai simplement remarqué qu'elles étaient toutes là et en bon état, ce qui est rare chez les toxicos. Pourquoi cette question ?

– Elle avait du sang sur les dents et dans la bouche. »

De nouveau, Brunetti se trouva transporté dans le grenier sordide, revit les deux corps tombés l'un sur l'autre.

« Je sais. Elle en était même barbouillée.

– C'était son sang à *elle*, sur sa figure, répondit Rizzardi en insistant lourdement sur le pronom. Mais celui qu'elle avait dans la bouche était le sang de quelqu'un d'autre.

– Celui de Zecchino ?

– Non.

– Oh, mon Dieu, elle l'a mordu !... Est-ce que tu en as assez pour... »

Brunetti s'interrompit alors, ne sachant pas trop ce que pourrait en tirer Rizzardi. Il avait lu d'interminables rapports sur la valeur des tests d'ADN, de sang et de sperme dans la recherche de preuves, mais il manquait de connaissances scientifiques pour comprendre comment fonctionnaient ces techniques, ainsi que de la curiosité intellectuelle qui l'aurait fait s'intéresser à autre chose qu'au fait que ces techniques étaient utilisables, et qu'on pouvait tabler sur leurs résultats pour obtenir des identifications fiables.

« Oui, répondit Rizzardi. Si tu me trouves la personne, j'en ai assez pour comparer son sang à celui qu'on a recueilli dans la bouche de la fille. »

Le légiste se tut, mais il avait parlé avec une tension qui fit soupçonner à Brunetti qu'il y avait autre chose.

« Quoi ? demanda-t-il.

– Ils étaient positifs. »

Que voulait-il dire ? Les résultats des tests ? Les échantillons ?

« Je ne pige pas.

– Tous les deux. Le garçon et la fille. *Séro*positifs.

– *Dio mio !* s'exclama Brunetti, qui avait mis du temps à comprendre.

– C'est la première chose que nous vérifions, avec des toxicomanes. Lui en était à un stade beaucoup plus avancé qu'elle. C'est probablement pour cette raison qu'elle avait encore assez de force pour se défendre.

– Mais... et les nouveaux médicaments ? Pourquoi n'en prenaient-ils pas ? »

Comme si Rizzardi avait pu répondre à cette question !

Le médecin se montra patient, sachant que le policier avait deux enfants à peine plus jeunes que les victimes.

« Je ne sais pas pourquoi, Guido, mais je n'ai trouvé aucune trace de ces traitements dans leur sang ou dans leurs organes. Pas plus chez l'un que chez l'autre. Il est rare que les toxicomanes se soignent, tu sais. »

Ni l'un ni l'autre n'eurent envie d'épiloguer sur ce sujet, et Brunetti préféra demander :

« Et la morsure ? Raconte-moi ça.

– Pas mal de chair est restée entre les dents, et celui qui a été mordu doit avoir une sale blessure.

– C'est contagieux à ce point ? demanda Brunetti, stupéfait de constater qu'après des années à avoir été bombardé d'informations sur le sujet, par la presse notamment, il n'en avait pas une idée très claire.

– En théorie, oui. La littérature signale des cas où la maladie semble s'être transmise de cette façon, mais je n'en ai aucune connaissance directe. Je suppose que c'est possible. La maladie a cependant évolué, depuis le début de l'épidémie : les nouveaux médicaments la contrôlent assez bien, en particulier si le traitement est appliqué précocement. »

Brunetti écoutait, songeur quant aux conséquences éventuelles pour des gens aussi ignorants qu'il l'était. Si lui, qui lisait beaucoup et avait des connaissances d'ensemble assez vastes sur ce qui se passait dans le monde, n'avait aucune idée du degré de contagion que pouvait présenter une morsure et ressentait encore une sorte d'horreur viscérale et primitive à l'idée que le sida pouvait être transmis de cette façon, il n'était pas étonnant que la peur soit générale.

Il revint à ce que venait de lui dire Rizzardi.

« La morsure est-elle profonde, à ton avis ?

– Je dirais qu'il lui manque un morceau du bras. Il y avait des poils dans la bouche de la fille. Ils viennent probablement d'un avant-bras. La morsure doit avoir la taille de celle qu'aurait faite un chien... comme un cocker », ajouta-t-il après un instant de réflexion.

Ni l'un ni l'autre ne commentèrent cette curieuse comparaison.

« Assez grave pour que le mordu aille voir un médecin ? demanda Brunetti.

– Peut-être, ou peut-être pas. Si elle s'infecte, alors oui.

– Ou s'il savait qu'ils étaient séropositifs, observa le policier. Ou s'il y a pensé ensuite. »

N'importe qui, sachant qu'il vient d'être mordu par un malade du sida, se précipiterait aux urgences ou chez un toubib pour savoir si oui ou non il a été contaminé, Brunetti en était convaincu. Il envisagea les conséquences : il allait falloir contacter les médecins, les services d'urgences des hôpitaux, voire les pharmaciens auprès de qui le tueur aurait pu demander des antiseptiques ou des pansements.

« Quelque chose d'autre ? demanda Brunetti.

– Il n'en avait plus que pour deux ou trois mois. Quant à elle, elle aurait pu tenir encore un an, mais pas tellement plus. »

Rizzardi se tut. Quand il reprit la parole, ce fut d'un ton entièrement différent.

« Dis-moi, crois-tu que les choses que nous avons à dire ou à faire laissent des marques dans notre chair ?

– Doux Jésus, j'espère bien que non », répondit doucement Brunetti.

Il dit à Rizzardi qu'il le recontacterait lorsqu'ils auraient identifié la fille et raccrocha.

22

IL APPELA LA SALLE des policiers de service et donna comme consigne de lui signaler tout rapport qui concernerait la disparition d'une jeune fille d'environ dix-sept ans, et de vérifier dans les archives si aucun signalement de ce genre n'avait été fait au cours des dernières semaines. Il savait cependant très bien que l'absence d'un tel signalement ne prouvait rien : beaucoup d'enfants étant devenus des biens de consommation jetables, les parents ne s'inquiétaient nullement d'une absence prolongée. Brunetti espérait qu'elle n'était pas plus jeune. Rizzardi devait le savoir, lui, mais le policier préférait rester dans l'ignorance.

Il descendit jusqu'aux toilettes « messieurs », se lava les mains, les sécha, se les relava. De retour à son bureau, il prit une feuille de papier et écrivit en lettres capitales le titre qu'il avait envie de voir à la une des journaux du lendemain : ASSASSIN MORDU PAR SA VICTIME : VENGEANCE POSTHUME ! Il étudia son texte en se demandant, comme Rizzardi, le genre de cicatrice que ces choses allaient laisser sur lui ; puis il raya « posthume » pour le remplacer par « depuis le fond de la tombe », pour décider, après quelques instants de réflexion, que c'était trop long pour tenir sur une colonne et qu'il valait mieux en rester à la première formule. Il prit son carnet d'adresses aux pages cornées et composa le numéro du journaliste spécialisé dans les enquêtes criminelles au *Gazzettino*, un homme qu'il connaissait bien. Flatté que Brunetti ait apprécié son article précédent, celui-ci accepta de faire passer ce nouveau sujet dans l'édition du lendemain. Il dit qu'il adorait la manchette du policier et qu'il veillerait à ce qu'elle soit publiée telle quelle.

« Je ne voudrais pas que tu aies des ennuis, répondit Brunetti, alarmé par tant d'enthousiasme. Il n'y a pas de risque à publier ça, n'est-ce pas ? »

Le journaliste éclata de rire.

« Un risque à publier une fausse information ? Pour moi ? »

Toujours riant, l'homme commença à lui dire au revoir, mais Brunetti l'interrompit.

« Est-ce que tu pourrais t'arranger pour faire passer ça à *La Nuova*, aussi ? J'aimerais que ça soit publié dans les deux journaux.

– Probablement. Ils ont quelqu'un qui vient régulièrement faire des incursions dans notre ordinateur – depuis des années. Ça leur évite d'avoir à payer un reporter. Je vais simplement taper mon texte et ils ne manqueront pas de s'en servir, surtout si je m'arrange pour présenter les choses de manière assez sinistre. Ils sont incapables de résister à l'odeur du sang. Je doute cependant qu'ils se servent de ton titre, ajouta-t-il avec une note de regret authentique dans la voix. Ils les changent toujours, au moins d'un ou deux mots. »

Satisfait d'avoir obtenu ce qu'il voulait, Brunetti se résigna sans peine, remercia son ami et raccrocha.

Afin d'avoir quelque chose à faire, ou peut-être simplement pour bouger et ne pas rester derrière son bureau, il descendit jusque chez la signorina Elettra, qu'il trouva plongée dans une revue.

Elle leva les yeux en l'entendant arriver.

« Ah, vous êtes de retour, commissaire », dit-elle, esquissant un sourire ; mais lorsqu'elle vit l'expression qu'il arborait, elle reprit sa mine sérieuse.

Elle referma sa revue, ouvrit un tiroir et en retira un classeur qu'elle lui tendit.

« Je suis au courant, pour les deux jeunes gens, dit-elle. Je suis désolée. »

Il se demanda s'il devait ou non la remercier pour ses condoléances. Il se contenta d'acquiescer d'un hochement de tête en prenant le classeur, qu'il ouvrit.

« Les Volpato ?

– Oui. Quand vous allez voir ce que vous allez voir, vous comprendrez qu'ils doivent avoir de sacrées protections.

– Qui viendraient d'où ? demanda Brunetti en étudiant la première page.

– De quelqu'un de la Brigade financière, à mon avis.

– Qu'est-ce qui vous le fait dire ? »

Elle se leva et se pencha sur son bureau.

« Regardez à la deuxième page. »

Quand il y fut, elle lui indiqua des séries de chiffres.

« La première colonne indique l'année. Puis vient le total des biens qu'ils déclarent : comptes en banque, appartements, actions. Et dans la troisième figure ce qu'ils déclarent comme revenus pour l'année correspondante.

– Autrement dit, observa-t-il, soulignant l'évidence, ils devraient gagner plus chaque année, étant donné qu'ils possèdent certainement plus. »

Et en effet, la liste de leurs biens était en augmentation permanente.

Il étudia attentivement tous ces chiffres ; mais au lieu de croître en proportion, le chiffre de la troisième colonne allait en diminuant chaque année, alors que les Volpato acquéraient davantage d'appartements, de maisons, de magasins. Avec acharnement, ils arrondissaient leur patrimoine tout en déclarant moins de revenus.

« Ils n'ont jamais eu droit à un audit de la Brigade financière ? s'étonna-t-il, alors qu'il tenait entre ses mains un signal d'alarme fiscal tellement éclatant qu'il devait être sans peine visible depuis le quartier général de la Brigade, à Rome.

– Non, jamais, répondit-elle en secouant la tête et en se rasseyant. C'est ce qui me fait dire qu'ils bénéficient d'une protection.

– Avez-vous des copies de leurs déclarations fiscales ?

– Bien entendu. »

Elle ne cacha pas sa fierté.

« Les chiffres de leurs revenus y sont les mêmes, mais ils s'arrangent pour prouver qu'ils ont dépensé des fortunes en travaux de réhabilitation, année après année, et ils paraissent incapables de revendre quoi que ce soit en faisant un profit.

– Et à qui revendent-ils ? demanda Brunetti, même si des années d'expérience lui valaient d'avoir déjà une idée assez précise de ce qu'allait être la réponse.

– Ils ont cédé ces temps derniers deux appartements, entre autres, à des conseillers municipaux, et deux autres à des officiers de la Brigade financière. Toujours à perte, en particulier en ce qui concerne celui vendu au colonel. Et, continua-t-elle après lui avoir fait sauter une page, lui indiquant la ligne du haut, il semble qu'ils aient aussi vendu deux appartements à un certain dottor Fabrizio dal Carlo.

– Ah », dit Brunetti, poussant un soupir.

Il leva la tête et demanda :

« Est-ce que par hasard... ? »

Son sourire était une bénédiction.

« Tout est là : ses déclarations fiscales, la liste de ses biens immobiliers, ses relevés bancaires, ceux de sa femme, tout.

– Et alors ? »

Il avait résisté à l'impulsion de regarder le document pour laisser à la jeune femme le plaisir de lui répondre.

« Alors, c'est invraisemblable qu'il n'ait pas encore eu droit à un contrôle fiscal.

– Et pourtant ce miracle a eu lieu, dit Brunetti calmement. Depuis toutes ces années, personne n'a rien remarqué, ni pour les Volpato ni pour dal Carlo.

– Et ce n'est pas près d'arriver, enchaîna-t-elle, tant que les conseillers municipaux pourront bénéficier de tarifs pareils. Les conseillers municipaux et, bien sûr, les colonels de la Brigade financière.

– En effet... les colonels aussi. »

Il poussa un soupir fatigué et referma le dossier, qu'il mit sous son bras.

« Et leur téléphone, qu'est-ce que ça donne ? »

Elle faillit sourire.
« Ils n'en ont pas.
– Quoi ?
– En tout cas, je n'ai rien trouvé. Ni à leur nom, ni à l'adresse de leur domicile. Soit ils sont tellement radins qu'ils économisent même là-dessus, soit ils ont un portable au nom de quelqu'un d'autre. »
Le policier avait du mal à imaginer qu'on puisse vivre aujourd'hui sans téléphone, en particulier dans le cas de personnes s'occupant d'achat et de vente de propriétés et de prêts d'argent, autrement dit de personnes obligées d'être en contact avec des avocats, avec l'administration publique, avec les notaires. Comment croire qu'on puisse être maladivement avare au point d'économiser un téléphone ?
Cette piste éliminée, Brunetti revint au double assassinat.
« Si c'est possible, voyez ce que vous pouvez trouver sur Gino Zecchino, voulez-vous ? »
Elle acquiesça. Elle connaissait déjà ce nom.
« Nous ne savons pas encore qui est la fille... »
Disant cela, il se rendit soudain compte qu'ils ne le sauraient peut-être jamais. Il refusa de formuler cette réserve à haute voix, cependant, et se contenta d'ajouter :
« Faites-moi savoir si vous trouvez quelque chose.
– Oui, monsieur », dit-elle, le regardant quitter le bureau.
Une fois chez lui, il décida de donner un peu plus d'ampleur à son entreprise de désinformation, commencée avec l'article qui devait paraître dans le *Gazzettino*. Il passa l'heure suivante à donner des coups de fil, consultant beaucoup son carnet d'adresses ou appelant parfois un ami pour se faire donner les numéros d'hommes et de femmes situés d'un côté ou de l'autre de la loi. Employant tour à tour cajoleries, promesses de faveurs et parfois menaces déclarées, il réussit à convaincre un certain nombre de personnes de répandre la rumeur de l'étrange affaire de ce tueur voué à une mort lente et horrible pour avoir été mordu par sa victime. C'était en général sans

espoir, il n'existait pratiquement pas de thérapie mais parfois, seulement parfois, si la morsure était traitée à temps grâce à une technique expérimentale mise au point au laboratoire d'immunologie de l'hôpital civil et utilisée dans le service des urgences, on avait une chance d'arrêter l'infection. Sinon, la mort était inévitable, et la manchette des journaux finirait par se vérifier : la vengeance posthume de la victime serait effective.

Cela allait-il marcher ? Il n'en avait aucune idée, mais on était à Venise, ville des rumeurs, ville où un peuple sans esprit critique avalait tout ce qu'il lisait, tout ce qu'on lui disait.

Il composa le numéro du standard de l'hôpital et était sur le point de demander qu'on lui passe le bureau du directeur lorsqu'une idée lui vint ; à la place, il demanda à parler au dottor Carraro, aux urgences.

On lui passa le médecin au bout d'un moment, et c'est tout juste si celui-ci n'aboya pas son nom dans le téléphone ; cet homme était trop occupé pour être dérangé, la vie de ses patients était en danger s'il perdait son temps au téléphone, tout ça à cause de quelque ânerie qu'on allait lui demander.

« Ah, dottore, je suis heureux de cette occasion de vous parler, dit Brunetti.

– Qui est à l'appareil ? demanda le médecin du même ton brutal et impulsif.

– Commissaire Brunetti. »

Il attendit que le nom produise son effet.

« Ah oui, bonjour, commissaire. »

Le ton avait soudain changé du tout au tout.

Le médecin ne paraissant pas vouloir en dire davantage, Brunetti reprit la parole.

« Je suis en état de vous rendre un petit service, dottore. »

Carraro ne réagit toujours pas.

« Il semble que nous ayons à décider si nous devons transmettre ou non le résultat de notre enquête au magistrat instructeur. Ou plutôt, se corrigea-t-il avec un petit rire de connivence, nous devons donner nos recommandations sur les suites éventuelles à donner et le déclenchement ou non d'une enquête criminelle. Pour négligence grave. »

Il n'entendait, à l'autre bout du fil, que la respiration de Carraro.

« Bien entendu, je suis persuadé que c'est inutile. Les accidents arrivent. De toute façon, l'homme serait mort. Je ne vois pas la nécessité de vous créer des ennuis avec cela, ni de faire perdre son temps à la police pour une enquête qui n'aboutira en réalité à rien. »

Toujours le silence.

« Vous êtes toujours en ligne, dottore ? demanda Brunetti d'un ton chaleureux.

– Oui, oui, je suis là, répondit le médecin d'une voix changée, plus douce.

– Bien. Je savais que ces nouvelles vous feraient plaisir.

– Oui, tout à fait.

– Pendant que je vous tiens, reprit Brunetti en s'arrangeant pour bien faire sentir qu'il ne venait pas juste d'y penser, j'aimerais vous demander un service.

– Volontiers, commissaire.

– Demain, ou dans les prochains jours, il est possible qu'un homme se présente au service des urgences avec une morsure au bras. Il dira probablement qu'elle a été faite par un chien, ou peut-être qu'il la doit à sa petite amie. »

Carraro garda le silence.

« Vous m'écoutez, dottore ? demanda Brunetti, parlant soudain plus fort.

– Oui.

– Bien. À l'instant même où se présentera cet homme, dottore, j'exige que vous appeliez la questure. À l'instant même, répéta-t-il, donnant le numéro au médecin. Lorsque vous ne serez pas de service, j'attends de vous que vous passiez le mot à la personne qui vous remplacera.

– Et qu'est-ce que nous devons faire en attendant votre arrivée ? voulut savoir Carraro, reprenant son ton normal.

– Le retenir, dottore. Inventez ce que vous voulez, dites-lui qu'il faut lui administrer un traitement spécial, n'importe quoi qui puisse nous donner le temps d'arriver à l'hôpital. Vous ne devez à aucun prix le laisser partir.

– Et si nous ne pouvons pas le retenir ? »

Brunetti était à peu près certain que Carraro lui obéirait, mais il estima plus prudent de mentir.

« Nous avons toujours la possibilité d'examiner les documents de l'hôpital, dottore, et l'enquête sur les circonstances de la mort de Rossi ne sera pas close tant que je ne l'aurai pas décidé. »

Il prononça ces derniers mots, pourtant un mensonge éhonté, d'un ton inflexible. Il respecta quelques instants de silence, puis reprit :

« Parfait. Je compte sur votre collaboration. »

Après quoi, il ne leur restait plus qu'à échanger les plaisanteries d'usage et à se saluer.

Ce qui laissait Brunetti en panne jusqu'à la sortie des journaux, le lendemain matin. Et du coup, il était nerveux et impatient, état qu'il redoutait car il le poussait à agir impulsivement. Il avait du mal à résister à son besoin de lâcher le renard dans le poulailler, en quelque sorte, et de voir ce qui se passerait. Il se rendit dans le bureau de la signorina Elettra.

Quand il la vit, coudes sur la table et le menton dans le creux des mains, penchée sur un livre, il se crut obligé de lui demander s'il ne la dérangeait pas. Elle leva les yeux, souriante, et chassa cette idée d'un mouvement désinvolte de la tête.

« Êtes-vous propriétaire de votre appartement, signorina ? »

Habituée qu'elle était aux entrées en matière parfois peu orthodoxes de Brunetti, elle se contenta de répondre que oui, sans manifester de curiosité particulière, lui laissant le soin d'expliquer sa question si bon lui semblait.

Mais il avait eu le temps de se préparer, car il ajouta :

« De toute façon, ça n'a probablement pas d'importance.

– Pour moi, si, monsieur.

– Ah oui, bien sûr, dit-il, se rendant compte que sa remarque pouvait être prise dans un autre sens. Si vous n'êtes pas trop occupée, signorina, j'aimerais que vous me rendiez un service. »

Elle voulut prendre un carnet de notes et un crayon, mais il l'arrêta d'un geste.

« Non, ce que je voudrais vous demander, c'est d'aller voir quelqu'un et de lui parler. »

Il dut patienter deux heures, mais à son retour la jeune femme monta directement jusqu'au bureau de Brunetti. Elle entra sans frapper et s'avança dans la pièce.

« Ah, signorina, dit-il en l'invitant à prendre un siège et allant s'asseoir à côté d'elle, impatient.

– Il n'est pas dans vos habitudes de me faire des cadeaux de Noël, n'est-ce pas, commissaire ?

– Non, en effet. Pourquoi, dois-je m'y mettre ?

– Oui, monsieur, répondit-elle en prenant de faux grands airs. Je n'attends pas moins d'une douzaine – non, deux douzaines – de roses blanches de chez Biancat et, pourquoi pas, une caisse de prosecco.

– Et quand souhaiteriez-vous voir arriver ces cadeaux, signorina, si je puis me permettre ?

– Pour vous éviter les bousculades de Noël, monsieur, je crois que la semaine prochaine m'irait très bien.

– Pas de problème. C'est comme si c'était fait.

– Vous êtes trop bon, monsieur. »

Elle accompagna sa réponse d'un petit mouvement gracieux de la tête.

« Tout le plaisir est pour moi. »

Il laissa passer un ange avant de demander :

« Alors ?

– Alors, j'ai été voir le libraire de la place qui m'a confirmé leur adresse, et j'ai été chez eux.

– Et ?

– Et ce sont peut-être les gens les plus méprisables que j'aie jamais rencontrés, répondit-elle d'un ton détaché, presque indifférent. Voyons... Cela fait maintenant plus de quatre ans que je travaille ici, et je me suis trouvée en contact avec plus d'un criminel, même si les types de la banque où je travaillais avant étaient probablement pires. Mais ces deux-là constituent une classe à part. »

Elle eut ce qui paraissait être un frisson de dégoût non feint.

« Pourquoi ?

– Parce qu'ils combinent rapacité et piété, je crois.

– De quelle manière ?

– Quand je leur ai dit que j'avais besoin d'argent pour payer les dettes de jeu de mon frère, ils m'ont demandé ce que j'avais comme garantie, et je leur ai parlé de mon appartement. J'ai essayé de paraître un peu nerveuse, comme vous me l'aviez conseillé. Il m'a demandé l'adresse. Il est allé dans une autre pièce, et je l'ai entendu parler... Sans doute utilisait-il un portable, reprit-elle après un moment. En tout cas, il n'y avait aucune prise de téléphone dans la pièce où ils m'ont reçue.

– Et ensuite ? »

Elle pencha la tête de côté et son regard alla se perdre sur le sommet de l'armoire, de l'autre côté de la pièce.

« Quand il est revenu, il a souri à sa femme, et c'est là qu'ils ont commencé à laisser entendre qu'ils pourraient peut-être m'aider. Ils m'ont demandé combien je voulais, et j'ai répondu cinquante millions. »

La somme sur laquelle ils s'étaient entendus : ni trop élevée, ni trop modeste, le genre de montant qu'un joueur peut facilement perdre au cours d'une nuit de jeu effréné, le genre de montant qu'il imagine pouvoir rapidement regagner pourvu qu'il puisse trouver auparavant quelqu'un pour éponger ses dettes.

Elle se tourna vers Brunetti.

« Vous connaissez ces gens ?

– Non. Je tiens d'un ami tout ce que je sais d'eux.

– Ils sont effrayants.

– Quelque chose d'autre, signorina ? »

Elle haussa les épaules.

« Je suppose qu'ils ont procédé comme ils le font d'habitude. Ils m'ont dit qu'ils voulaient voir mon titre de propriété, mais je suis convaincue qu'il était allé appeler quelqu'un pour vérifier que l'appartement était bien à mon nom.

– De qui pourrait-il s'agir ? »

Elle regarda distraitement sa montre avant de répondre.

« Il est peu probable qu'il y ait encore eu quelqu'un au bureau du Cadastre à cette heure-là... Il faut pourtant que ce soit une personne qui puisse avoir directement accès à leurs archives.

– C'est bien ce que vous faites vous-même, non ?

– Non, il me faut un moment pour contourner... pour entrer dans leur système. La personne qui leur a donné cette information l'a fait immédiatement. Elle avait donc un accès direct au dossier.

– Et sinon, où en êtes-vous ? voulut savoir Brunetti.

– Je dois y retourner demain, avec mon titre de propriété. Un notaire viendra chez eux à dix-sept heures. »

Elle se tut et lui sourit.

« Imaginez un peu : on peut mourir faute d'un médecin qui accepte de se déplacer, mais on peut avoir un notaire en moins de vingt-quatre heures. »

Cette seule idée lui fit lever les sourcils et secouer la tête.

« En principe, je dois y retourner demain à cette heure-là, on signera les papiers et ils me donneront l'argent. »

Elle n'avait pas fini de s'expliquer que déjà Brunetti levait un doigt en un geste de dénégation. Il n'était pas question pour lui de laisser la signorina Elettra entrer de nouveau en contact avec ces gens. Son sourire indiqua qu'elle acceptait cet ordre, mais trahissait aussi, peut-être, du soulagement.

« Et les intérêts ? Vous ont-ils précisé à combien ils se monteraient ?

– Ils m'ont dit qu'on en parlerait demain, qu'ils figureraient sur les documents. »

Elle croisa les jambes et mit les mains sur les genoux.

« Ce qui veut sans doute dire qu'ils ne sont pas négociables », ajouta-t-elle d'un ton définitif.

Brunetti attendit quelques instants avant de demander :

« Et la piété ? »

Elle tira de sa poche un rectangle de bristol légèrement plus petit qu'une carte à jouer. Elle le passa à Brunetti pour qu'il l'étudie. Se présentant comme un parchemin, il était orné d'un dessin représentant une religieuse, mains croisées sur la poitrine, les yeux louchant tout aussi pieusement vers le Ciel, aurait-on dit. Il lut le début des quelques lignes imprimées au bas – une prière, à la première lettre enluminée.

« Sainte Rita, dit-elle tandis qu'il examinait toujours l'image pieuse. Il semble qu'elle aussi soit la patronne des causes perdues, et la signora Volpato se sent particulièrement proche d'elle, car elle croit qu'elle vole au secours des gens que plus personne ne veut aider. D'où sa dévotion particulière pour cette sainte. »

La signorina Elettra médita quelques instants sur cette dévotion miraculeuse, puis trouva bon d'ajouter :

« Plus qu'à la Madone elle-même, m'a-t-elle confié.

– Quelle chance elle a, la Madone, commenta Brunetti en tendant l'image à la jeune femme.

– Non, gardez-la, monsieur, dit-elle en agitant la main.

– Ne vous ont-ils pas demandé pourquoi vous ne vous adressiez pas à une banque, puisque vous êtes propriétaire ?

– Si. Je leur ai répondu que l'appartement était un cadeau de mon père et que je ne voulais pas courir le risque qu'il l'apprenne ; que si j'allais voir ma banque, où ils nous connaissent tous, il découvrirait tout, pour mon frère. J'y suis allée de ma petite larme en leur racontant ça. »

Elle esquissa un sourire et continua.

« La signora Volpato a dit qu'elle était tout à fait désolée pour mon frère, que la passion du jeu était un vice terrible.

– Mais pas l'usure, hein ? » demanda Brunetti.

Ce n'était pas une vraie question.

« Apparemment, non. Elle m'a demandé quel âge il avait.

– Et que lui avez-vous répondu ? »

Il n'ignorait pas que la secrétaire n'avait pas de frère.

« Trente-sept ans, et qu'il jouait depuis des années. »

Elle s'arrêta, réfléchissant sur les événements de l'après-midi.

« La signora Volpato s'est montrée très bonne.

– Vraiment ? Qu'est-ce qu'elle a fait ?

– Elle m'a donné une autre image de sainte Rita, et m'a dit qu'elle prierait pour mon frère. »

23

BRUNETTI NE FIT qu'une chose avant de rentrer chez lui cet après-midi-là, signer les documents qui permettraient de rendre le corps de Marco Landi à ses parents. Après quoi, il descendit demander à Vianello s'il voulait se charger d'escorter le fourgon mortuaire, le lendemain, jusque dans le Trentin. Le sergent accepta aussitôt, faisant simplement remarquer que comme il serait en principe en congé, il ne savait pas s'il pourrait porter son uniforme.

Brunetti ignorait s'il avait autorité pour cela, mais il n'en prit pas moins la responsabilité de changer le tableau de service. Il devait bien avoir le document quelque part dans un tiroir de son bureau, au milieu des papiers qu'il recevait chaque semaine et qui finissaient par partir à la poubelle sans avoir été consultés.

« Considère-toi comme étant de service et porte ton uniforme.

– Et s'ils me demandent si l'enquête a fait des progrès, si on en sait un peu plus ?

– Ils ne te poseront pas la question. C'est trop tôt », répondit Brunetti, ne sachant pas très bien comment il pouvait en être aussi sûr, mais l'étant néanmoins.

En arrivant chez lui, il trouva Paola sur la terrasse, jambes allongées, les pieds reposant sur l'une des chaises en rotin qu'un hiver de plus passé exposées aux éléments avait rendues encore plus grisâtres. Elle lui sourit et retira les pieds de la chaise ; il accepta cette muette invitation et s'assit en face d'elle.

« Dois-je te demander comment la journée s'est passée ? »

Il s'enfonça un peu plus dans son siège, secoua la tête, mais réussit à s'arracher un sourire.

« Non. Comme une journée de plus.

– Remplie par quoi ?

– Usure, corruption, rapacité humaine.

– Une de plus... »

Elle prit l'enveloppe glissée dans le livre qu'elle avait sur les genoux et la lui tendit.

« Cela va peut-être te faire du bien », dit-elle.

Il prit l'enveloppe et la regarda ; elle provenait du bureau du Cadastre. Il se demanda comment un document issu de cette administration pourrait lui faire du bien. Il l'ouvrit et le lut.

« Serait-ce un miracle ? »

Puis, revenant à la lettre, il relut la dernière phrase à voix haute.

« Des preuves suffisantes ayant été présentées, toutes les correspondances précédentes envoyées par nos services sont annulées par ce permis de construire. »

La main de Brunetti retomba sur ses genoux sans lâcher la lettre.

« Cela signifie-t-il ce que je pense ? »

Paola acquiesça, sans sourire ni détourner le regard.

Il chercha la bonne formule et le ton adéquat et, les ayant trouvés, reprit :

« Pourrais-tu par hasard être un peu plus précise ? »

Elle s'expliqua tout de suite.

« Si j'ai bien compris, cela veut dire que l'affaire est close, qu'ils ont découvert les documents dont ils avaient besoin, et que cette histoire ne nous rendra pas cinglés.

– Découvert ?

– Découvert. »

Il regarda la simple feuille de papier qu'il tenait, la feuille sur laquelle figurait le terme *présentées*, la plia et la remit dans l'enveloppe, se demandant comment poser sa question, ou même s'il devait la lui poser.

Il lui rendit le tout. Quand il reprit la parole, il maîtrisait son ton, mais pas le choix de ses mots.

« Ton père a-t-il quelque chose à voir avec ça ? »

Il l'observa, et l'expérience lui permit de juger qu'elle avait envisagé un instant de lui mentir, puis abandonné cette idée.

« Probablement.

– Comment ?

– Nous parlions de toi. »

Guido réussit à dissimuler sa surprise à l'idée que Paola puisse parler de lui avec son père.

« Il m'a demandé de tes nouvelles, comment allait ton travail, et je lui ai dit que tu avais plus de problèmes que d'habitude, en ce moment. »

Avant qu'il ait eu le temps de l'accuser de trahir le secret professionnel, elle reprit :

« Tu sais que je ne lui parle jamais, pas plus qu'à quiconque, de choses spécifiques ; je lui ai simplement dit que le fardeau était en ce moment plus lourd.

– Plus lourd ?

– Oui. Avec l'histoire du fils de Patta, expliqua-t-elle, et la manière dont il s'en est tiré, et celle de ces deux malheureux jeunes gens. »

Voyant son expression, elle ajouta :

« Non, je n'ai rien mentionné de tout cela, j'ai juste essayé de lui faire comprendre que tu avais eu des moments difficiles, ces temps derniers. N'oublie pas que je vis et dors avec toi, et que tu n'as pas besoin de me faire un rapport quotidien circonstancié sur ce qui te pèse. »

Il la vit qui se redressait sur sa chaise, comme si elle considérait que la conversation était terminée et pouvait prendre la liberté d'aller leur préparer un verre.

« Qu'est-ce que tu lui as confié d'autre, Paola ? » demanda-t-il avant qu'elle ait le temps de se lever.

Sa réponse mit un certain temps à venir, mais elle dit alors la vérité :

« Je lui ai parlé de cette absurde histoire du bureau du Cadastre, et lui ai dit que, bien que nous n'en ayons plus entendu parler, la menace planait sur nos têtes comme une sorte d'épée de Damoclès bureaucratique. »

Il connaissait la tactique : désamorçage par l'humour. Elle resta sans effet.

« Et quelle a été sa réaction ?

– Il m'a demandé s'il pouvait faire quelque chose. »

Brunetti aurait-il été moins fatigué, moins irrité par cette journée passée à patauger au milieu de la corruption de ses contemporains, il aurait probablement renoncé et laissé les événements suivre leur cours, loin au-dessus de sa tête. Mais quelque chose, dans la duplicité complaisante de Paola, à moins que ce fût à cause de la honte qu'il éprouvait, le poussa à lancer :

« Je t'avais dit de ne pas le faire... je t'avais demandé de ne pas le faire, se corrigea-t-il à la hâte.

– Je le sais. Je ne lui ai pas demandé de nous aider.

– Ce n'était même pas nécessaire, n'est-ce pas ? » demanda-t-il, élevant un peu la voix.

Celle de Paola monta aussi d'un cran.

« J'ignore ce qu'il a fait. Je ne sais même pas s'il a fait quelque chose. »

Brunetti montra l'enveloppe qu'elle tenait toujours.

« La réponse n'est pas bien loin, non ? Je t'avais demandé de ne pas solliciter son aide, de ne pas lui faire mettre en branle son réseau de relations et d'amis.

– Pourtant, tu ne vois aucun mal à mettre le nôtre en branle, répliqua-t-elle.

– Ce n'est pas la même chose.

– Et pourquoi ?

– Parce que nous sommes des petites gens. Nous ne disposons pas du même pouvoir que lui. Nous ne pouvons être sûrs que nous aurons toujours ce que nous voulons, que nous pourrons toujours contourner la loi.

– Et tu crois vraiment que ça fait une différence ? » demanda-t-elle, étonnée.

Il acquiesça.

« Dans ce cas, où se situe Patta ? Du côté des petites gens ou de celui des puissants ?

– Patta ?

– Oui, Patta. Si tu estimes que les petites gens ont parfaitement le droit d'essayer de manipuler le système, mais pas les puissants, où se situe Patta ? »

Comme Brunetti hésitait, elle ajouta :

« Je te le demande parce que tu n'as pas cherché à cacher ce que tu pensais de ce qu'il a fait pour sauver son fils. »

Il fut sur-le-champ envahi d'une violente colère.

« Son fils est un criminel !

– Il n'en est pas moins son fils.

– Et c'est pour ça qu'il serait normal que ton père corrompe le système, parce qu'il le fait pour sa fille ? »

Il regretta ses paroles alors même qu'il n'avait pas fini de les prononcer ; et ce regret submergea sa colère, l'anéantit complètement. Paola le regarda, la bouche arrondie en un petit o, comme s'il venait de la gifler.

« Je suis désolé, reprit-il aussitôt. Je suis désolé. Je n'aurais pas dû dire ça. »

Il appuya la tête contre le dossier de son siège et la secoua de gauche à droite. Il aurait aimé pouvoir fermer les yeux et faire disparaître ce qui venait de se passer. Il leva une main, paume ouverte, et la laissa retomber sur ses genoux.

« Je suis sincèrement désolé. Je n'aurais pas dû dire ça.

– Non, tu n'aurais pas dû.

– Ce n'est pas vrai, ajouta-t-il en manière d'excuse.

– Non, dit-elle d'un ton très calme. Je crois au contraire que tu n'aurais pas dû le dire *parce que* c'est vrai. Il l'a fait *parce que* je suis sa fille. »

Brunetti fut sur le point de lui faire remarquer que l'autre partie de sa réplique, elle, était fausse : le comte Falier ne pouvait corrompre un système déjà corrompu, probablement né corrompu. Mais il se contenta de dire :

« Je ne veux pas de ça.

– De quoi ?

– D'une bagarre.

– C'est sans importance, répondit Paola d'un ton distant, indifférent, vaguement impérieux.

– Tu parles », rétorqua-t-il, de nouveau en colère.

Ils gardèrent longtemps le silence. C'est finalement Paola qui le rompit :

« Qu'est-ce que tu veux que je fasse ?

– Je ne vois pas ce que tu pourrais faire, répondit-il avec un geste de la main vers la lettre, à présent que nous avons ça.

– Oui, je supposc. Mais en dehors de cette affaire ?

– Je ne sais pas. »

Puis, d'une voix plus douce, il ajouta :

« J'imagine que je ne peux pas te demander de retrouver les idéaux de ta jeunesse.

– Le voudrais-tu ? »

À quoi ellc ajouta aussitôt :

« De toute façon, ce serait impossible, je dois te le dire. Ma question est purement rhétorique. Le voudrais-tu ? »

Tandis qu'il se levait, il prit conscience qu'un retour aux idéaux de leur jeunesse ne garantissait pas qu'il retrouverait la paix de l'esprit.

Il rentra dans l'appartement, pour en émerger deux ou trois minutes plus tard, tenant deux verres de chardonnay. Ils restèrent une demi-heure sur la terrasse, n'échangeant que de brèves remarques anodines ; puis Paola consulta sa montre, se leva et dit qu'elle allait préparer le repas. Lorsqu'elle reprit le verre vide de Guido, elle se pencha sur lui et l'embrassa sur l'oreille gauche, manquant la joue.

Après le dîner, il alla s'allonger sur le canapé, travaillé par l'espoir de trouver le moyen de maintenir la paix dans sa famille, et que les événements terribles qui remplissaient ses journées ne viennent jamais assiéger son foyer. Il tenta de poursuivre sa lecture de Xénophon, mais alors même que ce qui restait de l'armée grecque touchait au salut, il trouva difficile de s'intéresser à son histoire, incapable de se sentir ému par un drame vieux de deux mille cinq cents ans. Venue l'embrasser vers vingt-deux heures avant d'aller au lit, Chiara ne lui reparla pas de bateaux, ne s'imaginant pas que, si elle le lui avait demandé, son père, ce soir, aurait accepté de lui offrir le *Queen Elizabeth II*.

Comme il l'avait espéré, il trouva, dans le journal qu'il avait acheté en se rendant le lendemain matin à la vice-questure, sa manchette en première page de la deuxième section du *Gazzettino*. Il s'installa à son bureau pour lire l'article. Tout y paraissait plus horrible et plus urgent que ce qu'il avait laissé entendre et, comme nombre des délires que ce journal n'hésitait pas à publier, tout à fait convaincant. Bien qu'il fût dit en toutes lettres que la thérapie ne fonctionnait que dans les cas de transmission éventuelle par morsure – jusqu'où les gens étaient-ils prêts à croire n'importe quoi ? –, il craignait que l'hôpital ne soit submergé par un afflux de drogués et de séropositifs espérant pouvoir bénéficier du traitement magique qui, d'après ce qu'ils avaient lu, avait été mis au point par les médecins de l'hôpital civil et serait disponible aux urgences. En chemin, il avait aussi fait un achat exceptionnel pour lui, celui de *La Nuova*, qu'il avait caché dans le *Gazzettino* pour que personne ne le voie avec cette feuille à scandales. Là, l'information figurait page vingt-sept, sur trois colonnes, accompagnée d'une photo de Zecchino apparemment recadrée à partir d'une scène de groupe. Le danger de la morsure semblait, si possible, encore bien plus grand, tout comme l'espoir offert par le traitement de l'hôpital civil.

Il était depuis dix minutes à peine dans son bureau lorsque la porte s'ouvrit violemment. Brunetti sursauta, leva les yeux et vit avec stupéfaction le vice-questeur Giuseppe Patta dans l'encadrement. Il n'y resta pas longtemps : en trois enjambées, le *cavaliere* traversa la pièce et vint se camper devant le bureau de son subordonné. Brunetti commença à se lever, mais Patta leva une main comme pour le repousser dans son siège, puis serra le poing et l'abattit sur le plateau.

« Pourquoi vous avez fait ça? cria-t-il. Qu'est-ce que je vous ai fait pour que vous ayez l'idée d'une chose pareille ? Ils vont le tuer ! Vous le savez ! Vous deviez le savoir, lorsque vous l'avez fait ! »

Un instant, Brunetti se demanda si son patron n'était pas devenu fou ou si le stress de son travail, et peut-être aussi celui de sa vie privée, ne l'avait pas poussé au-delà du point où il pouvait contenir ses sentiments, le faisant franchir une frontière invisible et sombrer dans une rage sans frein. Brunetti posa les mains à plat sur son bureau, faisant bien attention à ne pas bouger ni essayer de se lever.

« Alors ? Alors ? » hurla Patta, mettant lui aussi les mains à plat sur le plateau et se penchant jusqu'à ce que son visage ne soit plus qu'à quelques centimètres de celui de Brunetti.

« Je veux savoir pourquoi vous lui avez fait ça ! S'il arrive quoi que ce soit à Roberto, je vous promets que vous êtes foutu ! »

Le vice-questeur se redressa, et Brunetti remarqua qu'il serrait à nouveau les poings, de toutes ses forces, les bras raides le long du corps. L'homme déglutit avant de lancer : « Je vous ai posé une question, Brunetti », d'une voix remplie d'une menace pas exactement voilée.

Brunetti se laissa aller en arrière dans son fauteuil, dont il saisit les bras.

« Je crois qu'il vaudrait mieux vous asseoir, monsieur, et me dire de quoi il retourne. »

Le peu de calme qui avait pu venir adoucir les traits crispés de Patta s'évanouit aussitôt, et il cria :

« N'essayez pas de me mentir, Brunetti ! Je veux savoir pourquoi vous l'avez fait !

– J'ignore de quoi vous parlez », dit Brunetti, laissant un peu de sa propre colère transparaître dans son ton.

De la poche de son veston, Patta tira l'édition de la veille du *Gazzettino* et l'abattit sur le bureau de Brunetti.

« De ça ! dit-il en pointant un doigt menaçant sur le journal. Dans cet article, on lit que Roberto est sur le point d'être arrêté et qu'il va sûrement témoigner contre les gens qui contrôlent le trafic de drogue en Vénétie ! »

Avant que Brunetti ait le temps de réagir, il enchaîna :

« Je sais comment vous travaillez, vous, les gens du Nord, genre petit club secret. Vous n'avez qu'à appeler un de vos copains dans un journal, et il publiera toutes vos conneries ! »

Soudain épuisé, Patta se laissa tomber sur la chaise placée devant le bureau. Son visage, encore cramoisi, était couvert de transpiration, et lorsqu'il voulut l'essuyer Brunetti vit que sa main tremblait.

« Ils vont le tuer », répéta-t-il d'une voix presque inaudible.

La compréhension de la méprise mit fin à la confusion de Brunetti et au sentiment outragé que lui inspirait le comportement de Patta. Il attendit quelques instants que l'homme ait retrouvé une respiration un peu plus normale, puis il dit, s'efforçant de parler d'un ton calme :

« Ça ne concernait pas Roberto, mais un garçon qui est mort d'une overdose la semaine dernière. Sa petite amie est venue nous voir et nous a dit qu'elle savait qui lui avait vendu la drogue, mais qu'elle avait peur de le dénoncer. J'ai pensé que cela pousserait notre homme à venir nous parler de lui-même. »

Il se rendit compte que Patta l'écoutait; mais rien ne lui prouvait qu'il le croyait pour autant. Ou même que, s'il le croyait, cela changerait quelque chose.

« Ça n'a rien à voir avec Roberto », reprit-il d'une voix égale et aussi calme que possible.

Il repoussa l'envie de faire remarquer à Patta que si, comme il l'avait souligné lui-même, son fils n'avait rien à voir avec le trafic de drogue, cet article ne pouvait mettre sa vie en danger. Même un Patta ne méritait pas une victoire aussi facile. Il s'arrêta et attendit la réaction de son supérieur.

Ce ne fut qu'au bout d'un long moment que celui-ci répondit.

« Je me fiche de qui il s'agit », dit-il, suggérant qu'il croyait à l'explication de Brunetti.

Il le regarda dans les yeux – un regard direct et honnête.

« Ils l'ont appelé hier soir. Sur son portable.

– Qu'est-ce qu'ils lui ont dit? demanda Brunetti, parfaitement conscient que cet homme, le vice-questeur de Venise, venait juste de lui avouer que son fils vendait de la drogue.

– Qu'il valait mieux qu'ils n'entendent plus parler de cette affaire, qu'il valait mieux qu'ils n'entendent plus dire qu'il avait parlé à quelqu'un ou était allé à la questure. »

Patta s'arrêta, les yeux fermés, répugnant à continuer.

« Ou sinon ? » demanda Brunetti d'une voix égale.

La réponse ne vint qu'au bout d'un long moment.

« Ils ne l'ont pas dit. Ce n'était pas nécessaire. »

Ce qui était vrai, Brunetti n'en doutait pas.

Il se trouva soudain submergé par une envie irrépressible d'être ailleurs. Il aurait préféré se retrouver dans le grenier sordide en compagnie des cadavres de Zecchino et de sa compagne, car les émotions qu'il avait ressenties là-bas avaient été, au moins, de la pure et profonde pitié ; rien à voir avec ce sentiment mesquin de triomphe à la vue de cet homme, pour lequel il avait si souvent ressenti un mépris absolu, réduit à ça. Il refusait d'éprouver de la satisfaction devant ces manifestations de peur et de colère, mais il en éprouvait tout de même, c'était plus fort que lui.

« Il en prend lui-même ou il se contente d'en vendre ? » demanda-t-il.

Patta soupira.

« Je ne sais pas. Je n'en ai aucune idée. »

Brunetti lui laissa le temps de revenir sur ce mensonge et, au bout d'un moment, le vice-questeur se reprit :

« Si. De la cocaïne, je crois. »

Des années auparavant, alors qu'il était moins expert dans l'art de l'interrogatoire, il lui aurait aussi demandé de confirmer que le jeune homme en vendait, mais, considérant que la chose était acquise, il préféra passer à la question suivante.

« Lui avez-vous parlé ? »

Patta acquiesça. Et garda une fois de plus le silence pendant quelques instants avant de répondre.

« Il est fou de peur. Il veut aller se réfugier chez ses grands-parents, mais il n'y serait pas en sécurité. »

Il regarda Brunetti.

« Il faut faire en sorte que ces gens croient qu'il ne parlera pas. C'est la seule assurance qu'il sera en sécurité. »

Brunetti était arrivé à la même conclusion et en calculait déjà le coût. Il n'y avait qu'une solution : faire courir une autre histoire, disant cette fois que la police commençait à soupçonner qu'on lui avait fourni de fausses informations et que, en fait, elle n'était pas en mesure d'établir un lien entre les décès récents liés à une affaire de drogue et la personne qui avait vendu la drogue en question. Cela mettrait Roberto Patta hors de danger, au moins temporairement, mais risquait aussi de faire renoncer le frère d'Anna-Maria Ratti – ou son cousin, peu importait – à venir donner le nom des personnes ayant vendu le produit qui avait tué Marco Landi.

« Je vais m'en occuper », dit-il.

Patta releva brusquement la tête, et fixa Brunetti des yeux.

« Quoi ?... Comment ?

– J'ai dit que je m'en occupais », répéta-t-il, gardant un ton ferme, avec l'espoir que Patta le croirait sur parole et le dispenserait de toute manifestation de gratitude pour décamper au plus vite.

« Essayez de le faire admettre dans une clinique spécialisée, si vous pouvez. »

Il vit les yeux de Patta s'écarquiller ; le vice-questeur était scandalisé qu'un subordonné ose donner son avis.

Brunetti n'avait qu'un désir, en terminer rapidement.

« Je vais les appeler tout de suite », dit-il en regardant vers la porte.

Sa colère renouvelée par cette dernière avanie, le vice-questeur exécuta un demi-tour sec et quitta le bureau.

Non sans se sentir passablement idiot, Brunetti rappela Ruggiero au journal et régla rapidement la question, très conscient de l'énormité de la dette qu'il contractait. Le jour où il devrait la rembourser – et ce jour viendrait, il n'avait aucun doute là-dessus –, il savait qu'il devrait alors faire bon marché de ses principes ou carrément violer une loi. Ces pensées ne le firent pas hésiter un instant.

Il était sur le point de partir déjeuner lorsque le téléphone sonna. C'était Carraro. Un homme venait de téléphoner dix minutes avant : il avait lu l'article dans le journal, et voulait savoir si l'histoire était vraie. Carraro lui avait répondu qu'elle l'était, qu'il s'agissait d'un traitement absolument révolutionnaire et le seul espoir pour toute personne qui aurait été mordue.

« Est-ce que ça pourrait être notre homme, d'après vous ? demanda Brunetti.

– Je ne sais pas. Mais il a paru très intéressé, et il a dit qu'il allait passer dès aujourd'hui. Qu'allez-vous faire ?

– J'arrive tout de suite.

– S'il vient, qu'est-ce que je fais ?

– Gardez-le sur place. N'arrêtez pas de lui parler. Inventez une procédure en plusieurs étapes, ce que vous voudrez, mais gardez-le. »

En sortant, il passa la tête par la porte de la salle de service et lança l'ordre d'envoyer immédiatement deux hommes, avec une vedette, à l'entrée du service des urgences de l'hôpital civil.

Il ne lui fallut que dix minutes à pied pour se rendre lui-même à l'hôpital ; arrivé sur place, il dit au *portiere* qu'il devait passer par l'entrée des urgences réservée au personnel médical, afin de ne pas être vu des personnes venues consulter. Son impatience devait être communicative, car l'homme quitta son cagibi de verre et conduisit Brunetti par le couloir principal, ignora l'entrée principale des urgences et ouvrit une porte anonyme qui donnait sur un couloir étroit. Il se retrouva finalement dans le local réservé au personnel des urgences.

L'infirmière de service leva la tête, surprise de le voir apparaître par là, mais sans doute Carraro l'avait-il prévenue qu'il attendait quelqu'un, car elle se leva aussitôt et lui dit avec un geste de la main :

« Il est avec le dottor Carraro, là-dedans. »

Sans frapper, Brunetti ouvrit la porte et entra dans la salle d'examen. Le médecin, en blouse blanche, était penché sur un homme de grande taille, allongé sur la table d'examen. Sa chemise et son chandail étaient posés sur le dos d'une chaise et Carraro, équipé d'un stéthoscope, écoutait les battements de son cœur. À cause du stéthoscope, il n'entendit pas arriver Brunetti ; mais l'homme vit le policier, et son rythme cardiaque s'accéléra. Carraro eut un mouvement de la tête pour voir ce qui avait pu causer ce phénomène.

Il découvrit alors Brunetti, mais ne dit rien.

L'homme allongé ne bougea pas ; Brunetti, cependant, remarqua que son corps s'était raidi et que l'émotion avait brusquement coloré son visage. Il remarqua aussi la marque rouge enflammée, sur la partie extérieure de son avant-bras droit : de forme ovale, double, imprimée avec la précision d'un pointillé.

Il décida de ne rien dire. L'homme ferma les yeux et parut se détendre ; ses bras retombèrent mollement le long de son corps. Brunetti remarqua que Carraro portait des gants en caoutchouc transparents. S'il n'était entré qu'à cet instant-là, il aurait cru que l'homme sur la table d'examen dormait. Son propre cœur reprit un rythme normal. Carraro enleva son stéthoscope, alla le poser sur le bureau et quitta la salle sans mot dire.

Brunetti s'approcha d'un pas de plus de la table d'examen, prenant cependant soin de rester hors de portée de l'homme. Il se rendit compte seulement à ce moment-là que celui-ci devait être d'une force peu commune : les muscles de sa poitrine et de ses épaules saillaient, bien tendus, sans doute le résultat de dizaines d'années de durs travaux. Il avait des mains énormes ; l'une d'elles était posée paume ouverte, et Brunetti fut frappé par le bout aplati de ses gros doigts spatulés.

Au repos, le visage de l'homme ne trahissait que de l'absence. Même lorsqu'il avait vu arriver Brunetti, devinant peut-être qui il était, ses traits n'avaient guère manifesté d'expression. Il avait des oreilles minuscules, et sa tête, curieusement cylindrique, paraissait d'une taille ou deux trop petite par rapport à son corps d'athlète.

« Signore ? » dit finalement Brunetti.

L'homme ouvrit les yeux et regarda le policier. Ses iris étaient d'un brun profond qui firent penser Brunetti à des yeux d'ours, mais cela tenait peut-être aussi à l'impression de masse puissante qu'il dégageait.

« Elle m'avait dit de ne pas venir, murmura-t-il. Que c'était un piège. »

Il cligna des yeux, les garda longtemps fermés, puis les rouvrit.

« Mais j'avais peur. J'ai entendu des gens parler de cette histoire de traitement, et j'avais peur. »

Il ferma de nouveau les yeux longtemps, si longtemps qu'on avait l'impression qu'il était ailleurs, très loin, pendant tout ce temps, comme un plongeur qui, heureux de nager sous l'eau au milieu de tant de beauté, répugnerait à remonter.

Ses yeux se rouvrirent.

« Mais elle avait raison. Elle a toujours raison. »

Sur quoi, l'homme se redressa et resta assis sur la table d'examen.

« Ne vous inquiétez pas, dit-il à Brunetti. Je ne vous ferai pas de mal. J'ai besoin que le docteur me donne ce traitement. Après, je viendrai avec vous. Mais il me faut d'abord le traitement. »

Brunetti acquiesça, comprenant son inquiétude.

« Je vais aller le chercher », répondit-il.

Il passa dans le local des infirmières, où Carraro était en train de téléphoner. L'infirmière avait disparu.

En voyant arriver Brunetti, le médecin raccrocha et se tourna vers lui.

« Eh bien ? »

La colère avait de nouveau pris le dessus, mais Brunetti soupçonnait qu'elle n'avait rien à voir avec une quelconque violation du serment d'Hippocrate.

« Je voudrais que vous lui fassiez une injection antitétanique. Après quoi, je l'emmènerai à la questure.

– Ah, vous êtes aussi médecin, maintenant ?

– Dottore, dit Brunetti qui, avant de continuer, regarda ses chaussures et respira à fond, je vous demande d'avoir l'obligeance d'enfiler vos gants, de passer dans la salle d'examen et de faire une piqûre contre le tétanos à votre patient.

– Et si je refuse ? » s'irrita Carraro avec une agressivité creuse, lançant en direction du policier une haleine aux relents de menthe et d'alcool, le genre de mélange qui fait office de petit déjeuner aux gros buveurs.

« Si vous refusez, dottore, répondit Brunetti d'une voix d'un calme mortel, tendant une main vers l'homme, je vous ramène dans cette salle et je lui dis que vous ne voulez pas lui donner le traitement qui seul peut le guérir. Après quoi je vous laisserai seul en sa compagnie. »

Il n'avait pas quitté Carraro des yeux, et il constata que le médecin le croyait – ce qui lui suffisait. Carraro baissa les bras, sans pouvoir cependant s'empêcher de marmonner quelque chose que Brunetti fit semblant de ne pas entendre.

Le policier lui tint la porte et lui emboîta le pas. L'homme était toujours assis sur le bord de la table d'examen, les pieds pendant dans le vide, en train de reboutonner sa chemise sur son torse en barrique.

En silence, Carraro se rendit jusqu'à une armoire à pharmacie aux portes en miroir, de l'autre côté de la salle, l'ouvrit et prit une seringue. Il se pencha et fouilla bruyamment parmi les boîtes de médicaments jusqu'à ce qu'il ait trouvé celle qu'il voulait. Il en sortit une petite fiole à bouchon de caoutchouc et retourna à son bureau. Là, il prépara un tampon de désinfectant, enfila avec soin une nouvelle paire de gants en caoutchouc et ouvrit l'emballage de plastique de la seringue, dont il enfonça l'aiguille dans le caoutchouc qui scellait la fiole. Il en aspira tout le contenu et revint à l'homme assis sur la table d'examen ; celui-ci l'attendait, chemise passée dans le pantalon, mais une manche relevée presque jusqu'à l'épaule.

Brunetti le vit tendre le bras vers le médecin, détourner le visage et fermer les yeux, tout à fait comme un enfant à qui on fait une piqûre. Carraro posa la seringue sur la table, remonta la chemise de l'homme encore plus haut, frotta le tampon de désinfectant plus fort qu'il n'était nécessaire et enfonça l'aiguille sans ménagement dans le muscle. Puis il la retira tout aussi peu délicatement et replia avec brutalité le bras de son patient pour que la pression arrête le sang. Après quoi, il retourna à son bureau.

« Merci, dottore. C'est le traitement ? »

Carraro s'obstinant dans son silence, c'est Brunetti qui répondit.

« Oui, c'est le traitement. Vous n'avez plus à vous inquiéter, à présent.

– Ça ne m'a même pas fait mal. Pas beaucoup, observa l'homme, qui regarda Brunetti. Faut qu'on y aille, maintenant ? »

Brunetti acquiesça. L'homme baissa son bras et étudia l'endroit où il avait été piqué. Du sang en sortit.

« Je crois que votre patient a besoin d'un pansement, dottore », dit Brunetti, se doutant néanmoins que le médecin ne ferait rien.

Et en effet, Carraro retira ses gants et les lança en direction de la table, la ratant complètement, mais nullement gêné de les voir atterrir par terre. Brunetti s'avança vers l'armoire et examina les étagères supérieures. L'une des boîtes contenait des pansements tout prêts. Il en prit un, revint vers l'homme et déchira l'emballage en papier stérile. Il était sur le point de poser le pansement sur le saignement lorsque l'homme l'arrêta d'un geste de son autre main.

« Je ne suis peut-être pas encore guéri, signore, il vaut peut-être mieux me laisser faire. »

Il prit le pansement et, maladroit de la main gauche, le plaça sur la plaie, lissant ensuite les parties adhésives pour les faire coller. Il rabaissa sa manche de chemise, descendit de la table et se pencha pour prendre son chandail.

Une fois à la porte de la salle d'examen, l'homme s'arrêta et regarda Brunetti du haut de son mètre quatre-vingt-dix.

« Ce serait terrible, si je l'avais, vous savez, dit-il, terrible pour la famille. »

Il acquiesça à sa propre affirmation comme pour en souligner la vérité, et s'écarta pour laisser passer Brunetti le premier. Derrière eux, Carraro fit violemment claquer la porte de l'armoire, mais il faut croire que le mobilier fourni par le gouvernement est solide, car le miroir ne se brisa pas.

Les deux policiers requis par Brunetti se tenaient dans le couloir principal et, à l'appontement, la vedette attendait, le moteur tournant au ralenti ; toujours aussi taciturne, Bonsuan était à la barre. Empruntant l'issue latérale, le petit groupe parcourut les quelques mètres qui les séparaient du bateau amarré. L'homme se tenait tête baissée et rentrée dans les épaules, attitude qu'il avait adoptée dès l'instant où il avait aperçu l'uniforme des policiers.

Il marchait d'un pas lourd et hésitant, sans rien de la fluidité d'une démarche normale, comme s'il y avait du brouillage sur la ligne allant de son cerveau à ses pieds. Lorsqu'il monta à bord, encadré par les deux policiers, il se tourna vers Brunetti pour lui demander s'il pouvait aller dans la cabine.

Brunetti lui indiqua d'un geste les marches qui y conduisaient, et son prisonnier alla s'asseoir sur la banquette rembourrée qui courait de part et d'autre de l'habitacle. Il croisa les mains sur les genoux et se mit à contempler le plancher, tête baissée.

Une fois à l'appontement de la vice-questure, les policiers sautèrent à terre, et l'un d'eux attacha l'amarre que lui lança Bonsuan. Brunetti alla jusqu'à la cabine.

« Nous sommes arrivés. »

L'homme le regarda et se leva.

Pendant le trajet, Brunetti avait envisagé d'interroger le suspect dans son bureau, mais il y avait finalement renoncé, estimant que l'une des salles d'interrogatoire sans fenêtre et laides, avec leurs murs qui s'écaillaient et leur éclairage brutal, conviendrait mieux à ce qu'il avait à faire.

Précédés par les deux policiers, ils se rendirent au premier étage, empruntèrent un couloir et s'arrêtèrent à hauteur de la troisième porte à droite. Brunetti l'ouvrit et l'homme y entra sans rien dire, s'arrêtant au bout de trois pas pour se tourner vers le commissaire. Celui-ci lui indiqua l'une des chaises disposées autour d'une table au plateau couturé de cicatrices.

L'homme s'assit. Brunetti referma la porte et vint s'installer de l'autre côté de la table.

« Je m'appelle Guido Brunetti. Je suis commissaire de police. Il y a dans cette pièce un micro qui enregistre tout ce qui est dit. »

Il indiqua ensuite la date et l'heure et se tourna vers l'homme.

« Je vous ai fait venir ici pour vous interroger à propos de trois morts violentes : celle d'un jeune homme du nom de Franco Rossi, celle d'un autre jeune homme du nom de Gino Zecchino, et celle d'une jeune fille dont l'identité ne nous est pas encore connue. Deux d'entre eux sont morts à l'intérieur d'un bâtiment situé près d'Angelo Raffaele, et le troisième à l'extérieur de ce même bâtiment. »

Il marqua une pause, puis reprit :

« Avant de poursuivre, je dois vous demander votre nom et un moyen quelconque de vous identifier. »

Comme l'homme restait sans réaction, Brunetti insista :

« Pouvez-vous me dire votre nom, signore ? »

Le suspect leva les yeux et demanda, avec une infinie tristesse dans la voix :

« Je suis obligé ?

– J'en ai bien peur », répondit Brunetti d'un ton résigné.

L'homme baissa la tête et regarda la table.

« Elle va être tellement en colère », murmura-t-il.

Puis il releva la tête et, d'un ton de voix toujours aussi doux, dit :

« Je m'appelle Giovanni Dolfin. »

24

BRUNETTI CHERCHA une trace de ressemblance entre ce géant gauche et la femme menue et voûtée qu'il avait vue au bureau du Cadastre. N'en trouvant aucune, il n'osa pas demander quel était leur lien de parenté, sachant qu'il valait mieux laisser parler le suspect, tout en jouant le rôle de celui qui était déjà au courant de tout et ne posait des questions que pour établir des points mineurs et des détails de chronologie.

Le silence se prolongea. Brunetti le laissa s'alourdir jusqu'à ce qu'il ait rempli toute la pièce, dans laquelle le seul bruit était la respiration laborieuse de Dolfin.

Celui-ci se tourna finalement vers le policier, affichant un regard meurtri.

« Je suis comte, vous comprenez. Nous sommes les derniers. Il n'y a personne après nous, parce que Loredana, euh... Loredana ne s'est jamais mariée, et... »

Il baissa de nouveau les yeux sur la table, mais le plateau de bois refusait toujours de l'aider à expliquer tout ceci. Il soupira et reprit :

« Je n'ai pas voulu me marier. Je n'ai jamais été intéressé par... par tout ça, ajouta-t-il avec un mouvement de la main, comme pour repousser ce *tout ça*. C'est pourquoi nous sommes les derniers et qu'il est important que rien n'arrive à notre nom ou à notre honneur. »

Il releva la tête pour regarder Brunetti dans les yeux et lui demander :

« Vous comprenez ?

– Tout à fait. »

Le policier n'avait aucune idée de ce que l'on entendait par honneur, moins encore ce que cela signifiait pour quelqu'un appartenant à une famille portant le même nom depuis huit cents ans.

« Nous devons vivre avec honneur », fut tout ce qu'il fut capable de dire.

Dolfin hocha la tête à plusieurs reprises.

« C'est exactement ce que dit Loredana. Exactement ce qu'elle m'a toujours dit. Ce n'est pas important que nous ne soyons pas riches, pas important du tout. Nous avons toujours le nom. »

Il parlait en soulignant les mots, comme le font souvent les gens qui rapportent des phrases ou des idées qu'ils ne maîtrisent pas vraiment, la conviction faisant alors fonction de raison. On aurait dit qu'une sorte de mécanisme venait de se déclencher sous le crâne étroit de Dolfin, car il baissa une fois de plus la tête et commença à réciter l'histoire de leur célèbre ancêtre, le doge Giovanni Dolfin. Brunetti écouta, curieusement réconforté par cette voix monocorde, ramené à cette période de son enfance où les femmes du voisinage venaient réciter ensemble le rosaire à la maison et où il s'était retrouvé hypnotisé par la répétition murmurée des mêmes prières. Il se laissa donc porter par cette voix venue de si loin, jusqu'à ce qu'il entende Dolfin dire « ... l'épidémie de peste de 1361 ».

L'homme releva la tête, et Brunetti acquiesça d'un air approbateur.

« C'est important, un nom comme celui-ci, dit-il, pensant que c'était le meilleur moyen de faire parler le suspect. On doit faire très attention à le protéger.

– C'est ce que m'a dit Loredana, exactement la même chose ! » s'exclama Dolfin.

Du respect se lisait maintenant dans son regard, devant cet homme qui comprenait les obligations auxquelles leurs vies étaient soumises.

« Elle m'a dit que, cette fois-ci en particulier, nous devions faire tout ce que nous pouvions pour le maintenir et le protéger. »

Il bafouilla en prononçant ces derniers mots.

« Bien sûr, cette fois-ci en particulier.

– Elle a dit que l'homme du bureau avait toujours été jaloux d'elle à cause de la position qu'elle occupait. »

Quand il vit que Brunetti fronçait les sourcils, il ajouta :

« Dans la société. »

Brunetti acquiesça.

« Elle n'a jamais compris pourquoi il la haïssait autant. Et puis il a fait quelque chose, avec les papiers. Elle a essayé de m'expliquer, mais j'ai pas compris. Des faux papiers qui disaient que Loredana faisait des choses mauvaises, au bureau, qu'elle acceptait de l'argent pour faire certaines choses. »

Il posa la main à plat sur la table et se leva à moitié de sa chaise. Sa voix monta de plusieurs crans et prit un timbre inquiétant pour déclarer :

« Les Dolfin ne font pas les choses pour l'argent. L'argent ne signifie rien pour les Dolfin ! »

Brunetti leva une main apaisante, et l'homme se rassit.

« Nous ne faisons pas les choses pour l'argent, reprit-il avec force. Toute la ville le sait. Pas pour l'argent... Elle a dit que tout le monde croirait les faux papiers et qu'il y aurait un scandale. Que le nom serait déshonoré. Elle m'a dit... »

Il s'interrompit pour se corriger.

« Non, ça, je le savais déjà. Personne n'a eu besoin de me le dire. On ne peut pas dire de mensonges sur les Dolfin sans être puni.

– Je vois. Cela veut-il dire que vous vouliez le dénoncer à la police ? »

Dolfin, d'un geste de la main, repoussa cette idée.

« Non, c'était notre honneur, et nous avions le droit de faire justice nous-mêmes.

– Je vois.

– Je le connaissais. J'avais été là-bas plusieurs fois, pour aider Loredana quand elle faisait les courses le matin et qu'elle avait des choses à rapporter à la maison. J'allais l'aider. »

Il prononça cette dernière phrase avec une fierté inconsciente – l'homme de la famille relatant ses hauts faits.

« Elle savait où il allait, ce jour-là, et elle m'a dit que je devais le suivre et essayer de lui parler. Mais il a fait celui qui ne comprenait pas et a dit que tout cela n'avait rien à voir avec Loredana. Il a dit que c'était l'autre, le patron. Elle m'avait averti qu'il me mentirait et essaicrait dc me faire croire que c'était quelqu'un d'autre du bureau, mais j'étais prévenu. Je savais que c'était à Loredana qu'il en voulait, parce qu'il était jaloux d'elle. »

Il afficha l'expression qu'il avait vue sur le visage de personnes ayant déclaré des choses considérées comme brillantes, et Brunetti eut de nouveau l'impression que l'homme récitait sa leçon.

« Et alors ?

– Il m'a traité de menteur, et il a essayé de me bousculer pour passer. Il m'a dit de sortir de son chemin. On était dans ce bâtiment. »

Ses yeux s'agrandirent, sans doute, jugea Brunetti, au souvenir de la scène qui avait provoqué le scandale qu'il était sur le point de révéler.

« Et il m'a tutoyé. Il savait pourtant que j'étais comte, et il s'est quand même permis de me tutoyer ! »

Dolfin jeta un coup d'œil à Brunetti, comme pour lui demander s'il avait jamais entendu parler d'une audace pareille.

Brunetti qui, en effet, n'en avait jamais entendu parler, secoua la tête et garda un silence stupéfait.

Comme Dolfin ne paraissait pas disposé à ajouter quelque chose, Brunetti lui demanda, sans pouvoir dissimuler que sa curiosité était bien réelle :

« Et qu'est-ce que vous avez fait ?

– Je lui ai dit que c'était lui qui mentait et qu'il voulait faire du tort à Loredana parce qu'il était jaloux d'elle. Il m'a encore poussé. Personne n'avait osé me faire ça, avant. »

À cette manière de s'exprimer, Brunetti comprit que le respect physique que Dolfin attendait qu'on lui marque devait être une soumission à son titre plus qu'à son gabarit.

« Quand il m'a poussé, j'ai reculé, et mon pied a cogné contre un bout de tuyau qui était sur le plancher. Je me suis tordu la cheville et je suis tombé. Quand je me suis relevé, j'avais le tuyau dans la main. Je voulais le frapper, mais un Dolfin ne frappe jamais quelqu'un par-derrière, alors je l'ai appelé, et il s'est tourné. Et il a levé la main pour me frapper. »

Dolfin s'arrêta ici, mais ses poings se serraient et se desserraient sur ses genoux, comme s'ils vivaient une existence indépendante de la sienne. Lorsqu'il revint sur Brunetti, un certain temps s'était manifestement écoulé dans sa mémoire, car ce fut pour dire :

« Il a essayé de se lever, après. On était près de la fenêtre, et le volet était ouvert. C'est lui qui avait ouvert en arrivant. Il avait rampé jusque-là et s'était relevé en s'appuyant dessus. Je n'étais plus en colère, ajouta Dolfin d'un ton calme, dépassionné. Notre honneur était sauf. Alors, je suis allé voir si je pouvais l'aider. Mais il a eu peur de moi, et quand je me suis avancé il a reculé, et ses jambes ont cogné contre le rebord de la fenêtre, et il est tombé en arrière. Je me suis précipité pour essayer de le retenir, vraiment, continua-t-il en mimant la scène, ses grands doigts plats se refermant en vain sur l'air, mais il tombait, il tombait et je n'ai pas pu le retenir. »

Il reposa une main sur ses genoux, et de l'autre se cacha les yeux.

« Je l'ai entendu. Le bruit a été très fort. Puis j'ai vu qu'il y avait quelqu'un à la porte, et j'ai eu très peur. Je ne savais pas qui c'était. J'ai couru dans l'escalier. »

Il s'arrêta.

« Où êtes-vous allé ?

– À la maison. C'était après le déjeuner, et Loredana s'inquiète toujours quand je suis en retard.

– Vous lui avez raconté ?

– Raconté quoi ?

– Ce qui s'était passé.

– Je ne voulais pas. Mais elle a deviné. Elle a vu que je n'arrivais pas à manger. J'ai été obligé de lui dire.

– Et quelle a été sa réaction ?

– Elle a dit qu'elle était très fière de moi, répondit Dolfin, rayonnant. Que j'avais défendu notre honneur, et que ce qui était arrivé était un accident. Il m'a poussé. Je jure devant Dieu que c'est la vérité. Il m'a fait tomber par terre. »

Giovanni Dolfin eut un regard inquiet en direction de la porte.

« Elle sait que je suis ici ? »

Lorsqu'il vit Brunetti secouer négativement la tête, il porta son immense main à sa bouche et de ses articulations refermées en poing se tapota la lèvre inférieure.

« Oh, qu'est-ce qu'elle va être en colère... Elle m'avait dit de ne pas aller à l'hôpital. Que c'était un piège. Et elle avait raison. J'aurais mieux fait de l'écouter. Elle a toujours raison. Elle a toujours raison sur tout. »

Il posa doucement la main sur son bras, à l'emplacement de la piqûre, et se tut. Ses doigts allaient et venaient doucement au-dessus.

Pendant le silence qui suivit, Brunetti se demanda quelle était la part de vérité dans ce que Loredana Dolfin avait dit à son frère (l'homme, lui semblait-il, ne pouvait être que son frère). Le commissaire ne doutait plus, à présent, que Rossi avait appris la corruption qui régnait au bureau du Cadastre, mais ne croyait pas du tout, en revanche, que l'honneur des Dolfin ait été menacé.

« Et lorsque vous êtes retourné là-bas ? » demanda Brunetti, que l'agitation grandissante de l'homme commençait à inquiéter.

« L'autre, le type qui prenait de la drogue, il était là quand ça s'est passé. Il m'a suivi jusqu'à la maison et il a demandé aux voisins qui j'étais. Ils me connaissaient à cause de mon nom, dit l'homme avec une évidente fierté. Il est revenu à l'appartement, et quand il m'a vu partir au travail, il m'a dit qu'il avait tout vu. Il m'a dit aussi qu'il était mon ami et qu'il voulait m'empêcher d'avoir des ennuis. Je l'ai cru, et nous sommes allés ensemble nettoyer la pièce, là-haut. Il m'a dit qu'il voulait m'aider à faire ça, et je l'ai cru. Et pendant qu'on était là-bas, la police est venue, mais il leur a dit quelque chose et ils sont partis. Après, il m'a dit que si je ne lui donnais pas de l'argent, il ferait revenir les policiers pour leur montrer la pièce, et que j'aurais beaucoup d'ennuis, et que tout le monde saurait ce que j'avais fait. »

Dolfin se tut à nouveau, songeur quant aux conséquences qu'aurait eues cette dénonciation.

« Et alors ?

– Je lui ai dit que je n'avais pas d'argent, que je donnais toujours tout à Loredana. Elle sait ce qu'il faut en faire. »

À ce moment-là, Dolfin se leva à demi et tourna la tête de côté, comme s'il écoutait un bruit venant de derrière lui.

« Et alors ? répéta Brunetti de la même voix neutre.

– Je l'ai dit à Loredana, bien sûr. Et alors on est revenus.

– Qui ça ? » ne put s'empêcher de demander Brunetti, regrettant sur-le-champ et la question et l'impulsivité avec laquelle il l'avait posée.

Dolfin, pendant ce temps, avait continué à tourner la tête à gauche et à droite. Mais la question de Brunetti, ou le ton sur laquelle elle avait été posée, le fit s'arrêter. Brunetti vit que la confiance que l'homme lui avait jusqu'ici manifestée s'évaporait et qu'il était en train de passer dans le camp de l'ennemi.

Au bout d'au moins une minute Brunetti reprit la parole :

« Signor Conte ? »

Dolfin secoua fermement la tête.

« Vous venez de dire que vous vous étiez rendu dans l'immeuble avec quelqu'un d'autre, signor Conte. Allez-vous me dire qui est cette personne ? »

Dolfin s'accouda à la table et, baissant la tête, se couvrit les oreilles des mains. Et lorsque Brunetti voulut de nouveau lui parler, il secoua violemment la tête. Furieux contre lui-même d'avoir mis Dolfin en situation de ne plus vouloir communiquer et de ne rien pouvoir y changer, le policier se leva et, sachant qu'il n'avait pas le choix, alla téléphoner à la sœur du comte.

25

ELLE RÉPONDIT de son seul nom, rien de plus :

« Cà Dolfin. »

Brunetti fut tellement surpris par la sonorité de ces mots, comme s'il venait d'entendre des notes de trompette volontairement discordantes, qu'il lui fallut quelques instants pour décliner son identité et expliquer la raison de son appel. Fut-elle troublée en l'écoutant ? Toujours est-il qu'elle le cacha bien. Elle dit qu'elle allait appeler son avocat et qu'elle serait dans peu de temps à la vice-questure. Elle ne posa pas de questions, et ne manifesta pas la moindre curiosité en apprenant que son frère était interrogé dans le cadre d'une affaire criminelle grave. Il aurait pu s'agir d'un coup de téléphone ordinaire donné à son bureau, d'une confusion dans un texte ou sur un plan, tellement sa réaction fut calme. Ne descendant pas (pour autant qu'il le sût) d'un doge, Brunetti ignorait tout de la façon dont de tels personnages traitaient les affaires de meurtres impliquant un membre de leur famille.

Il ne perdit pas son temps à explorer l'éventualité que la signorina Dolfin ait trempé le moins du monde dans quelque chose d'aussi vulgaire que le gigantesque système de pots-de-vin que Rossi devait avoir découvert au bureau du Cadastre. *Les Dolfin ne font rien pour l'argent*. Brunetti le croyait sans hésitation. C'était forcément dal Carlo, l'homme qui avait manifesté une incertitude étudiée à l'idée que quelqu'un, dans son service, aurait pu accepter un pot-de-vin, qui avait organisé la corruption sur laquelle était tombée Rossi.

Comment ce malheureux garçon, cet idiot, ce naïf fatalement honnête, s'y était-il pris ? Était-il allé voir dal Carlo pour lui mettre les preuves sous le nez, en le menaçant de le dénoncer, d'aller à la police ? L'avait-il fait en laissant ouverte la porte donnant sur l'antre de ce cerbère en tailleur, dont la coiffure comme les amours contrariées dataient de vingt ans ? Et Cappelli ? Ses échanges téléphoniques avec Rossi avaient-ils hâté sa mort ?

Brunetti était certain que Loredana Dolfin avait déjà fait la leçon à son frère sur ce qu'il devrait dire si on l'interrogeait : elle lui avait déconseillé d'aller à l'hôpital, après tout. Elle n'aurait pas parlé de piège si elle n'avait pas connu la présence de la morsure révélatrice au bras de Giovanni. Et lui, pauvre créature, avait eu tellement peur de l'infection qu'il avait ignoré cet avertissement et était tombé dans le piège de Brunetti.

Dolfin s'était arrêté de parler dès l'instant où il avait utilisé le pluriel. Brunetti n'avait pas de doute sur l'identité de la deuxième partie de ce *nous* fatal, mais il savait aussi qu'une fois que l'avocat de Loredana aurait parlé à Giovanni Dolfin, toute chance de lui faire remplir ce blanc disparaîtrait.

Moins d'une heure plus tard, son téléphone sonna, et on lui fit savoir que la signorina Dolfin et son avocat, maître Contarini, étaient arrivés. Il demanda qu'on les conduise dans son bureau.

Elle entra la première, escortée par l'un des policiers de garde à l'entrée de la vice-questure, avec Contarini en guise de remorque, toujours aussi obèse et toujours aussi souriant – et maître dans l'art de trouver le défaut de procédure permettant à ses clients de bénéficier de la moindre faille dans la loi.

Brunetti ne leur tendit la main ni à l'un ni à l'autre, se contentant de les faire entrer avant de battre lui-même en retraite derrière son bureau.

La signorina Dolfin s'assit, pieds et genoux serrés, droite comme un i, sans toucher le dossier de son siège, mains croisées sur son sac. Elle rendit à Brunetti le regard qu'il lui jeta, mais garda le silence. Elle avait la même attitude que lorsqu'il l'avait vue au bureau : une femme vieillissante, efficace, intéressée par ce qui se passait, mais seulement jusqu'à un certain point.

« Que pensez-vous donc avoir découvert concernant mon client ? demanda Contarini, souriant d'un air aimable.

– Lors d'un interrogatoire ayant fait l'objet d'un enregistrement ici, à la questure, cet après-midi même, il a reconnu avoir tué Franco Rossi, un fonctionnaire du bureau du Cadastre, l'endroit, ajouta-t-il avec un mouvement de tête, où travaille la signorina Dolfin comme secrétaire. »

Contarini ne parut guère impressionné.

« Rien d'autre ?

– Il a aussi avoué être retourné plus tard sur les lieux du meurtre avec un certain Gino Zecchino pour faire disparaître les traces de son crime. D'autre part, d'après ses dires, Zecchino aurait essayé de le faire chanter », continua Brunetti.

Ses vis-à-vis ne paraissaient toujours pas marquer beaucoup d'intérêt pour ses révélations.

« Ce Zecchino a été trouvé plus tard assassiné, dans le même bâtiment, ainsi qu'une jeune femme dont nous n'avons pas encore pu établir l'identité. »

Quand il estima que le policier avait terminé, Contarini prit son porte-documents, le posa sur ses genoux et l'ouvrit. Il fouilla parmi des papiers, et Brunetti sentit les poils de ses bras se hérisser lorsqu'il remarqua à quel point les gestes méticuleux de l'avocat lui rappelaient ceux de Rossi. Avec un petit reniflement de plaisir, l'homme lui tendit le papier qu'il venait de trouver.

« Comme vous pouvez le voir, commissaire, dit-il avec un geste vers le sceau en haut du document qu'il n'avait pas encore lâché, il s'agit d'un certificat émanant du ministère de la Santé, datant d'environ dix ans. »

Il rapprocha sa chaise du bureau. Quand il fut certain que l'attention de Brunetti était tournée vers la feuille, il poursuivit :

« Ce certificat déclare que Giovanni Dolfin est... »

Il laissa le reste de la phrase en suspens, tout sourires, tel un requin qui s'apprête à fondre sur sa proie. Le texte était à l'envers pour lui, mais cela ne l'empêcha pas de le lire lentement, à haute voix.

« ... une personne ayant des besoins spéciaux, qui doit bénéficier d'une préférence pour l'attribution de certains postes de travail et ne doit pas faire l'objet de discrimination du fait de l'incapacité qu'elle aurait d'accomplir des tâches allant au-delà de ses facultés. »

Contarini lâcha finalement le papier et le regarda voltiger jusque sur le bureau de Brunetti. Toujours souriant, il reprit :

« Il s'agit d'un double. Pour vos archives. Je suppose que ce genre de document ne vous est pas inconnu, commissaire ? »

On était des fanas de Monopoly, chez les Brunetti, et c'était comme si l'avocat venait de tirer une carte *Sortez de prison* applicable à la vie réelle.

« Bien sûr », répondit le policier, tendant la main vers son téléphone.

Personne ne dit mot dans le bureau jusqu'au moment où Pucetti frappa à la porte.

« Agent Pucetti, dit Brunetti, touché de voir que, pour répondre à son appel, le jeune homme avait couru dans les escaliers et était hors d'haleine, veuillez accompagner maître Contarini jusqu'à la salle 7, qu'il puisse voir son client. »

Pucetti salua d'un geste énergique. Contarini se leva et jeta un coup d'œil interrogatif à la signorina Dolfin, mais elle secoua la tête et resta où elle était. Contarini se fendit de quelques formules polies et quitta la pièce sans se départir de son sourire.

Brunetti, qui s'était levé au départ de l'avocat, se rassit et se mit à regarder la signorina Dolfin. En silence.

Plusieurs minutes passèrent avant qu'elle ne déclare, d'un ton parfaitement banal :

« Vous ne pouvez rien lui faire, vous savez. Il est protégé par l'État. »

Brunetti était bien déterminé à ne rien dire, mais aussi curieux de voir jusqu'où cela la conduirait. Il ne fit rien, ne déplaça aucun objet sur son bureau, ne croisa pas les mains : il se contenta de rester assis, l'observant d'un regard neutre.

Quelques minutes passèrent encore, et elle demanda :

« Qu'allez-vous faire ?

– Vous venez juste de me l'expliquer, signorina. »

Ils continuèrent à conserver une immobilité de statues sépulcrales, jusqu'à ce qu'elle finisse par admettre :

« Ce n'est pas ce que j'ai voulu dire. »

Elle jeta un coup d'œil par la fenêtre, puis revint sur Brunetti.

« Pas à mon frère. Je veux savoir ce que vous allez lui faire, à lui. »

Pour la première fois, il vit une émotion sur le visage de la vieille fille.

Brunetti n'avait aucune envie de jouer avec elle, et il ne fit donc pas semblant de ne pas comprendre.

« Vous voulez parler de dal Carlo ? » demanda-t-il, sans prendre la peine de donner son titre à l'*ingeniere*.

Elle acquiesça.

Brunetti pesa le pour et le contre, et l'idée de ce qui pourrait advenir de son appartement si jamais le bureau du Cadastre était contraint à l'honnêteté ne compta pas pour rien dans ce calcul.

« Je vais le donner à bouffer aux loups », répondit-il finalement, non sans une certaine satisfaction.

Elle ouvrit de grands yeux.

« Qu'est-ce que vous voulez dire ?

– Je vais le dénoncer à la Brigade financière. Ils seront ravis d'étudier ses relevés bancaires, de dénombrer les appartements qu'il possède, les comptes sur lesquels sa femme (il prononça ce mot avec une jubilation particulière) a de l'argent investi. Et une fois qu'ils commenceront à interroger les gens à droite et à gauche et qu'ils auront offert l'immunité à ceux qui lui ont payé des pots-de-vin, ce sera une vraie avalanche ; une avalanche sous laquelle il sera enseveli.

– Il perdra son travail !

– Il perdra tout », la corrigea Brunetti, se forçant à arborer un petit sourire sans joie.

Stupéfaite de tant de méchanceté, elle resta bouche bée.

« Ça ne vous suffit pas, peut-être ? » demanda-t-il, sortant de ses gonds à l'idée que, quoi qu'il arrive à dal Carlo, il ne pourrait jamais rien faire contre elle ou son frère.

Les Volpato continueraient à hanter le Campo San Luca comme deux vautours, et il avait perdu toute chance de trouver le tueur de Marco Landi à cause des mensonges publiés à son initiative par la presse afin de sauver la peau du fils de Patta.

Sachant que la signorina Dolfin n'avait aucune responsabilité dans ce dernier crime, mais toujours animé du désir de la faire payer, il poursuivit :

« Les journaux se chargeront de mettre les points sur les i ; entre la mort de Rossi, un suspect portant les marques de dents faites par la jeune fille assassinée mais écarté par la cour au titre de l'irresponsabilité, et l'éventuelle implication de la secrétaire de dal Carlo, une femme âgée, une *zitella*... », cracha-t-il, se surprenant par la force du mépris avec lequel il avait prononcé ce nom de « vieille fille ».

« ... Une *zitella nobile*, reprit-il sur le même ton, pathétiquement amoureuse de son patron, un homme marié et plus jeune qu'elle, une *zitella* avec un frère demeuré, déclaré irresponsable par la justice et qui pourrait donc être suspectée d'avoir tué Rossi. »

Il avait matraqué cette dernière phrase.

Il se tut un instant et la regarda se recroqueviller sur sa chaise, horrifiée.

« Ils vont en déduire que dal Carlo est compromis jusqu'au cou dans ces meurtres, un soupçon dont il ne pourra jamais se débarrasser. Et c'est vous, enchaîna-t-il en pointant vers elle un doigt accusateur, qui lui avez fait cela. Ce sera votre dernier cadeau à l'*ingeniere* dal Carlo.

– Vous ne pouvez pas faire ça ! s'étrangla-t-elle.

– Moi ? Je ne vais rien faire, signorina, répliqua-t-il, estomaqué du plaisir qu'il prenait à dire tout ça. Les journaux s'en chargeront, directement ou par allusions, mais peu importe d'où tout cela viendra ; les lecteurs sauront lire entre les lignes et le croiront. Et ce qui va les ravir le plus, dans cette histoire, sera l'épisode de la vieille fille de noble ascendance complètement entichée d'un homme plus jeune. »

Il se pencha sur le bureau pour aboyer :

« Et ils en redemanderont ! »

Elle secoua la tête, plus bouche bée que jamais : elle aurait sans doute mieux encaissé une gifle.

« Mais... vous ne pouvez pas faire ça ! Je suis une Dolfin ! »

Brunetti fut tellement abasourdi qu'il ne fut capable que d'une réaction : éclater de rire. Il s'enfonça dans son fauteuil, nuque appuyée au dossier, et se laissa aller à cette soudaine et folle hilarité.

« Je sais, je sais, dit-il, ayant du mal à contrôler sa voix, submergé par de nouvelles vagues de rire, vous êtes une Dolfin, et les Dolfin ne font jamais rien pour l'argent. »

Elle se leva, le visage tellement empourpré et torturé qu'il se calma sur-le-champ. Agrippée à son sac à main au point que les articulations de ses doigts en craquaient, elle répliqua :

« Je l'ai fait par amour !

– Alors, que Dieu vous vienne en aide », dit Brunetti en tendant la main vers le téléphone.

Photocomposition CMB Graphic
(Saint-Herblain)

Impression réalisée sur CAMERON par

BRODARD & TAUPIN

GROUPE CPI

La Flèche
en mars 2003

Édition exclusivement réservée aux adhérents du Club
Le Grand Livre du Mois
15, rue des Sablons
75116 Paris
avec l'aimable autorisation des Éditions Calmann-Lévy

Imprimé en France
Dépôt légal : mars 2003
N° d'impression : 17908